FOLIO SCIENCE-FICTION

Jack Vance

Croisades

Textes réunis par Pierre-Paul Durastanti
Traduit de l'américain
par Jacques Chambon, Jean-Marie Dessaux,
Marcel Battin et Pierre-Paul Durastanti

Gallimard

Titres originaux :

RUMFUDDLE
DODKIN'S JOB
THE MIRACLE-WORKERS
OVERLORDS OF MAXUS

Figure mythique du *space opera* et de l'*heroic fantasy*, Jack Vance, né en 1916 à San Francisco, a conservé de son expérience dans la marine marchande le goût des voyages au-delà des horizons. Maître incontesté du *sense of wonder*, il a marqué de son empreinte l'imaginaire de millions de lecteurs en les entraînant dans de somptueux périples exotiques avec *La planète géante*, *Les langages de Pao*, *Lyonesse*, un cycle comparable au *Seigneur des Anneaux* de J. R. R. Tolkien, *Le Cycle de Tschaï* ou *La geste des Princes-Démons*.

Pour Jacques Chambon,
qui aurait aimé ce livre.

LA GRANDE BAMBOCHE

I

Extrait de *Mémoires et Réflexions*, par Alan Robertson :

J'entends souvent dire que je suis le plus grand bienfaiteur de l'humanité, encore qu'il y ait des plaisantins qui préfèrent donner la palme au serpent originel. Tout bien pesé, c'est là un jugement contre lequel je ne peux pas m'élever. J'ai ma place assurée dans l'Histoire ; mon nom persistera comme s'il était gravé dans le ciel en lettres indélébiles. Ce que je trouve absurde mais compréhensible. Car ce que j'ai donné au monde est sans prix. J'ai chassé le spectre de la pauvreté, de la famine, de la surpopulation, du rétrécissement de l'espace vital. Tous les grands sujets de discorde ont disparu. Mes présents sont sans réserve et ne s'accompagnent que de ma joie personnelle, mais la raison (à défaut de tout autre agent restrictif) me commande de ne pas abandonner tout contrôle — quand l'animal humain a-t-il été glorifié pour son abnégation et sa discipline ?

Nous voici à présent au seuil d'une ère d'abondance en même temps que de préoccupations nouvelles. Les anciens maux ont disparu ; nous devons résolument empêcher la naissance d'une collection flamboyante et peut-être contre nature de nouveaux vices.

Les trois fillettes avalèrent leur petit déjeuner, rassemblèrent leurs affaires et partirent bruyamment pour l'école. Elizabeth versa du café pour elle et pour Gilbert. Il lui trouva un air pensif et mélancolique. Enfin elle dit : « C'est si beau ici... Nous avons beaucoup de chance, Gilbert.

— C'est ce que je n'arrête pas de me dire. »

Elizabeth but son café à petites gorgées et rêvassa un moment, suivant le cours vagabond de quelque pensée. « Ça a toujours été pour moi un supplice de grandir. Je me sentais toute drôle... différente des autres filles. Je ne sais vraiment pas pourquoi.

— Il n'y a rien de mystérieux là-dedans. Chacun est différent des autres.

— Peut-être... Mais oncle Peter et tante Emma se sont toujours comportés avec moi comme si j'avais été plus différente qu'il n'est normal. Je me souviens de tout un tas de petits signes. Et pourtant j'étais une fillette tout ce qu'il y a d'ordinaire... Tu te rappelles quand tu étais petit ?

— Pas très bien. » Gilbert Duray regarda par la fenêtre dont il avait lui-même posé les vitres, suivant des yeux les pentes verdoyantes jusqu'au paisible cours d'eau que ses filles avaient décidé d'appeler le Fleuve d'Argent. La Mer Sonnante se trouvait à quarante kilomètres plus au sud ; derrière la maison se dressaient les premiers arbres du Bois des Voleurs.

Duray considéra son passé. « Bob possédait un ranch dans l'Arizona des années 1870 : une de ses lubies. Mon père et ma mère ont été tués par les Apaches. Bob m'a pris dans son ranch jusqu'à l'âge de trois ans, puis il m'a emmené chez Alan, à San Francisco. C'est là que j'ai été élevé. »

Elizabeth poussa un soupir. « Ce devait être merveilleux avec Alan. Oncle Peter était si lugubre ! Quant à tante Emma, elle ne me disait jamais rien. Ce qui s'appelle rien ! J'ai toujours été le dernier de leurs soucis... Je me demande pourquoi Bob a mis la question sur le tapis — cette histoire à propos des Indiens, de ta mère et de ton père scalpés et tout ça... C'est un homme si étrange.

— Bob est venu ici ?

— Quelques minutes hier pour nous rappeler sa Bamboche. Je lui ai assuré que je ne voulais pas laisser les gamines. Il m'a dit de les amener.

— Peuh !

— Je lui ai dit que je ne voulais pas aller à sa fichue Bamboche avec ou sans les gosses. D'abord, je ne veux pas voir oncle Peter, qui sera sûrement là... »

II

Extrait de *Mémoires et Réflexions* :

J'exigeai alors, et j'exige toujours, que notre chère vieille Mère la Terre, si souillée et si abîmée, ne soit pas négligée. Étant donné que je paye les violons (si je puis dire), il est normal que je choisisse la chanson, et l'un de mes plaisirs secrets est de voir tout le monde obtempérer, à la façon de ces grooms qui s'empressent d'exécuter les ordres d'un vieil homme irascible connu pour ses généreux pourboires. Personne n'ose me défier. Mes désirs deviennent réalités ; mes projets sont exécutés.

Paris. Vienne, San Francisco, Saint-Pétersbourg, Venise, Londres, Dublin sont assurés de subsister, pour devenir progressivement des essences idéalisées de leur individualité d'autrefois, de même que le vin devient en son temps l'âme de la vigne. Et l'ancienne vitalité dans tout cela ? Les jurons et les cris, les querelles de quartier, la rude musique de la ville, la vulgarité ? Envolés, définitivement envolés ! (Mais faciles à retrouver sur n'importe quel monde apparenté.) La vieille Terre est destinée à devenir un monde aimable et doux, riche en trésors de toutes sortes, un monde plein de choses délicieusement vieillottes — vieilles auberges, vieilles routes, vieilles forêts, vieux palais — où les gens viendront se promener en rêvant, goûtant à ce que le passé avait de meilleur sans souffrir de ce qu'il avait de pire.

Nous sommes désormais assurés de ne manquer de rien. Nos ressources sont infinies. Métal, bois d'œuvre, terres fertiles, pierre, eau, air : chacun n'a qu'à se servir. Une seule denrée demeure en quantité limitée : l'aptitude humaine au travail.

Gilbert Duray, petit-fils adoptif de fait sinon de droit d'Alan Robertson, travaillait au Programme de Déblayage Urbain. Six heures par jour, quatre jours par semaine, il dirigeait une démolisseuse à travers un Cupertino complètement désert, détruisant des pâtés de maisons, des stations-service, des supermarchés. Une série de boutons et de leviers contrôlaient une masse d'acier au bout d'un bras de trente mètres de long ; d'une pichenette, Duray renversait des pylônes électriques, faisait exploser des baies vitrées, écrasait du stuc et diverses sortes de revêtements, pulvérisait du béton. Un système de ramassage suivait à une quinzaine de mètres. Les décombres étaient chargés sur un transporteur, dirigés vers un orifice de six mètres de large, et déversés avec fracas dans l'Océan Apathique. Revêtements d'aluminium, plaques d'asphalte, fibre de verre gaufrée, récepteurs télé et barbecues, meubles de style suédois, Livres du mois par collections entières, dalles de béton, et jusqu'au trottoir et à la rue elle-même, tout allait au fond de l'Océan Apathique. Seuls restaient les arbres, étrange forêt éclectique qui s'étendait à perte de vue : ici un liquidambar et un pin d'Écosse ; là un pistachier chinois, un cèdre de l'Atlas et un ginkgo ; là un bouleau blanc et un érable de Norvège.

À une heure, Howard Wirtz émergea de la cambuse — ainsi avaient-ils baptisé la petite cabine située à l'arrière de la machine. Il s'était établi sur un monde correspondant au Miocène ; avec une femme et trois enfants, Duray avait préféré l'environnement plus clément d'un semi-cognat contemporain : le monde de Type A, généralement très apprécié, sur lequel l'homme n'était jamais apparu.

Duray indiqua le plan de travail à Wirtz : « Plus ou moins comme hier — tout droit de Persimmon à Walden, puis à droite sur un pâté de maisons et retour. »

Wirtz, le type même de l'homme austère et laconique, accusa réception du message d'un bref signe de tête. Il vivait seul sur son monde du Miocène, dans une maison flottante au milieu d'un lac de montagne. Il récoltait du riz sauvage, des champignons et des baies ; il tirait des oies sauvages, des poules d'eau, des daims, de jeunes bisons, et avait un jour annoncé à Duray qu'après cinq ans de travail il pourrait se retirer sur son lac pour ne jamais revenir sur Terre, sauf, peut-être, pour acheter des vêtements et des munitions. « Rien ne m'intéresse ici. Absolument rien. »

Duray avait ricané. « Et qu'est-ce que tu comptes faire pour occuper ton temps ?

— Chasser, pêcher, manger, dormir, et peut-être rester assis sur le gaillard d'avant.

— Rien d'autre ?

— Il se pourrait que j'apprenne à jouer du violon. Le plus proche voisin est à quinze millions d'années.

— Sage précaution, j'imagine. »

Duray reprit contact avec le sol et contempla son travail de la journée : une belle trouée, quatre cents mètres de désolation. Duray, qui ne permettait que peu d'extravagances à son subconscient, ressentit un petit pincement au cœur en songeant à l'ancien temps qui, malgré tous ses inconvénients, avait au moins l'avantage d'être rempli de vie. Des voix, des sonnettes de bicyclettes, des aboiements de chiens, des claquements de portes continuaient de remplir Persimmon Avenue de leur écho. Ses anciens habitants préféraient sans doute leurs nouveaux domiciles. Les plus indépendants, ceux qui étaient capables de se suffire à eux-mêmes, avaient opté pour des univers privés ; les plus grégaires vivaient en collectivité sur des mondes de toutes sortes : aussi jeunes que le Carbonifère, aussi courants que le Type A. Certains étaient même retournés dans les cités désormais dépeuplées. Une époque bien excitante à vivre. Une ère de fluctuations. Âgé de trente-quatre ans, Duray ne se souvenait d'aucun autre mode de vie ; celui d'autrefois, tel que l'évoquait Persimmon Avenue, semblait antique, mesquin, étriqué.

Il échangea quelques mots avec le conducteur de la démolisseuse, puis retourna vers la cambuse, s'arrêtant un instant pour regarder l'orifice qui s'ouvrait sur l'Océan Apathique. Un grain se préparait au-dessus de la ligne d'horizon, vers laquelle dérivait un train de morceaux de bois de charpente, futurs hôtes de quelque rivage précambrien. Aucun inspecteur ne prendrait la mer pour venir protester ; ce monde ne connaissait comme formes de vie que des mollusques et des algues, et tout le rebut de la Terre ne remplirait jamais ses gouffres sous-marins. Duray lança un caillou dans l'ouverture et regarda l'eau étrangère jaillir sous l'impact pour s'apaiser aussitôt. Puis, tournant les talons, il entra dans la cambuse.

Le mur du fond comprenait quatre portes. La seconde à partir de la gauche était marquée G. DURAY. Il fit jouer la serrure, ouvrit la porte et s'immobilisa, fixant un regard ahuri sur la surface nue du mur du fond. Il releva le rabat de plastique transparent qui faisait office de valve et ramassa par terre l'anneau de métal qui encadrait ordinairement son passage. La face interne ne lui donna à voir que du métal ; regardant à travers, il ne rencontra que l'intérieur de la cambuse.

Une longue minute s'écoula. Duray, comme hypnotisé, resta debout à fixer le ruban inutilisable, s'efforçant de saisir les implications de la situation. À sa connaissance, aucun passage n'avait refusé de fonctionner, sauf cas où il avait été délibérément fermé. Qui irait lui jouer un si méchant tour ? Certainement pas Elizabeth. Elle détestait les mauvaises plaisanteries, et si on pouvait lui faire un reproche, c'était d'être, comme Duray lui-même, un peu trop sérieuse et terre à terre. Il sauta de la cabine et s'engagea à grandes enjambées dans la forêt de Cupertino. Robuste gaillard, large d'épaules, de taille moyenne, il avait des traits rudes et volontaires, des cheveux châtains coupés très court, des yeux d'un brun doré dont la vivacité en imposait. La ligne de ses sourcils très fournis surplombait son nez droit et fin comme la barre supérieure d'un T ; sa bouche, serrée sur quelque puissante poussée intérieure, formait un peu plus bas un trait horizontal. Au total, un homme avec lequel il ne devait pas faire bon badiner, du moins à première vue.

Il se fraya un chemin à travers le bois peuplé de fantômes, préoccupé par l'étrange et fâcheux événement qui venait de le surprendre. Qu'était-il arrivé au passage ? À moins qu'Elizabeth n'eût invité des amies à la Maison, comme ils appelaient leur monde, elle était seule, les trois filles se trouvant à l'école... Il déboucha enfin sur Stevens Creek Road. Une camionnette de paysan s'arrêta à son signal et l'emmena à San José, qui était désormais un peu plus qu'une ville de province.

Au centre de transit, il glissa une pièce dans le tourniquet et pénétra dans le hall. Quatre portes marquées *Région*, *Californie*, *Amérique du Nord* et *Monde* s'ouvraient dans les murs, chacune menant à une station relais sur Utilis[1].

1. Utilis : cognat de la Terre du Paléocène où, par décision d'Alan Robertson, toutes les industries, institutions, entrepôts, réservoirs, décharges publiques et bureaux commerciaux se trouvaient rassemblés. Le nom d'Utilis comme cela avait été remarqué,

Duray passa dans la station Californie, trouva la porte marquée *Oakland*, retourna au Centre de Transit d'Oakland sur la Terre, repassa à travers la porte *Région* pour gagner la station d'Oakland sur Utilis, et retourna sur la Terre par la porte marquée *Montclair West* qui le déposa à seulement quatre cents mètres de l'École de Thornhill[1] — une petite promenade qu'il fit à pied.

Arrivé au secrétariat, Duray déclina son identité et demanda à voir sa fille Dolly.

Le secrétaire dépêcha un messager qui revint seul au bout de quelques instants. « Dolly Duray n'est pas à l'école. »

Duray fut surpris ; Dolly était en bonne santé et s'était rendue à l'école comme d'habitude. « Joan ou Ellen feront aussi bien l'affaire », dit-il.

Le messager fit un nouvel aller-retour. « Aucune d'elles n'est en classe, Mr Duray. Vos trois filles sont absentes.

---

reflétait parfaitement le côté pédant, un peu farceur, idéaliste, de la personnalité d'Alan Robertson.

1. Alan Robertson avait proposé un autre monde spécialisé, connu sous le nom de Tutelaris, où les enfants de tous les mondes colonisés pourraient bénéficier d'un vaste système de facilités pédagogiques. À sa grande douleur, il se heurta à une tempête de protestations indignées de la part des parents. Son projet n'était qu'une idée de technocrate mégalomane et fut jugé inhumain et exécrable. Quel meilleur monde pouvait-on rêver pour l'éducation des enfants que la vieille Terre elle-même ? Là était la source de toutes les traditions ; que la Terre devienne Tutelaris ! Ainsi le voulaient les parents, et Alan Robertson ne put faire autrement que s'incliner.

— Je ne comprends pas », dit-il, désormais franchement inquiet. « Je les ai vues toutes les trois partir à l'école ce matin.

— Je vais demander à Miss Haig. Je viens juste de prendre mon service. » Le secrétaire décrocha le combiné d'un téléphone, parla, écouta et se retourna vers Duray. « Vos filles sont reparties chez elles à dix heures. Mrs Duray les a réclamées et les a ramenées par le passage.

— A-t-elle donné une raison quelconque ?

— Miss Haig dit que non ; Mrs Duray lui a seulement déclaré qu'elle avait besoin des filles à la maison. »

Duray réprima un soupir d'irritation. « Pourriez-vous me conduire à leur armoire ? Je vais utiliser leur passage pour rentrer.

— C'est contraire au règlement, Mr Duray. Je suis sûr que vous comprenez.

— Je peux faire définitivement la preuve de mon identité, dit Duray. Mr Carr me connaît. En fait, mon passage est hors d'usage et je suis venu ici pour rentrer chez moi.

— Pourquoi ne pas en parler à Mr Carr ?

— C'est ce que j'aimerais faire. »

Duray fut conduit au bureau du principal, où il exposa son problème. Mr Carr l'assura de sa sympathie et ne fit aucune difficulté pour accompagner Duray jusqu'au passage des enfants.

Ils se rendirent dans une grande salle sur le derrière de l'école et trouvèrent l'armoire numéro 382. « Nous y voilà, dit Carr. Je crains que vous ne trouviez cela un peu étroit. » Il déverrouilla la porte de métal avec son passe-partout et l'ouvrit en grand. Duray regarda à l'intérieur et ne vit que du métal noir au fond de l'armoire. Le passage, comme le sien, avait été fermé.

Duray recula, un instant incapable de trouver ses mots.

Carr manifesta une stupéfaction polie. « Voilà qui est tout à fait étrange ! Je ne crois pas avoir déjà vu une telle chose ! Jamais vos filles ne s'amuseraient à ce genre de sottise.

— Elles ne sont pas bêtes à ce point, grogna Duray. Vous êtes sûr que c'est la bonne armoire ? »

Carr désigna la carte apposée sur l'armoire ; trois noms y étaient dactylographiés : Dorothy Duray, Joan Duray, Ellen Duray. « Il n'y a pas d'erreur possible, dit-il, et j'ai bien peur de ne pouvoir vous aider davantage. Vivez-vous en collectivité ?

— Nous avons une concession privée. »

Carr hocha la tête en pinçant les lèvres d'un air entendu, comme pour suggérer qu'un tel désir de solitude avait quelque chose d'excentrique. Il laissa échapper un petit gloussement moqueur. « Je suppose que lorsqu'on s'isole ainsi, on doit plus ou moins s'attendre à toutes sortes d'inconvénients.

— Au contraire, répliqua sèchement Duray. Notre vie est extraordinairement peu mouvementée, car il n'y a personne pour nous embêter. Nous aimons les animaux sauvages, le calme, l'air frais. Et nous ne tenons pas à ce qu'il en soit autrement. »

Carr lui adressa un petit sourire ironique. « Mr

Robertson a certainement changé la vie de chacun d'entre nous. Je crois savoir que c'est votre grand-père ?

— J'ai été élevé chez lui. Je suis le fils adoptif de son neveu. Les liens du sang ne sont pas très étroits. »

III

Extrait de *Mémoires et Réflexions* :

J'en vins rapidement à m'intéresser aux flux magnétiques et à leur contrôle. Après avoir passé mes examens, je travaillai exclusivement dans ce domaine, étudiant toutes les variétés de champs magnétiques et mettant au point divers moyens de contrôler leur formation. Durant des années, mes horizons restèrent limités à ce genre de recherches et je menai une vie des plus tranquilles.

Deux événements contemporains me forcèrent à sortir de ma « tour d'ivoire ». Premièrement : l'effrayant surpeuplement de la planète et la perspective d'une aggravation de la situation. Le cancer était un de ces fléaux qui n'appartenaient plus qu'au passé ; toutes les maladies de cœur se soignaient ; encore une dizaine d'années, et l'immortalité pouvait devenir une réalité pour beaucoup d'entre nous, entraînant une augmentation de la densité de la population.

Deuxièmement, les travaux théoriques sur les « trous noirs » et les « trous blancs » suggérant que la matière comprimée dans un « trou noir » brisait une barrière pour se déverser par un « trou blanc » dans un autre univers, je calculai les pressions et considérai les tubes, cônes et spirales magnétiques autoconvergents qui faisaient l'objet de mes expériences. Du fait de leurs propriétés particulières ces entités s'étranglaient en sommets d'une section droite indiscernables d'un point géométrique. Que se passerait-il (me demandai-je) si deux ou plusieurs cônes pouvaient être placés en opposition de façon à produire un équilibre ? En la circonstance, il fallait accélérer les particules chargées jusqu'aux environs de la vitesse de la lumière, et les resserrer à leur point de convergence, de façon à les faire entrer en collision. Les pressions ainsi créées, quoique se manifestant à petite échelle, dépasseraient de loin celles qui caractérisaient les « trous noirs » : jusqu'à produire des effets inconnus.

Je peux maintenant déclarer que les mathématiques des foyers multiples constituent un embrouillamini des plus improbables, et l'utilisation pratique de ce que je suis bien obligé d'appeler un ensemble de contradictions absurdes reste un de mes secrets. Je sais que des milliers de savants, dans ce pays et à l'étranger, essaient d'imiter mes travaux ; grand bien leur fasse ; personne ne réussira. Pourquoi suis-je aussi sûr de moi ? C'est un autre de mes secrets.

Duray regagna le dépôt de Montclair West dans un état de perplexité mêlée de rage. Sur les quatre passages menant à la Maison, il y en avait deux de fermés. Le troisième se trouvait dans son armoire de San Francisco ; c'était la « porte d'entrée » en quelque sorte. Le dernier, l'orifice original, était rangé, classé et répertorié dans la chambre forte d'Alan Robertson.

Duray s'efforça d'aborder rationnellement le problème. Les gamines ne se risqueraient jamais à tripoter les passages. Quant à Elizabeth, pas question pour elle non plus d'envisager une telle action. En tout cas, Duray ne voyait pas ce qui pourrait l'y pousser. Elizabeth, une enfant adoptive comme lui, était une belle femme, passionnée, plutôt grande, brune, avec des yeux d'un noir éclatant et une large bouche qui avait tendance à se retrousser en un sourire adorablement tortueux. Elle était aussi parfaitement sensée, loyale, prudente, travailleuse ; elle aimait sa famille et son domaine de Beau Rivage. La théorie d'une aventure érotique semblait aussi incroyable à Duray que cette histoire de passages fermés. Cependant, c'était un fait, Elizabeth était sujette à des coups de tête et à d'incompréhensibles sautes d'humeur. Supposons qu'elle ait reçu la visite de quelqu'un qui, pour quelque bonne ou mauvaise raison, l'ait forcée à fermer les passages... ? Duray secoua la tête d'accablement, comme un taureau harassé. Tout cela reposait sans doute sur une cause très simple. Mais d'un autre côté, réfléchit-il, il pouvait s'agir d'une affaire très compliquée. Par quelque obscure association d'idées, cette pensée fit surgir dans son esprit l'image de son père nourricier, Bob Robertson, le neveu d'Alan Robertson. Duray hocha gravement la tête, comme pour confirmer un fait qu'il aurait dû soupçonner depuis longtemps. Il entra dans la cabine téléphonique et appela Bob à son appartement de San Francisco. L'écran vira au blanc et lui offrit un instant plus tard le visage alerte, soigné et élégant de Bob Robertson. « Bonjour, Gil. Content que tu aies appelé ; j'avais hâte de t'avoir au bout du fil. »

Duray devint plus méfiant que jamais. « Comment ça ?

— Rien de sérieux, du moins je l'espère. J'ai fait un saut jusqu'à ton armoire pour y déposer quelques bouquins que j'avais promis à Elizabeth, et j'ai remarqué à travers la vitre que ton passage était fermé. Effondré. Inutilisable.

— Étrange, dit Duray. Vraiment très étrange. Je n'arrive pas à m'expliquer cela. Et toi ?

— Moi non plus... pas vraiment. »

Duray crut discerner une pointe de malice dans l'intonation. Ses yeux se rétrécirent sous l'effet de la concentration. « Le passage de ma machine est fermé. Le passage que les gamines ont à l'école est fermé. Et voilà que tu m'annonces qu'il en est de même pour celui que j'ai en ville. »

Bob Robertson sourit de toutes ses dents. « C'est déjà un bon point de départ, dirais-je. Vous ne vous seriez pas disputés, Elizabeth et toi ?

— Non. »

Bob Robertson caressa son long menton aristocratique. « Alors c'est un mystère. Mais on doit pouvoir trouver une explication tout ce qu'il y a d'ordinaire.

— Ou tout ce qu'il y a d'extraordinaire.

— Exact. Par les temps qui courent, il faut s'attendre à tout. À propos, c'est demain soir qu'a lieu ma Grande Bamboche, et j'espère bien qu'Elizabeth et toi serez des nôtres.

— Autant que je m'en souvienne, dit Duray, j'ai déjà décliné ton invitation. » Les Bambocheurs étaient des compères de Bob. Duray soupçonnait toute la bande d'avoir des activités douteuses. « Excuse-moi, mais il faut que je localise un passage ouvert, ou Elizabeth et les enfants vont rester en rade.

— Demande à Alan, dit Bob. Il aura l'original dans sa chambre forte. »

Duray acquiesça d'un signe de tête nerveux. « Ça m'embête de le déranger, mais c'est mon dernier espoir.

— Tiens-moi au courant, dit Bob. Et si tu n'as rien de spécial à faire, n'oublie pas ma Bamboche demain soir. J'en ai touché un mot à Elizabeth, et elle m'a assuré qu'elle serait là.

— Ah bon. Et quand as-tu consulté Elizabeth ?

— Il y a un jour ou deux. Ne prends pas cet air antique et solennel, mon garçon.

— Je me demande s'il n'y a pas un rapport entre ton invitation et la fermeture des passages. Je sais très bien qu'Elizabeth ne fait aucun cas de tes raouts. »

Bob Robertson se mit à rire avec une parfaite bonne grâce. « Réfléchis un instant. Deux événements se produisent. Je t'invite avec ta femme à ma Grande Bamboche. Voilà pour l'événement numéro un. Tes passages sont bloqués, ce qui constitue l'événement numéro deux. Et par un triomphe de logique absurde, tu mets les deux en équation et tu m'accuses. Tu trouves ça juste ?

— Tu appelles ça une "logique absurde". Moi j'appelle ça de l'instinct. »

Nouvel éclat de rire de Bob Robertson. « Il te faudra trouver mieux. Parles-en à Alan et, si pour une raison ou pour une autre il ne peut pas t'aider, viens à ma Bamboche. On se creusera la cervelle et on résoudra ton problème, ou alors on en trouvera de plus intéressants. » Il lui adressa un salut plein de gaieté, et avant que Duray ait pu rugir une protestation, l'écran s'éteignit.

Duray resta planté là, les yeux braqués sur l'écran, convaincu que Bob en savait plus sur les passages fermés qu'il ne voulait l'admettre. Puis il alla s'asseoir sur un banc... Si Elizabeth lui avait barré l'accès à la Maison, elle avait dû céder à un cas de force majeure. Mais à moins qu'elle n'eût l'intention de s'isoler définitivement de la Terre, elle avait dû laisser au moins un passage ouvert, et c'était sûrement l'ouverture mère dans la chambre forte d'Alan Robertson.

Duray se releva, non sans peine, et resta un moment sans bouger, le menton sur la poitrine, les épaules voûtées. Il laissa échapper un grognement hargneux et retourna à la cabine téléphonique, où il composa un numéro connu tout au plus d'une douzaine de personnes.

L'écran se fit laiteux tandis qu'à l'autre bout de la ligne son correspondant le dévisageait... Enfin l'image se précisa, révélant un visage rond et pâle où des yeux d'un bleu délavé brillaient, impassibles. « Bonjour, Ernest, dit Duray. Est-ce qu'Alan est occupé en ce moment ?

— Je ne crois pas qu'il ait quoi que ce soit de particulier à faire... sinon se reposer. »

Ernest insista sur les deux derniers mots de façon significative.

« J'ai des problèmes, dit Duray. Comment puis-je entrer en contact avec lui ?

— Le mieux serait que vous veniez ici. Le code a changé. C'est MHF maintenant.

— Je serai là dans quelques minutes. »

De retour dans la station Californie sur Utilis, Duray se rendit dans une salle à part garnie d'armoires particulières, numérotées et diversement marquées de symboles, de noms, de fanions colorés, ou pas marquées du tout. Il alla jusqu'à l'Armoire 122 et, négligeant le trou de la serrure, composa les lettres MHF sur le verrou à combinaisons. La porte s'ouvrit ; il pénétra dans l'armoire et franchit le passage qui donnait sur le domaine d'Alan Robertson, en pleine Sierra Nevada.

IV

Extrait de *Mémoires et Réflexions* :

S'il y a un axiome de base qui contrôle le cosmos, ce doit être celui-ci : *Dans une situation d'infinitude, toutes les situations possibles se présentent non pas une seule fois mais une infinité de fois.*

Il n'y a pas de limites mathématiques ou logiques au nombre de dimensions. Notre perception ne nous en montre que trois, mais tout laisse supposer qu'il en est autrement : une centaine de variétés de phénomènes parapsychiques, les « trous blancs », le caractère apparemment fini de notre univers, qui nous assure par corollaire qu'il en existe d'autres.

C'est pourquoi, lorsque je passai derrière le tablier de plomb et posai pour la première fois le doigt sur le bouton, j'étais sûr de réussir ; un échec m'aurait vraiment étonné !

Mais (et c'est de là que venaient toutes mes craintes) quelle sorte de succès allais-je obtenir ?

Et si je créais un trou ouvrant sur le vide interplanétaire ?

Cela pouvait très bien arriver ; j'avais donc entouré la machine d'une solide membrane de plastique pour empêcher l'air de la Terre de se précipiter dans le vide.

Et si je tombais sur des conditions dépassant l'imagination ?

Mon imagination n'avait pas de réponse.

Je me décidai à appuyer sur le bouton.

Duray déboucha dans la fraîcheur humide d'une grotte de granit. Un ciel d'un bleu profond déversait sa lumière dans l'entrée. C'était là le lien d'Alan Robertson avec le monde extérieur ; comme beaucoup, il n'aimait pas les passages qui s'ouvraient directement dans la maison. Un sentier de chèvres d'une cinquantaine de mètres de long menait au chalet. À l'ouest s'étendait une magnifique perspective de crêtes en fuite, de vallées et de brumes bleutées ; à l'est se dressaient deux pics de granit, avec un peu de neige restée prisonnière de la dépression qui les séparait. Le chalet d'Alan Robertson se trouvait juste au-dessous de la limite de pousse, au bord d'un petit lac entouré de grands sapins sombres. C'était une construction en pierres de taille, avec une galerie de bois sur le devant et une énorme cheminée de chaque côté.

Duray était venu au chalet en de nombreuses occasions ; enfant, il avait escaladé les deux pics surplombant la maison pour contempler toute cette paix, qui avait sur la vieille Terre une saveur autrement enivrante que tout ce que pouvaient offrir les vastes solitudes des mondes de Type A.

Ernest vint lui ouvrir la porte : un homme d'âge mûr au visage franc, avec de petites mains blanches et de fins cheveux gris souris toujours lissés. Il détestait le chalet, la nature sauvage et la solitude en général, mais il aurait enduré mille morts avant de quitter son poste de majordome d'Alan Robertson. Ernest et Duray avaient des personnalités diamétralement opposées. Ernest jugeait Duray brusque, sans délicatesse, un rien vulgaire, et probablement enclin à recourir à la violence comme ultime argument. Duray considérait Ernest, pour autant que celui-ci occupait ses pensées, comme le genre d'homme à qui il fallait deux bouchées pour manger une cerise. Ernest ne s'était jamais marié ; il ne manifestait aucun intérêt pour les femmes, et durant son enfance Duray s'était souvent étonné d'un tel rigorisme.

Il déplaisait tout particulièrement à Ernest que Duray eût librement accès à la personne d'Alan Robertson. Le pouvoir d'éconduire ou d'admettre les innombrables personnes désireuses d'approcher le vieil homme constituait sa plus précieuse prérogative, et Duray lui en interdisait l'usage en ignorant purement et simplement Ernest et tous ses principes. Celui-ci ne s'était jamais plaint à Alan Robertson de peur de découvrir que l'influence de Duray excédait la sienne. Les deux hommes observaient une espèce de trêve vigilante, chacun laissant à l'autre ses privilèges.

Après l'avoir poliment salué, Ernest admit Duray à l'intérieur. C'était toujours le même décor : plancher verni recouvert de nattes navajos rouges, blanches et noires, lourd mobilier de sapin, coussins de cuir, quelques étagères de livres, une demi-douzaine de chopes en étain sur le manteau de l'imposante cheminée : une pièce presque outrageusement dépourvue de souvenirs. Duray se retourna vers Ernest. « Où est Alan ?

— Sur son bateau.

— Avec des invités ?

— Non, dit Ernest avec un léger reniflement de désapprobation. Il est seul, on ne peut plus seul.

— Ça fait combien de temps qu'il est parti ?

— Tout juste une heure. Je ne pense pas qu'il ait déjà pris la mer. Quel est votre problème, si je puis me permettre ?

— Les passages vers mon monde sont fermés. Tous les trois. Il ne me reste plus que celui de la chambre forte. »

Les sourcils d'Ernest s'arrondirent. « Qui les a fermés ?

— Je l'ignore. Elizabeth et les gamines sont toutes seules à la Maison, autant que sache.

— Extraordinaire », dit Ernest d'une voix blanche, légèrement métallique. « Eh bien, venez. » Duray lui emboîta le pas jusqu'à une pièce du fond. Une main sur la poignée, Ernest tourna la tête vers lui. « Avez-vous parlé de cette affaire à quelqu'un ? Robert, par exemple ?

— Oui, répondit sèchement Duray. En effet. Pourquoi cette question ? »

Ernest hésita une fraction de seconde. « Pour rien. Robert a parfois un curieux sens de l'humour. Lui comme ses Bambocheurs. » Il prononça le mot avec une moue de dégoût.

Duray ne dit rien de ses propres soupçons. Ernest ouvrit la porte ; ils pénétrèrent dans une grande pièce éclairée par une verrière. Elle n'avait pour tout mobilier qu'une carpette posée sur le plancher verni. Quatre portes se découpaient dans chaque mur. Ernest se dirigea vers l'une d'entre elles, l'ouvrit en grand et dit avec un geste résigné : « Vous trouverez probablement Alan à l'embarcadère. »

Le regard de Duray plongea à l'intérieur d'une grossière cabane en feuilles de palmier construite sur pilotis. Il aperçut à travers l'encadrement de l'entrée un sentier ombragé qui conduisait à la ligne blanche d'une plage de sable. La ligne des brisants étincelait juste au-dessous d'une tranche d'océan bleu foncé et d'un pan de ciel. Duray hésita, rendu méfiant par les événements de la matinée. Tout le monde était suspect, même Ernest, chez qui il surprenait à présent un petit reniflement moqueur. À travers la frondaison Duray aperçut un morceau de voile ; il franchit le passage.

V

Extrait de *Mémoires et Réflexions* :

L'homme est une créature dont l'évolution s'est accomplie en plein air. Ses nerfs, ses muscles, ses sens se sont développés durant trois millions d'années au contact même de la terre, du roc, de l'arbre, du vent et de la pluie. Et voici que cette créature est jetée brusquement — à l'échelle géologique il s'agit bien de quelque chose d'instantané — dans un environnement artificiel fait de métal et de verre, de plastique et de contreplaqué, avec lequel son moi profond ne présente aucune affinité. Ce qui est étonnant, ce n'est pas que nous soyons déséquilibrés, c'est que nous le soyons si peu. Ajoutez à cela les bruits les plus étranges, les plaisirs électriques, les couleurs bizarres, les aliments synthétiques, les divertissements abstraits ! Nous devrions nous féliciter de notre longévité.

Ces réflexions me viennent à l'esprit parce qu'avec mon petit appareil — si simple, si maniable, si pratique — j'ai largement contribué à alourdir le fardeau de notre pauvre cerveau primitif ; c'est un fait que beaucoup de personnes trouvent le passage instantané d'un lieu à un autre déconcertant, et même franchement désagréable.

Duray s'arrêta sur le seuil de la cabane, dans l'ombre mouchetée de soleil d'une voûte de verdure. L'air, tiède, sentait la végétation humide. Il tendit l'oreille. Le murmure du ressac lui parvint, ainsi que le cri lointain d'un oiseau.

Il s'engagea sous les grands palmiers qui abritaient le sentier et arriva au bord d'une rivière. À quelques mètres en aval, près d'un appontement rudimentaire fait de planches et de madriers, flottait un ketch bleu et blanc, dont les voiles hissées à bloc se gonflaient sous une légère brise. Alan Robertson était debout sur le pont, prêt à larguer les amarres. Duray le héla ; Robertson se retourna avec une expression de surprise et de contrariété qui disparut dès qu'il eut reconnu son visiteur. « Salut, Gil, content de te voir ! J'ai cru un instant que c'était encore un enquiquineur. Grimpe à bord ; tu arrives juste à temps pour profiter de la balade. »

L'air sombre, Duray le rejoignit sur le bateau. « Je crains d'être obligé de jouer les enquiquineurs.

— Ah ? » Robertson dressa les sourcils en une manifestation spontanée de sollicitude. C'était un homme de taille moyenne, mince, plein d'allant. Des mèches désordonnées de cheveux blancs lui tombaient sur le front. Ses yeux bleu pâle examinèrent Duray avec anxiété. L'idée même de faire de la voile l'avait quitté. « Qu'est-ce qui se passe ?

— Je voudrais bien le savoir moi-même. Si je pouvais me débrouiller tout seul, je ne viendrais pas t'embêter.

— Ne t'en fais pas pour moi ; ce n'est pas le temps qui manque pour les sorties en mer. Dis-moi seulement ce qui se passe.

— Je ne peux pas rentrer à la Maison. Tous les passages sont fermés. Je n'ai pas la moindre idée du pourquoi ni du comment. Elizabeth et les gamines sont là-bas toutes seules... enfin, je crois. »

Alan Robertson se frotta le menton. « Voilà qui n'est pas ordinaire ! Je comprends tout à fait ton agitation... Tu crois qu'Elizabeth a fermé les passages ?

— C'est insensé... mais je ne vois personne d'autre. »

Une lueur rusée s'alluma dans les yeux du vieil homme. « Pas de petits conflits familiaux ? Rien qui ait pu lui faire de la peine ?

— Absolument rien. J'ai déjà réfléchi à la question en pure perte. J'ai pensé qu'elle avait pu recevoir la visite de quelqu'un, d'un homme, qui avait pris le contrôle de la situation... mais dans ce cas, pourquoi serait-elle venue chercher les gamines à l'école ? Cette possibilité est exclue. Une aventure ? Possible mais plutôt invraisemblable. Si elle veut m'interdire l'accès de la planète, il se peut aussi que ce soit pour me protéger moi, ou elle, ou les gamines, d'un danger. Ce qui met encore une fois une autre personne dans le coup. Mais qui ? Comment ? Pourquoi ? J'en ai parlé à Bob. Il affirme ne rien savoir de tout cela, mais il veut que je vienne à sa sacrée Bamboche, et il m'a fait clairement entendre qu'Elizabeth serait là. Je n'ai aucune preuve contre lui, mais je le soupçonne. Il a toujours eu le goût des plaisanteries bizarres. »

Alan hocha lugubrement la tête. « Je ne te contredirai pas. » Il s'assit dans le cockpit, les yeux fixés sur l'eau. « Même si Bob a un sens de l'humour des plus sophistiqués, il n'irait pas jusqu'à te couper l'accès à ton monde... Je ne pense pas que ta petite famille soit vraiment en danger, mais on ne sait jamais. Il se peut que Bob ne soit pas responsable et qu'il s'agisse de quelque chose de plus grave. » Il sauta sur ses pieds. « Il est évident que la première chose à faire est d'utiliser l'ouverture mère dans la chambre forte. » Il regarda l'océan avec une ombre de regret dans les yeux. « Ma petite promenade en bateau peut attendre... Un monde bien agréable que j'ai là. Pas tout à fait un cognat de la Terre — un cousin germain, pour ainsi dire. La flore et la faune sont à peu près contemporaines, sauf en ce qui concerne l'homme. Aucun hominidé ne s'y est jamais développé. »

Les deux hommes remontèrent le sentier, Alan poursuivant d'un ton enjoué : « J'ai visité des milliers de mondes et j'en ai entrevu encore plus, mais sais-tu que je ne suis jamais parvenu à un bon système de classification ? Il y a des cognats identiques — bien sûr, on ne sait jamais jusqu'à quel point ils le sont. Ce sont des cas relativement simples, mais à partir de là les difficultés commencent... Bah, je ne pense plus à ce genre de chose. Tout ce que je sais, c'est que dans certaines conditions les cognats apparaissent. La tendance à tout intellectualiser est la plaie de notre époque comme de toutes les époques. Montre-moi un homme qui ne vit que dans l'abstraction, et je te montrerai la fin dernière de l'évolution dans toute sa futilité. » Alan laissa échapper un petit rire de gorge. « Si je pouvais contrôler la machine avec assez de précision pour produire de vrais cognats, c'en serait fini de nos ennuis... Pour notre plus grande confusion, bien sûr. Je pourrais passer dans un monde parallèle au moment même où un Alan Robertson parallèle passerait dans notre monde, avec un résultat net égal à zéro. Un beau sujet de réflexion ; je ne m'en lasse jamais... »

Ils regagnèrent la chambre de transit. Ernest apparut presque aussitôt. Duray le soupçonna d'être resté à l'épier à travers le passage.

« Nous serons occupés une heure ou deux, Ernest, lança vivement Alan Robertson. Gilbert a des difficultés et il faut que nous arrangions ça. »

Ernest acquiesça comme à regret, du moins Duray en eut-il l'impression. « Le rapport sur l'état d'avancement du Plan Ohio est arrivé. Rien de particulièrement urgent, je suppose.

— Merci, Ernest. Je verrai ça plus tard. Viens, Gilbert ; allons tirer cette affaire au clair. » Ils se dirigèrent vers la porte numéro 1 et passèrent dans la station d'Utilis. Robertson conduisit Duray jusqu'à une petite porte verte, fit jouer la combinaison à trois chiffres et l'ouvrit d'un geste théâtral. « Parfait, en avant. » Il referma soigneusement la porte derrière eux et ils enfilèrent un petit couloir. « Quelle pitié de devoir être si précautionneux, dit Alan. Mais tu serais ahuri par l'énormité des exigences qu'ont à mon égard des gens par ailleurs sensés. Il y a des moments où tout cela m'exaspère... Enfin, c'est compréhensible, je suppose. »

À l'autre bout du corridor, Robertson manipula la serrure à chiffres d'une porte rouge. « Par ici, Gilbert ; tu vas reconnaître. » Le passage qu'ils franchirent donnait sur une chambre de béton circulaire d'une quinzaine de mètres de diamètre, située, autant que Duray s'en souvenait, sous les montagnes du Chien Fou, en plein désert Mojave. Huit couloirs s'enfonçaient dans le roc, chacun d'eux croisant douze allées concentriques. Le centre de la chambre était occupé par un bureau circulaire de cinq mètres de diamètre. Là, six employés en blouse blanche faisaient travailler des ordinateurs et des machines collationneuses. Conformément aux instructions d'Alan Robertson, ils s'abstinrent de tout signe de reconnaissance comme de tout salut.

Robertson s'approcha du bureau. À ce signal, le chef de service, un jeune homme solennel, chauve comme un œuf, s'avança : « Bonjour, monsieur.

— Bonjour, Harry. Trouvez-moi l'indicatif de "Gilbert Duray" sur ma liste personnelle. »

L'employé exécuta une petite courbette et se dirigea vers un appareil à clavier dont il effleura quelques touches ; la machine éjecta une carte qu'il tendit à Robertson. « Voilà, monsieur. »

Alan montra la carte à Duray, qui lut : *4 :8 :10/ 6 :13 :29.*

« Ton monde, dit Robertson. Nous allons bientôt savoir de quoi il retourne. Par ici, Couloir quatre. » Il s'engagea dans le couloir en question, tourna dans l'Allée numéro huit et marcha jusqu'au Classeur dix. « Rangée six », dit Robertson. Il vérifia la carte. « Tiroir treize... nous y voilà. » Il ouvrit le tiroir et promena ses doigts sur les onglets. « Item vingt-neuf. Ce devrait être la Maison. » Il produisit un petit cadre de métal d'une quinzaine de centimètres de côté et le tint devant ses yeux en fronçant les sourcils, incrédule. « Même ici nous n'avons plus rien. » Il posa sur Duray un regard plein de désarroi. « La situation est grave !

— Je n'en attendais pas moins, dit Duray d'une voix morne.

— Tout cela demande réflexion. » Robertson fit claquer sa langue sous le coup de la contrariété. « Tss, tss, tss. » Il examina la plaquette d'identification en haut du cadre. « Quatre : huit : dix/six : treize : vingt-neuf, lut-il à haute voix. Il n'y a pas d'erreur possible. » Il lorgna de nouveau les chiffres, hésita, puis rangea posément le cadre. Enfin, changeant d'avis, il le reprit. « Viens, Gilbert, dit-il. On va réfléchir à tout ça devant une tasse de café. »

Ils retournèrent dans la chambre centrale. Robertson remit le cadre vide à Harry. « Consultez les archives, s'il vous plaît. Je veux savoir combien de passages ont été prélevés sur l'original. »

Harry manipula quelques boutons sur son ordinateur. « Trois seulement, Mr. Robertson.

— Trois passages et l'original — ça nous en fait quatre en tout ?

— C'est ça, monsieur.

— Merci, Harry. »

VI

Extrait de *Mémoires et Réflexions* :

Je n'ignorais pas que de cruels abus étaient toujours possibles, mais le bien l'emportait tellement sur le mal que je chassai toute idée de secret et d'exclusivité. Je ne me considère pas seulement comme Alan Robertson mais, à l'instar de Prométhée, comme un archétype de l'Homme, et ma découverte doit profiter à tout le monde.

Mais attention, attention, attention !

Je mis de l'ordre dans mes idées. J'aspirais moi-même à la vastitude d'un monde privé, personnel ; un tel désir n'avait rien de blâmable à mes yeux. Pourquoi chacun ne bénéficierait-il pas d'un tel avantage, s'il le souhaitait, à partir du moment où le stock était inépuisable ? Que l'on y songe ! La richesse et la beauté de tout un monde : des montagnes et des plaines, des forêts et des fleurs, des océans venant se briser contre de hautes falaises, des nuages poussés par le vent — autant de choses sans prix qui ne demandent pourtant que quelques secondes d'effort et quelques watts d'énergie.

Une nouvelle idée vint me troubler. Tout le monde

n'allait-il pas déserter la Terre et la laisser à l'état de dépotoir ? Une telle éventualité me parut insupportable... J'échange donc l'accès à un monde contre trois à six ans de travaux de réfection, selon le type de résidence choisi.

Ils se rendirent dans un petit salon surplombant la chambre centrale. Alan Robertson indiqua un siège à Duray et alla prendre deux tasses de café au distributeur. S'installant dans un fauteuil, il leva les yeux au plafond. « Il faut rassembler nos idées. Les circonstances sont plutôt exceptionnelles ; et pourtant, cela fait près de cinquante ans que je vis au milieu de circonstances exceptionnelles. Faisons le point. Nous avons vérifié qu'il n'existe que quatre passages conduisant à la Maison. Ces quatre passages sont fermés, encore que nous soyons obligés de croire Bob sur parole en ce qui concerne ton armoire en ville. S'il en est vraiment ainsi, si Elizabeth et tes filles sont toujours là-bas, tu ne les reverras jamais.

— Bob est mêlé à cette affaire. Je serais incapable d'en jurer, mais... »

Robertson leva la main. « Je vais en parler à Bob ; c'est de toute évidence la première chose à faire. » Il sauta sur ses pieds et se dirigea vers le téléphone dans un coin du salon. Duray le rejoignit. Alan dit devant l'écran : « Donnez-moi l'appartement de Robert Robertson à San Francisco. »

L'écran se fit lactescent. La voix de Bob s'éleva du récepteur. « Désolé, je ne suis pas chez moi. Je suis parti pour Mon Bon Plaisir, mon monde personnel, et il est impossible de m'y joindre. Rappelez dans une semaine, sauf s'il s'agit d'une affaire urgente... dans ce cas, rappelez dans un mois.

— Hum ! fit Alan en retournant à son fauteuil. Il y a des moments où Bob est un peu trop cavalier. Insuffisamment intelligent... » Il tambourina des doigts sur son accoudoir. « C'est demain soir qu'il donne sa réception ? Comment appelle-t-il ça, déjà ? Une Bamboche ?

— Une idiotie dans ce goût-là. Pourquoi veut-il que j'y aille ? Je n'ai rien d'un boute-en-train ; je ferais mieux de me boucler chez moi.

— Peut-être que tu devrais aller à cette soirée.

— Et céder à son chantage ?

— Tu veux revoir ta famille, oui ou non ?

— Naturellement. Mais ce qu'il a en tête ne vise certainement pas mon bien, ni celui d'Elizabeth.

— Sur ce point tu as peut-être raison. J'ai entendu raconter une ou deux vilaines histoires à propos des Bambocheurs... Il n'en reste pas moins que les passages sont fermés. Tous les quatre. »

La voix de Duray se durcit soudain. « Tu ne peux pas nous ouvrir un nouvel orifice ? »

Robertson secoua tristement la tête. « Je peux régler la machine de façon très précise. Je peux l'aligner facilement sur les mondes du type de la Maison et me rapprocher autant que nécessaire d'un état particulier. Mais à chaque mise au point, quelle que soit la précision du réglage, on rencontre une infinité de mondes. Pratiquement, certaines insuffisances de la machine, le choc en retour, l'énorme taille des électrons, la différence même des électrons entre eux, rendent très difficile un réglage d'une absolue précision. Aussi, même si nous accrochons le type “Maison”, la probabilité de créer une ouverture dans ton chez-toi particulier est de un sur un nombre infini... en un mot, négligeable. »

Duray s'absorba dans la contemplation de la chambre circulaire. « Est-il possible qu'un espace qui a été traversé une fois soit sujet à s'ouvrir plus facilement une seconde fois ? »

Robertson sourit. « Ça, je n'en sais rien. Je ne pense pas, mais il y a tellement de choses qui me restent inconnues... En tout cas, je ne vois pas pourquoi il en serait ainsi.

— Si nous pouvions créer une ouverture dans un monde absolument semblable, je pourrais au moins apprendre pourquoi les passages sont fermés. »

Robertson se redressa. « Voilà une bonne idée. Peut-être y a-t-il là quelque chose à creuser. » Il tourna un regard facétieux vers Duray. « D'un autre côté... rends-toi compte de la situation. Nous créons une ouverture donnant accès à un chez toi presque identique au tien... si ressemblant que la différence n'est pas immédiatement perceptible. Tu trouves là une Elizabeth, une Dolly, une Joan et une Ellen impossibles à distinguer des tiennes, avec un Gilbert coincé sur la Terre. Tu pourrais très bien te persuader que c'est là ton propre monde.

— Je verrais la différence. »

Mais Robertson fit comme s'il n'avait pas entendu.

« Réfléchis ! Une infinité de Maisons isolées de la Terre, une infinité d'Elizabeth, de Dolly, de Joan et d'Ellen toutes en rade, une infinité de Gilbert essayant de revenir chez eux... Il pourrait en résulter une redistribution dans les familles, chacun prenant plus ou moins bien les choses. C'est le genre de plaisanterie dont Bob pourrait très bien avoir envie de faire profiter les Bambocheurs. »

Duray dirigea sur Alan Robertson un regard pénétrant et se demanda si le vieil homme était sérieux. « Ça n'a rien de drôle, et je ne suis pas du genre à prendre les choses avec le sourire.

— Bien sûr que non, se hâta de dire Alan. Juste une idée en l'air... d'assez mauvais goût, j'en ai bien peur.

— En tout cas, Bob m'a fait entendre qu'Elizabeth serait à sa sacrée Bamboche. Si c'est vrai, elle doit avoir fermé les passages de l'extérieur.

— Possible, admit Robertson, mais absurde. Pourquoi t'interdirait-elle l'accès de la Maison ?

— C'est justement ce que j'aimerais savoir. » Robertson se frappa les cuisses et sauta sur ses pieds, pour s'arrêter aussitôt dans son élan. « Tu veux vraiment aller faire un tour dans ces cognats ? Tu risques d'y voir des choses qui ne seront pas de ton goût.

— Du moment qu'elles m'apprennent la vérité, peu importe qu'elles soient de mon goût ou pas.

— Eh bien, soit. »

La machine occupait une pièce au fond de la loggia. Alan Robertson la considéra avec un mélange de fierté et d'affection : « C'est le quatrième modèle, et probablement le meilleur ; en tout cas, je ne vois pas quelles améliorations je pourrais encore y apporter. J'utilise cent soixante-sept tiges convergeant sur la sphère de réaction. Chaque tige produit un certain quotient d'énergie et peut se prêter à divers types d'ajustements pour faire face au très grand nombre d'états possibles. Le nombre de particules nécessaires pour remplir l'univers est de l'ordre de dix élevé à la puissance soixante ; le nombre des permutations possibles pour ces particules serait de deux puissance dix élevé à la puissance soixante. L'univers, bien sûr, est fait d'un grand nombre de particules différentes, ce qui nous donne un nombre final d'états possibles, ou du moins concevables, de deux puissance dix élevé à la puissance soixante, le tout multiplié par x, x étant le nombre de particules considéré. Un nombre astronomique, impossible à manier, dont on n'a pas besoin de tenir compte, parce que les conditions auxquelles nous avons affaire... les variations possibles de la planète Terre... sont beaucoup moins nombreuses.

— Cela fait quand même un nombre impressionnant, remarqua Duray.

— Oui, bien sûr. Mais là encore nous avons une grandeur dont la redoutable énormité est réduite grâce à une propriété normalisatrice de la machine. En position d'"équilibre neutre", comme je l'appelle, elle atteint les cycles les plus rapprochés, c'est-à-dire cette classe infinie de cognats parfaits. En pratique, certaines déficiences minimes font que l'"équilibre neutre" ne nous offre que des cognats plus ou moins imparfaits, même si la différence ne tient qu'à la forme d'un seul grain de sable. Mais l'"équilibre neutre" procure une base naturelle à partir de laquelle, grâce à certains réglages, on peut atteindre des cycles de plus en plus éloignés. En pratique, je cherche un bon cycle et je perce une quantité de passages : dans les cent mille. Et maintenant, au travail. » Il se dirigea vers le clavier situé sur le côté. « Ton numéro de code, c'est quoi déjà ? »

Duray regarda la carte et lut : « 4 :8 :10/6 :13 :29.

— Très bien. Je donne le code à l'ordinateur, qui consulte les fiches et règle la machine. Et maintenant, viens par ici ; le processus dégage de dangereuses radiations. » Ils passèrent tous les deux derrière des tabliers de plomb. Robertson pressa un bouton. Les yeux collés à un périscope, Duray vit jaillir une étincelle de lumière pourpre et entendit un léger crissement, un son plaintif qui semblait venir de l'air même.

Robertson quitta son abri et s'avança vers la machine. Sur le plateau de sortie reposait un petit anneau extensible. Il le ramassa et regarda à travers. « On dirait que c'est ça. » Il tendit l'anneau à Duray. « Tu reconnais ? »

Duray porta l'anneau à son œil. « C'est bien la Maison.

— Très bien. Tu veux que je t'accompagne ? »

Duray réfléchit. « Il est la même heure qu'ici ?

— Oui. C'est une mise au point en temps équivalent.

— Je crois que je préfère y aller seul. »

Robertson acquiesça d'un signe de tête. « Comme

tu voudras. Ne tarde pas à revenir, que je sois tranquille à ton sujet. »

Duray fronça les sourcils. « Pourquoi ne serais-tu pas tranquille ? Il n'y a que ma famille là-bas.

— Non, pas ta famille. La famille d'un analogue de Gilbert Duray. Il se peut que cette famille ne soit pas tout à fait la même. Il se peut que l'autre Duray ne soit pas le même. Tu ne sais pas exactement ce que tu vas trouver — alors sois prudent. »

VII

Extrait de *Mémoires et Réflexions* :

> Quand je songe à ma machine et à mes petites incursions dans l'infini, une idée ne cesse de me revenir à l'esprit qui est si terrible que je m'empresse de la chasser. Aussi ne la mentionnerai-je même pas ici.

Duray prit pied sur le sol de la Maison et s'arrêta pour contempler le paysage familier. Une vaste prairie inondée de soleil descendait jusqu'au Fleuve d'Argent. Sur la berge opposée s'élevait une série de petits escarpements coupés de ravins embroussaillés. À gauche, le paysage semblait s'étendre indéfiniment, jusqu'à devenir indistinct dans les vapeurs bleutées du lointain. À droite, à quatre cents mètres de l'endroit où se tenait Duray, commençait le Bois des Voleurs. Sur une terrasse en lisière de la forêt, juste au bord d'un petit ruisseau, se dressait une maison en pierre et en bois : un spectacle qui lui parut dépasser en beauté tout ce qu'il avait pu voir dans son existence. Les fenêtres de verre poli étincelaient dans la lumière du soleil ; des parterres de géraniums faisaient jouer diverses nuances de rouge et de vert. Un filet de fumée montait de la cheminée.

L'air frais sentait bon, mais Duray crut y déceler un étrange piquant, différent de l'odeur de prairie de son propre monde. Il fit un pas en avant, puis s'arrêta. Ce monde était le sien sans l'être. S'il n'avait pas été conscient du fait, aurait-il été sensible à cette étrangeté ? Un affleurement rocheux exposé aux intempéries se dressait tout près, couronné d'un coussin de mousse sur lequel il s'était assis deux jours auparavant pour regarder la construction d'un bassin. Il s'approcha de la pierre et se pencha dessus. C'était là qu'il s'était assis, là que ses talons s'étaient enfoncés dans le sol, là que se trouvait la petite coiffe de mousse dont il avait machinalement arraché un morceau. Duray se courba un peu plus. La mousse était intacte. L'homme qui s'était assis là, l'autre Duray, n'avait pas gratté la mousse. Conclusion : ce monde était sensiblement différent du sien.

Vaguement troublé, Duray n'en fut pas moins soulagé. Si ce monde avait été le simulacre exact du sien, il aurait pu être soumis à des émotions incontrôlables... cela restait d'ailleurs toujours possible. Empruntant le sentier qui descendait jusqu'à la rivière, il se dirigea vers la maison. Tandis qu'il traversait la galerie, il aperçut un livre posé sur une chaise longue : *Là-bas*, de J. K. Huysmans. Elizabeth avait des goûts éclectiques. Duray n'avait jamais vu ce livre dans la maison ; peut-être faisait-il partie de ceux que Bob lui avait fait passer.

Il pénétra dans la maison. Elizabeth se tenait de l'autre côté de la pièce principale. Elle l'avait de toute évidence vu arriver sur le chemin. Aucun son ne sortit de sa bouche ; son visage était dépourvu de toute expression.

Duray s'arrêta, ne sachant trop comment s'adresser à cette étrangère qu'il connaissait pourtant si bien. « Bonjour », dit-il finalement.

Elizabeth lui consentit l'ombre d'un sourire. « Salut, Gilbert. »

Au moins, songea Duray, on parlait la même langue dans les cognats. Il étudia Elizabeth. S'il n'avait pas été averti, aurait-il vu en elle quelqu'un de différent de l'Elizabeth qu'il connaissait ? Elles étaient aussi belles femmes l'une que l'autre : grandes et minces, avec des cheveux noirs et bouclés qui leur descendaient jusqu'aux épaules en un mouvement dépourvu de tout artifice. Elles avaient la peau pâle, avec un léger hâle sous-jacent ; une bouche large, passionnée, volontaire. Duray savait son Elizabeth sujette à des sautes d'humeur inexplicables ; celle-ci n'était probablement pas différente — et pourtant une différence subsistait que Duray n'arrivait pas à définir, quelque chose qui venait peut-être des atomes particuliers qui la composaient, de la texture de l'univers étranger auquel elle appartenait. Il se demanda si elle sentait la même différence chez lui.

« C'est toi qui as fermé les passages ? »

Elle fit oui de la tête, le visage toujours vide d'expression.

« Pourquoi ça ?

— J'ai pensé que c'était la meilleure chose à faire, dit-elle d'une voix calme.

— Ce n'est pas une réponse.

— Sans doute... Comment es-tu entré ?

— Alan m'a ouvert un passage. »

Elizabeth haussa les sourcils. « Je croyais que c'était impossible.

— Exact. Ce monde-ci est différent du mien. C'est un autre Gilbert Duray qui a bâti cette maison. Je ne suis pas ton mari. »

Elle en resta bouche bée. Elle tituba légèrement en arrière et porta une main à sa gorge : un maniérisme qu'il n'avait jamais vu à sa propre Elizabeth. Sa sensation d'étrangeté se fit plus pesante. Il avait vraiment l'impression d'être un intrus. Elizabeth le regardait avec de grands yeux fascinés. Elle murmura précipitamment : « Je vous prie de partir ; retournez dans votre monde ; allez !

— Si tu as fermé tous les passages, te voilà complètement isolée, grogna Duray. Définitivement en rade.

— Quoi que j'aie fait, ce n'est pas votre affaire.

— C'est mon affaire, ne serait-ce que pour les gamines. Pas question qu'elles vivent et meurent ici toutes seules. Je ne le permettrai pas.

— Les enfants ne sont pas ici, dit Elizabeth d'une voix mate. Elles sont dans un endroit où ni vous ni aucun Gilbert Duray ne les retrouvera. Maintenant, regagnez votre monde, et laissez-moi avec ce qui subsiste de paix dans mon esprit. »

Duray fixa la superbe furie qu'il avait devant lui. Jamais il n'avait entendu son Elizabeth s'exprimer si brutalement. Il se demanda si, sur son propre monde, un autre Gilbert Duray se trouvait semblablement en face de sa propre Elizabeth et, lorsqu'il analysa les sentiments que faisait naître en lui son interlocutrice, il ressentit une pointe de contrariété. Une curieuse situation. Il baissa le ton. « Bon. Mon Elizabeth et toi avez décidé de vous isoler. Ce que je n'arrive pas à comprendre, c'est pour quels motifs. »

Un rire nerveux secoua son interlocutrice. « Ils existent pourtant bel et bien.

— Il se peut qu'ils existent maintenant, mais dans dix ou quarante ans ils risquent de ne plus avoir aucune réalité. Je ne peux pas te donner accès à ta propre Terre, mais si tu veux, tu peux utiliser le passage qui communique avec la Terre d'où je viens et ne jamais plus me revoir. »

Elizabeth tourna les talons et s'absorba dans la contemplation de la vallée.

Duray reprit : « Nous n'avons jamais eu de secret l'un pour l'autre, toi et moi — je veux dire, Elizabeth et moi. Pourquoi maintenant ? Tu aimes un autre homme ? »

Elizabeth laissa échapper un ricanement sardonique. « Certainement pas... Je suis dégoûtée de toute la race humaine.

— Et bien entendu, je fais partie du lot.

— Bien entendu. Et moi avec.

— Et tu ne veux pas me dire pourquoi ? »

Sans cesser de regarder par la fenêtre, Elizabeth secoua la tête.

« Parfait, dit Duray d'un ton froid. Me diras-tu au moins où tu as envoyé les filles ? Ce sont mes enfants tout autant que les tiennes, souviens-toi.

— Ces enfants-là ne sont pas du tout les vôtres.

— Peut-être, mais le résultat est le même. »

Elizabeth débita d'une voix blanche : « Si vous voulez retrouver vos propres filles, vous feriez mieux de retrouver votre propre Elizabeth et de lui demander. Je ne peux parler que pour moi... À vrai dire, il ne me plaît pas de n'être qu'une partie d'une personne composite, et je n'ai pas l'intention de me comporter comme telle. Je suis moi et c'est tout. Vous êtes vous, un étranger que je n'ai jamais vu de ma vie. C'est pourquoi je vous prie de partir. »

Duray sortit de la maison en trois enjambées. Dans la lumière du soleil, il contempla un instant le majestueux paysage, puis il secoua hargneusement la tête et remonta le sentier.

VIII

Extrait de *Mémoires et Réflexions* :

Le passé s'offre à notre examen ; nous pouvons vagabonder dans l'Histoire tels des seigneurs dans un jardin, promenant sur toute chose un regard serein. Nous discutons avec les nobles sages, réfutant leurs laborieux concepts dans les cas les moins favorables. Souvenez-vous de deux choses (entre autres). Premièrement : plus nous nous éloignons de maintenant, moins nos ajustements sont précis, moins nous avons de chances de tomber sur tel moment donné. Nous pouvons faire irruption dans hier à la seconde voulue ; pour l'Eocène, il faut compter sur une marge d'erreur d'une dizaine d'années en plus ou en moins ; quant au Crétacé et aux ères plus anciennes, une dérive de trois cents ans peut être considérée comme satisfaisante. Deuxièmement : le passé que nous accrochons n'est jamais le nôtre mais au mieux celui d'un cognat, de sorte que tout éclaircissement d'un problème historique reste douteux et peut-être trompeur. Nous ne pouvons pas sonder le futur ; l'opération entraîne un flot négatif d'énergie qui la rend pratiquement impossible. Un appareil fait d'antimatière a été facétieusement recommandé, mais nous n'en tirerions aucun avantage. Le futur, Dieu merci, nous est à jamais fermé.

« Ah, te voilà ! s'exclama Alan Robertson. Qu'as-tu appris ? »

Duray raconta son entrevue avec Elizabeth. « Elle refuse systématiquement de s'expliquer ; elle fait preuve d'une hostilité qui me paraît d'autant plus irréelle que je n'arrive pas à en saisir la raison. »

Robertson n'émit aucun commentaire.

« Cette femme n'est pas mon épouse, mais leurs motivations doivent être les mêmes. Je ne vois aucune explication sensée à une attitude aussi étrange, encore moins à deux.

— Elizabeth avait l'air normale ce matin ? demanda Alan.

— Je n'ai rien remarqué d'inhabituel. »

Robertson se dirigea vers le tableau de contrôle de sa machine. Il regarda Duray par-dessus son épaule. « À quelle heure pars-tu au travail ?

— Aux environs de neuf heures. »

Robertson procéda à un petit réglage et fit tourner deux autres boutons jusqu'à ce qu'une boule de lumière verte se retrouve plus ou moins en équilibre au milieu d'un tube de verre. Il fit signe à Duray de passer derrière le tablier de plomb et lança la machine. Du centre de l'appareil s'éleva le bruit de 167 modules d'énergie entrant en collision et le son plaintif d'une déchirure dans le tissu dimensionnel.

Robertson brandit le nouveau passage. « Temps :

ce matin. À toi de te débrouiller pour faire face à la situation. Tu peux essayer de voir sans être vu ; tu peux dire que tu as de la paperasserie en retard à faire, de façon à ce qu'Elizabeth ne fasse pas attention à toi et s'occupe de son train-train habituel pendant que tu regarderas discrètement ce qui se passe. »

Duray se renfrogna. « Je présume que pour chacun de ces mondes il y a un Gilbert Duray qui est dans le même pétrin que moi. Supposons que chacun essaie de se glisser subrepticement dans l'univers de l'autre pour savoir ce qui se passe. Supposons que chaque Elizabeth le surprenne et accuse l'homme qu'elle croit être son mari de l'espionner... ça pourrait suffire à déclencher sa colère.

— Eh bien, sois aussi discret que possible. Comme tu risques d'être absent plusieurs heures, je vais retourner au bateau flemmarder un peu. Armoire numéro cinq dans ma station privée ; je laisserai la porte ouverte. »

Duray se retrouva sur la colline dominant la rivière, à deux cents mètres de la maison en pierre pleine de coins et de recoins qu'un autre Gilbert Duray avait construite en contrebas. D'après la hauteur du soleil, il jugea qu'il devait être dans les neuf heures — un peu plus tôt que nécessaire. Un filet de fumée montait de la cheminée ; Elizabeth avait allumé du feu dans la cuisine. Duray réfléchit. Ce matin, dans sa propre maison, Elizabeth n'avait pas fait de feu. Elle était sur le point de craquer une allumette lorsqu'elle s'était ravisée, jugeant qu'il faisait assez doux. Duray attendit dix minutes, le temps d'être sûr que le Gilbert Duray local avait décollé, puis il se dirigea vers la maison. Il s'arrêta près de la grosse pierre plate pour inspecter l'état de la plaque de mousse. L'éraflure lui parut plus étroite que dans son souvenir, et la mousse était sèche et décolorée. Il remplit ses poumons d'air. L'atmosphère chargée de senteurs d'herbes et de plantes lui parut de nouveau posséder une saveur inhabituelle, curieuse. Il s'avança lentement vers la maison, se demandant si en définitive ce qu'il entreprenait était bien raisonnable.

La porte d'entrée était ouverte. Elizabeth surgit, toute surprise de le voir. « Plutôt courte, cette journée de travail ! »

Duray débita maladroitement : « L'outillage est en réparation. Je me suis dit que je ferais bien d'en profiter pour mettre ma paperasserie à jour, ne te dérange pas pour moi. Continue sur ta lancée. »

Elizabeth lui adressa un regard intrigué. « Je ne faisais rien de particulier. »

Il la suivit à l'intérieur de la maison. Elle portait un pantalon noir flottant et une vieille veste grise ; Duray essaya de se remémorer la tenue de sa propre Elizabeth, mais il y était tellement habitué qu'il ne parvint pas à s'en souvenir.

Elizabeth versa du café dans deux grosses tasses en grès, tandis que Duray s'asseyait à la table de la cuisine, essayant de déterminer en quoi cette Elizabeth différait de la sienne — si différence il y avait. Celle-ci semblait plus renfermée, plus rêveuse ; sa bouche aurait pu être un peu plus douce. « Pourquoi me regardes-tu comme ça ? » demanda-t-elle brusquement.

Duray se mit à rire. « Je ne faisais que noter quel joli brin de fille tu étais. »

Elizabeth vint s'asseoir sur ses genoux et l'embrassa. Duray sentit son sang se réchauffer. Il se contrôla ; ce n'était pas là sa femme ; il ne voulait pas de complications. Et s'il cédait aux tentations du moment, un autre Gilbert Duray en visite chez sa propre Elizabeth ne risquait-il pas d'en faire autant ?.. Il se rembrunit.

Sensible à son manque d'ardeur, Elizabeth alla s'asseoir sur la chaise opposée. Durant un moment elle sirota son café en silence. Puis elle dit : « Tout de suite après ton départ, Bob s'est annoncé.

— Ah ? » Duray se montra tout de suite attentif. « Qu'est-ce qu'il voulait ?

— Son espèce de soirée idiote... sa Bamboula ou quelque chose comme ça. Il veut que nous y allions.

— Je lui ai déjà dit non trois fois.

— Je lui ai encore dit non. Ses réceptions sont toujours si bizarres. Il m'a expliqué qu'il voulait que nous venions pour une raison bien spéciale, mais il n'a pas voulu me dire laquelle. Je lui ai dit : "Merci, mais c'est non." »

Duray regarda autour de lui. « A-t-il laissé des livres ?

— Non. Pourquoi me laisserait-il des livres ?

— C'est ce que j'aimerais bien savoir.

— Gilbert, dit Elizabeth, tu te conduis de façon bien curieuse.

— Oui, sans doute. » Et de fait le cerveau de Duray était en pleine activité. À supposer qu'il aille maintenant chercher les filles à l'école et qu'il ferme ensuite tous les passages, de façon à avoir de nouveau une Elizabeth et trois filles plus ou moins à lui, les conditions qu'il avait rencontrées seraient réalisées. Et un autre Gilbert Duray, qui en ce moment détruisait joyeusement les enfilades de maisons de Cupertino, se retrouverait privé de tout... Duray se souvint de l'hostilité de l'Elizabeth précédente. Dans ce monde-là les passages n'avaient certainement pas été fermés par un Duray infiltré... Une effrayante possibilité lui vint à l'esprit. À supposer qu'un Duray soit venu à la maison et, succombant à la tentation, ait fermé tous les passages à l'exception de celui communiquant avec son propre monde ; à supposer alors qu'Elizabeth, découvrant l'imposture, l'ait tué... L'hypothèse était effroyablement plausible et ôta à Duray toute velléité d'usurpation.

Elizabeth l'arracha à ses pensées. « Gilbert, pourquoi me regardes-tu avec cet air bizarre ? »

Duray eut un pauvre sourire. « J'ai bien peur de ne pas être dans mon assiette ce matin. Ne t'occupe pas de moi. Je vais aller rédiger mon rapport. » Il se rendit dans la vaste salle de séjour, à la fois si familière et si étrange, et sortit les notes de travail de l'autre Gilbert Duray... Il en examina l'écriture : ferme et nette, comme la sienne, et cependant, d'une certaine façon qu'il n'arrivait pas à définir, différente — peut-être un petit peu plus nerveuse et pointue. Les trois Elizabeth n'étaient pas identiques ; les Gilbert Duray non plus.

Une heure passa. Elizabeth était occupée dans la cuisine ; Duray faisait semblant de rédiger son rapport.

Une sonnerie retentit. « Quelqu'un attend au passage, lui cria Elizabeth.

— Je m'en occupe », dit Duray.

Il se rendit dans la pièce de transit, franchit le passage et regarda par l'œil magique — tombant sur le visage bronzé et épanoui de Bob Robertson.

Duray ouvrit la porte. Bob et lui se dévisagèrent un instant. Les yeux de Bob s'étaient rétrécis. « Tiens, salut, Gilbert. Qu'est-ce que tu fais chez toi ? »

Duray désigna le paquet que Bob avait sous le bras. « Qu'est-ce que tu as là ?

— Oh, ça ? » Bob baissa les yeux sur le paquet comme s'il avait oublié sa présence. « Juste quelques livres pour Elizabeth. »

Duray eut du mal à contrôler sa voix. « Je suis sûr que vous préparez un sale coup, toi et tes Bambocheurs. Écoute, Bob : fiche-nous la paix, à moi et à Elizabeth. Inutile de venir sonner ici et d'apporter des bouquins. Est-ce assez clair ? »

Bob dressa deux sourcils décolorés par le soleil. « Parfaitement clair, parfaitement explicite. Mais pourquoi cette sortie ? Je ne suis que le bon vieil oncle Bob.

— Je me moque de ce que tu es. Laisse-nous tranquilles. »

— Comme tu voudras. Mais ça ne te ferait rien de m'expliquer cette brusque interdiction de séjour ?

— Rien de plus simple. Nous voulons être seuls. »

Bob parodia l'accablement. « Tout ça pour une simple invitation à une petite soirée à laquelle j'aimerais vraiment que vous veniez !

— Ne compte pas sur nous. Nous n'irons pas. »

Le visage de Bob s'empourpra brusquement. « Tu as tort de monter sur tes grands chevaux, mon garçon. Tu pourrais bien te retrouver le nez par terre avant qu'il soit trop tard. Les choses ne sont pas du tout comme tu les imagines.

— Je me fiche éperdument qu'elles soient ainsi ou autrement, dit Duray. Au revoir. » Il referma la porte de l'armoire et revint dans la salle de séjour.

Elizabeth appela de la cuisine. « Qui c'était, chéri ?

— Bob. Avec un paquet de livres.

— Des livres ? Pourquoi des livres ?

— Je n'ai pas pris la peine de demander des explications. Je lui ai simplement dit de nous ficher la paix. S'il se pointe encore, n'ouvre pas. »

Elizabeth le regarda fixement. « Gil... tu es si bizarre aujourd'hui ! Il y a quelque chose en toi qui me fait presque peur.

— Simple effet de ton imagination.

— Pourquoi Bob prendrait-il la peine de m'apporter des livres ? Quel genre de livres ? Tu les as vus ?

— Démonologie. Magie noire. Ce genre de truc.

— Mmmf. Intéressant, mais pas tant que ça... Je me demande si un monde comme le nôtre, où personne n'a jamais vécu, peut posséder des choses comme des lutins ou des fantômes.

— Je suppose que non », dit Duray. Il tourna les yeux vers la porte. Il n'avait plus grand-chose à faire ici, et il était temps de revenir sur la Terre — la sienne. Comment prendre congé élégamment ? Et que se passerait-il lorsque le Gilbert Duray qui était en train de manœuvrer sa machine reviendrait chez lui ?

« Elizabeth, dit Duray, assieds-toi sur cette chaise. »

Elizabeth se glissa lentement derrière la table de la cuisine et fixa sur lui un regard ahuri.

« Tu risques d'avoir un choc, dit-il. Je suis Gilbert Duray, mais pas ton Gilbert Duray personnel. Je suis son cognat. »

Les yeux d'Elizabeth s'élargirent ; deux lacs d'un noir profond.

« Sur mon propre monde, Bob Robertson nous a causé des ennuis, à moi et à Elizabeth, poursuivit-il. Je suis venu ici pour découvrir ce qu'il a fait et pourquoi, et pour l'empêcher de recommencer.

— Qu'a-t-il fait ? demanda Elizabeth.

— Je ne sais pas encore. Il est probable qu'il ne viendra plus t'embêter. Tu peux raconter à ton Gilbert Duray ce que tu jugeras bon, ou même te plaindre à Alan.

— Je n'en reviens pas !

— Moi non plus. » Il se dirigea vers la porte. « Bon, il faut que je me sauve à présent. Adieu. »

Elizabeth sauta sur ses pieds et s'élança d'instinct vers lui. « Ne me dis pas adieu. Ça sonne trop triste, venant de toi. C'est comme si mon propre Gilbert me disait adieu.

— Il n'y a rien d'autre à faire. Je ne peux pas céder à mon envie de m'installer ici. Que ferais-tu de deux Gilbert ? Qui s'assiérait au bout de la table ?

— On pourrait avoir une table ronde, dit Elizabeth. Il y a de la place pour six ou sept. J'aime bien mes Gilbert.

— Tes Gilbert aiment bien leurs Elizabeth, soupira Duray. Je ferais bien de partir maintenant. »

Elizabeth lui tendit la main. « Au revoir, cognat Gilbert. »

IX

Extrait de *Mémoires et Réflexions* :

La vision du monde orientale diffère de la nôtre — spécialement de la mienne — à bien des égards, et je rencontrai rapidement toute une série de dilemmes. Je réfléchis à l'apathie asiatique et à son revers, le despotisme : seigneurs de la guerre et lavages de cerveaux ; indifférence à la maladie, à la crasse et à la souffrance ; singes sacrés et natalité galopante.

Je pris acte, aussi, de ma résolution de mettre ma machine au service de tous les hommes.

Finalement je décidai de commettre la « faute » de bien d'autres avant moi : je me mis à appliquer mon propre point de vue moral à la manière de vivre orientale.

Comme c'était précisément ce qu'on attendait de moi, comme je serais passé pour un fou et un imbécile si j'avais agi autrement, comme les bienfaits de la coopération dépassaient largement les joies de l'intransigeance et du mépris, mes programmes connaissent un merveilleux succès, du moins au moment où j'écris ces lignes.

Duray longea la berge de la rivière jusqu'au bateau d'Alan Robertson. Une risée hérissa la surface de l'eau et gonfla les voiles du ketch, qui se mit à tirer sur les amarres.

Robertson, vêtu d'un short blanc et d'un chapeau blanc à bords mous, leva les yeux de l'œillet qu'il venait d'épisser à l'extrémité d'une drisse. « Ah, Gil ! Te voilà. Viens à bord boire une bouteille de bière. »

Duray s'assit dans l'ombre de la voile et descendit d'un trait la moitié de sa bouteille. « Je ne sais pas ce qui se passe, sauf que d'une façon ou d'une autre Bob est responsable. Il est venu pendant que j'étais là-bas. Je lui ai dit de ficher le camp. Il n'a pas du tout aimé ça. »

Alan poussa un soupir mélancolique. « Je me rends compte à présent que Bob est capable d'un mauvais coup.

— Ce que je n'arrive pas à comprendre, c'est comment il a persuadé Elizabeth de fermer les passages. Il a apporté des livres, mais quel effet pouvaient-ils avoir ? »

Robertson fut tout de suite intéressé. « Quelle sorte de livres ?

— Des trucs sur le satanisme, la magie noire ; je ne saurais t'en dire plus.

— Évidemment, évidemment... murmura Alan. Est-ce qu'Elizabeth s'intéresse à la question ?

— Je ne crois pas. Ce genre de chose lui fait plutôt peur.

— C'est naturel. Eh bien, eh bien, voilà qui est troublant. » Robertson s'éclaircit la gorge et eut un petit geste doux, comme pour inviter Duray à la bonne humeur et à la tolérance. « Ne sois quand même pas trop monté contre Bob. Il est porté sur les petites espiègleries, mais...

— Les petites espiègleries ! rugit Duray. Comme de me barrer l'accès à mon monde et d'y coincer Elizabeth et les gosses ? Voilà qui dépasse de beaucoup l'espièglerie ! »

Alan sourit. « Tiens, prends une autre bière et détends-toi. Réfléchissons. Premièrement, les probabilités. Je doute que Bob ait réellement cloîtré Elizabeth et les enfants ou qu'il ait forcé Elizabeth à agir ainsi.

— Alors pourquoi tous les passages sont-ils hors d'usage ?

— Cela peut s'expliquer. Il a accès à la chambre forte ; il se peut qu'il ait subtilisé ta matrice. En tout cas, c'est une possibilité. »

Duray s'étrangla de rage. Quand il fut capable de parler, il s'écria : « Il n'a pas le droit de faire ça !

— En principe, non. Mais je crois qu'il veut seulement te forcer à aller à sa Bamboche.

— Et moi je ne veux pas y aller, surtout quand il essaie d'exercer des pressions sur moi.

— Tu es têtu, Gilbert. Le plus simple, bien sûr, serait que tu te calmes et que tu ailles y faire un tour. Qui sait ? Tu t'amuserais peut-être. »

Duray fusilla Alan du regard. « Serais-tu en train de me suggérer de me rendre à cette réunion ?

— Ma foi, non. Je proposais seulement une ligne de conduite possible. »

Duray s'octroya une nouvelle gorgée de bière et lorgna la rivière. Robertson poursuivit : « Dans un jour ou deux, quand toute cette affaire aura été tirée au clair, je crois que nous pourrions nous offrir tous ensemble une petite croisière tranquille, là-bas, dans les îles. Rien ni personne pour nous embêter, pas d'ennuis, la paix royale. Les gamines aimeraient ça. »

Duray grogna : « J'aimerais bien les revoir avant de songer à une croisière. Qu'est-ce qui se passe à ces Bamboches ?

— Je n'y ai jamais mis les pieds. On rigole, on boit, on mange ; les gens se racontent des anecdotes sur les mondes qu'ils ont visités, ils se montrent des films, ce genre de choses. Pourquoi ne pas jeter un coup d'œil sur la réunion de l'année dernière ? Moi-même, ça m'intéresserait. »

Duray hésita. « Qu'est-ce que tu as en tête ?

— On règle la machine sur un cognat du monde de Bob, Mon Bon Plaisir... un cognat plus jeune d'un an... et on observe ce qui se passe. Qu'en dis-tu ?

— Je suppose que ça ne peut faire de mal à personne », répondit Duray d'une voix morne.

Alan Robertson se mit debout. « Dans ce cas, aide-moi à carguer ces voiles. »

X

Extrait de *Mémoires et Réflexions* :

Les problèmes qui ont longtemps tourmenté les historiens sont maintenant résolus. Qui était l'homme de Cro-Magnon ? Comment a-t-il évolué ? Qui étaient les Étrusques ? Où se trouvaient les cités légendaires des proto-Sumériens avant qu'ils n'émigrent en Mésopotamie ? Pourquoi la ressemblance entre les idéogrammes de l'île de Pâques et ceux de Mohenjo Daro ? Toutes ces questions fascinantes ont maintenant leurs réponses et notre histoire la plus reculée n'a plus de secret pour nous. Nous avons sauvé la bibliothèque d'Alexandrie des musulmans et les manuscrits incas des chrétiens. Les Guanches des Canaries, l'Aïnou de Hokkaido, les Mandans du Missouri, les cafres blonds du Bhoutan : toutes ces civilisations, toutes ces langues nous sont maintenant connues. Nous pouvons suivre le développement de chaque langue syllabe par syllabe, des formulations les plus primitives jusqu'à nos jours. Nous avons identifié les Héros grecs. J'ai moi-même exploré les forêts hantées de l'ancien Nord et, à l'intérieur même de leurs retraites de pierre, je me suis trouvé face à face avec les hommes farouches qui ont engendré les mythes nordiques.

Debout devant sa machine, Alan Robertson débita d'un ton aussi modeste que plein d'humour : « Je ne suis pas aussi franc et honnête que je voudrais l'être ; en fait, il m'arrive d'avoir honte de mes petits subterfuges, et c'est évidemment à Bob que je pense. Nous avons tous nos petits défauts, et Bob n'a certainement pas été oublié dans la distribution. Son imagination est peut-être sa plus grosse tare. Il s'ennuie vite et a parfois tendance à aller trop loin. Aussi, tout en ne lui refusant rien, je m'arrange toujours pour être en mesure de le conseiller ou même de le réprimander, si besoin en est. Chaque fois que j'ouvre un passage donnant accès à une de ses formules, je frappe un double que je conserve dans mes archives privées. Nous n'aurons aucune difficulté à nous rendre sur un cognat de Mon Bon Plaisir. »

Duray et Robertson se retrouvèrent dans la nuit tombante, au bout d'une plage d'un blanc pâle. Derrière eux s'élevait une petite falaise de basalte. À leur droite, l'océan accrochait les derniers reflets du couchant et la lumière livide de la lune naissante ; à gauche, des palmiers profilaient leurs silhouettes sombres sur le ciel. À une centaine de mètres en bordure de la plage, des douzaines de lampions suspendus aux arbres illuminaient une longue table chargée de fruits, de friandises, et de bols de punch en cristal. Autour de la table des dizaines d'hommes et de femmes étaient lancés dans des conversations animées ; des bouffées de musique et des exclamations joyeuses fusaient jusqu'à Duray et Robertson.

« Nous arrivons à point », dit Alan. Il réfléchit un instant. « Nul doute que nous serions les bienvenus, mais il vaut sans doute mieux rester inaperçus. On va gagner discrètement le bord de la plage et la suivre à l'ombre des arbres. Attention de ne pas trébucher ou tomber et, peu importe ce que tu vois ou entends, reste tranquille ! Nous ne voulons pas de confrontations gênantes. »

Sans quitter l'ombre du feuillage, les deux hommes s'approchèrent de la joyeuse assemblée. À une cinquantaine de mètres de distance, Robertson fit signe à Duray de s'arrêter. « Nous n'avons pas besoin d'aller plus loin. Tu connais la plupart des gens, ou plus exactement leurs cognats. Par exemple, voici Royal Hart, là c'est James Parham, et là la tante d'Elizabeth, Emma Bathurst, et son oncle Peter, et Maude Oranger et toute une tapée d'autres personnes.

— Tout le monde a l'air très gai.

— Oui, c'est pour eux une grande occasion. Toi et moi sommes des espèces de sauvages incapables de comprendre la rigolade.

— C'est tout ce qu'ils font ? Manger, boire et parler ?

— Je ne crois pas. Regarde là-bas. On dirait que Bob est en train de préparer un écran de projection. Dommage que nous ne puissions pas nous approcher un peu plus. » Robertson scruta l'ombre. « Mais il vaut mieux ne pas prendre de risques ; si l'on nous découvrait, tout le monde serait embarrassé. »

Ils observèrent en silence. Bob se dirigea vers l'appareil de projection et appuya sur un bouton. Des cercles rouges et bleus se mirent à palpiter sur l'écran. Les conversations s'arrêtèrent ; toute l'assemblée se tourna vers l'écran. Bob se mit à parler, mais ses paroles étaient inaudibles pour les deux hommes tapis dans l'obscurité. Bob fit un geste en direction de l'écran où apparaissait maintenant une vue d'une petite ville de province que l'on aurait dit prise d'avion. Tout autour s'étendait un paysage campagnard entièrement plat, une terre aux vastes horizons. Duray songea à un endroit situé quelque part dans le Middle West. L'image changea pour montrer le collège local, avec des étudiants assis sur les marches de l'entrée. Puis apparut le terrain de football un jour de match — un match important, à en juger par le comportement des spectateurs. L'équipe locale fut présentée ; un par un les joueurs entrèrent sur le terrain et s'immobilisèrent, clignant des yeux dans la lumière du soleil automnal ; puis ils coururent se mettre en position pour la mêlée initiale.

Le match commença. Bob se tenait près de l'écran en qualité de commentateur professionnel, désignant tel ou tel joueur, analysant le jeu. Les Bambocheurs avaient l'air enchantés. À la mi-temps les orchestres défilèrent tour à tour, puis le jeu reprit. Duray commençait à s'ennuyer ferme et adressait de temps en temps des commentaires agacés à Alan, qui se contentait de répondre : « Oui, oui, probablement », ou bien : « Ma parole, l'adresse de ce bloqueur ! » ou encore : « Tu as vu la précision du jeu des avants ? Fantastique ! » Le coup de sifflet final retentit enfin ; l'équipe victorieuse apparut sous un panneau annonçant :

LES TORNADES DE SHOWALTER
CHAMPIONS DU TEXAS
1951

Les joueurs s'avancèrent pour recevoir les trophées ; vue générale de l'équipe au complet rayonnante de fierté ; puis l'écran vira au rouge et or et demeura vide. Les Bambocheurs se précipitèrent pour féliciter Bob qui, un sourire modeste aux lèvres, alla se servir un verre de punch.

Duray dit d'un air dégoûté : « C'est ça les fameuses soirées de Bob ? Je me demande bien pourquoi il en fait tout un plat. Je m'attendais plutôt à une espèce d'orgie.

— Évidemment, dit Alan, de notre point de vue, tout cela n'a pas l'air bien intéressant. Bon, maintenant que ta curiosité est satisfaite, si on s'en retournait ? »

De retour dans le petit salon aménagé sous les Montagnes du Chien Fou, Alan Robertson dit : « Ainsi nous avons enfin vu une de ces fameuses Bamboches de Bob. Est-ce que tu es toujours décidé à ne pas te rendre à la réunion de demain soir ? »

Duray se renfrogna. « Si je dois y récupérer ma

famille, j'irai. Mais je risque d'éclater avant la fin de la soirée.

— Bob est allé trop loin, admit Robertson. Sur ce point je suis d'accord avec toi. Quant à ce que nous avons vu ce soir... je dois reconnaître que je suis un peu déconcerté.

— Rien qu'un peu ? Tu arrives à y comprendre quelque chose ? »

Alan secoua la tête avec un sourire vaguement énigmatique. « Inutile de se perdre en conjectures. Je suppose que tu vas passer la nuit avec moi au chalet ?

— Ce serait peut-être le mieux, grommela Duray. Je n'ai pas d'autre endroit où aller. »

Robertson lui expédia une claque dans le dos. « Excellent, mon garçon ! Nous mettrons des steaks à cuire sur la braise et laisserons de côté nos problèmes pour la nuit. »

XI

Extrait de *Mémoires et Réflexions* :

La première fois que je fis fonctionner le Modèle I, mes craintes étaient grandes. Que savais-je des forces que je risquais de libérer ?... Avec tous les réglages en position neutre, je perçai un passage dans un cognat de la Terre. Ce fut assez simple — en fait, presque décevant... Peu à peu j'appris à contrôler mon merveilleux jouet ; notre propre monde et toutes ses phases passées me devint familier. Et les autres mondes ? Je suis sûr qu'un temps viendra où nous passerons instantanément d'un monde à l'autre, d'une galaxie à l'autre, au moyen de quelque station spéciale sur Utilis. Pour l'instant j'ai franchement peur de percer des passages à l'aveuglette. Et si je tombais à l'intérieur d'un soleil ? Ou au centre d'un « trou noir » ? Ou dans un univers d'antimatière ? C'en serait certainement fait de moi, de la machine et vraisemblablement de la Terre elle-même.

Il y a pourtant là des possibilités trop passionnantes pour être ignorées. En m'entourant des plus grandes précautions et d'une douzaine de dispositifs de sécurité, j'essaierai de trouver le chemin de nouveaux mondes, et le voyage interstellaire sera enfin une réalité.

Alan Robertson et Duray étaient assis dans la claire lumière du matin au bord des eaux cristallines du lac. Ils avaient transporté leur petit déjeuner dehors, sur la table de la galerie, et buvaient tranquillement leur café. Alan accaparait joyeusement la conversation. « J'ai été moins occupé ces dernières années ; je me suis déchargé d'une bonne part de mes responsabilités. Ernest et Harry connaissent mes principes aussi bien que moi, si ce n'est mieux ; et ce ne sont pas des gens à agir à la légère ou inconsidérément. » Alan laissa échapper un petit rire de gorge. « Finalement, j'ai réalisé deux miracles : premièrement, ma machine, et deuxièmement, garder aux choses leur simplicité. Je refuse d'avoir des heures régulières ; je ne prends pas de rendez-vous ; je ne conserve pas de notes ; je ne paie pas d'impôts ; j'ai une grosse influence politique et sociale, mais seulement de façon officieuse ; je ne veux pas être embêté avec les détails administratifs, et je me trouve par conséquent en mesure de profiter de la vie.

— Il est étonnant qu'un fanatique religieux quelconque ne t'ait pas encore assassiné, dit aigrement Duray.

— Aucun mystère à cela ! J'ai donné un monde privé à tous ceux qui en ont voulu, avec mes compliments, et ils n'ont plus d'énergie à consacrer à la violence ! Et comme tu le sais, je passe assez inaperçu. C'est tout juste si mes amis me reconnaissent dans la rue. » Alan balaya l'air de la main. « Mais tu es sans doute beaucoup plus concerné par tes problèmes immédiats. As-tu pris une décision au sujet de la Bamboche ?

— Je n'ai pas le choix, marmonna Duray. Mais je tordrais plus volontiers le cou à Bob. Si je pouvais m'expliquer la conduite d'Elizabeth, je me sentirais plus à l'aise. Elle n'a jamais éprouvé le moindre intérêt pour la magie noire. Pourquoi Bob lui a-t-il apporté des livres sur le satanisme ?

— Ma foi, c'est là un sujet intéressant en soi, suggéra Robertson sans grande conviction. Le nom de Satan dérive du mot hébreu signifiant "ennemi" ; il n'a jamais désigné un individu en particulier. "Zeus", par contre, était un chef arien des environs de 3500 avant J.-C., tandis qu'"Odin" a vécu plus tard. C'était en réalité "Othinn", un chaman d'une force spirituelle extraordinaire qui faisait avec son esprit des choses que je ne peux pas faire avec ma machine... Mais me voilà encore en train de digresser. »

Duray haussa les épaules sans rien dire.

« Bon. Donc, tu vas aller à cette Bamboche, reprit Robertson, ce qui est finalement la meilleure des options, quelles qu'en soient les conséquences.

— Il me semble que tu en sais plus long que tu ne m'en dis. »

Robertson sourit et secoua la tête. « J'ai trop vécu dans l'incertitude au milieu de mes mondes parallèles et semi-parallèles. Rien n'est sûr ; toutes les surprises sont possibles. Je crois que la meilleure tactique est de satisfaire aux exigences de Bob. Ensuite, si Elizabeth est là, tu pourras discuter de l'incident avec elle.

— Et toi ? Tu comptes venir ?

— Je ne suis pas fixé. Aimerais-tu que je vienne ?

— Oui, dit Duray. Tu as plus d'autorité sur Bob que je n'en ai.

— N'exagère pas mon influence ! Il a une très forte personnalité, en dépit de sa frivolité. Entre nous, je suis ravi qu'il passe son temps à s'amuser plutôt qu'à... » Alan hésita.

« Plutôt qu'à quoi ?

— Plutôt qu'à se laisser entraîner par son imagination vers des jeux moins innocents. Sous ce rapport, j'ai peut-être été trop naïf. Enfin, on verra. »

XII

Extrait de *Mémoires et Réflexions* :

Si le passé est une grande maison pleine de pièces, le présent est la couche de peinture la plus récente.

À quatre heures, Duray et Alan Robertson quittèrent le chalet et gagnèrent le terminal de San Francisco via Utilis. Duray avait troqué sa tenue contre un complet sombre ; Robertson portait un costume moins habillé : veste bleue et pantalon gris perle. Ils se rendirent à l'armoire de Bob Robertson et tombèrent sur un carton où l'on pouvait lire : PAS CHEZ MOI ! POUR LA BAMBOCHE ALLER À L'ARMOIRE DE ROGER WAILLE, RC 3-96, ET UTILISER LE PASSAGE POUR EKSHAYAN !

Ils allèrent à l'armoire RC 3-96, sur laquelle un autre carton disait : BAMBOCHEURS, PASSEZ ! TOUS LES AUTRES, FILEZ !

Duray eut un haussement d'épaules méprisant.

Écartant le rideau, il découvrit à travers le passage une antichambre rustique en bois naturel orné de motifs floraux noirs, rouges, jaunes, bleus et blancs. Une porte ouverte laissait apercevoir un paysage de rase campagne et d'eau que baignait le soleil de l'après-midi. Duray et Robertson franchirent le passage, traversèrent le vestibule et débouchèrent près d'un grand fleuve paresseux coulant du nord au sud. Une plaine aux molles ondulations s'étendait à l'est jusqu'à l'horizon. La rive ouest du fleuve était indistincte dans le miroitement du soleil. Un sentier menait vers le nord à une grande maison d'une architecture excentrique. Une douzaine de dômes et de coupoles se profilaient sur le ciel ; pignons et faîtages créaient une centaine d'angles inattendus. Les murs étaient recouverts de bardeaux taillés à la main disposés en écailles de poisson ; des colonnes à torsades soutenaient les entablements des deuxième et troisième étages, où des loups et des ours vigoureusement sculptés montraient les dents, se battaient, hurlaient et dansaient. Du côté donnant sur le fleuve, une pergola recouverte de vigne vierge dispensait une ombre tachetée de lumière ; c'était là qu'étaient installés les Bambocheurs.

Robertson examina la maison et promena son regard le long du fleuve et sur la plaine. « D'après l'architecture, la végétation, la hauteur du soleil, les caractéristiques de la brume, je dirais que ce fleuve doit être le Don ou la Volga — là-bas, ce sont les steppes. Étant donné l'absence d'habitations, de bateaux et d'artefacts, j'opterais pour un passé assez ancien... peut-être 2000 ou 3000 avant J.-C., une époque haute en couleurs. Les habitants des steppes sont des nomades ; les Scythes à l'est, les Celtes à l'ouest, et au nord, les tribus germaniques et Scandinaves. La demeure de Roger Waille est très intéressante aussi, dans son style extravagant inspiré du baroque russe. Et ma parole ! Il me semble bien voir un quartier de bœuf à la broche ! Il se pourrait que notre petite visite soit des plus agréable !

— Tu fais comme tu veux, grommela Duray. Moi je rentre aussitôt que possible dîner à la maison. »

Robertson fit la moue. « Je comprends ton point de vue, bien sûr, mais pourquoi ne pas s'accorder un moment de détente ? Le paysage est superbe, la maison délicieusement pittoresque ; le bœuf rôti est certainement excellent ; peut-être aurions-nous avantage à prendre les choses comme elles se présentent. »

Duray ne parvint pas à trouver de réponse adéquate et garda son opinion pour lui.

« Bon, dit Robertson. Le mot d'ordre est "sang-froid" ! Et maintenant allons voir ce que Bob et Roger ont dans leurs manches. » Il s'engagea sur le sentier, suivi à un ou deux pas de distance par un Duray plus renfrogné que jamais.

Sous la pergola un homme bondit sur ses pieds et agita la main en signe de bienvenue ; Duray reconnut la haute et mince silhouette de Bob Robertson. « Juste à l'heure, s'écria jovialement ce dernier, ni trop tôt, ni trop tard. Content que vous ayez pu vous libérer !

— Oui, on s'est dit qu'on pouvait accepter ton invitation, après tout, dit Alan. Voyons, est-ce que je connais tout le monde ici ? Roger, bonjour !.. Et William... Ah ! La belle Dora Gorski !.. Cypriano... » Il passa en revue le cercle des visages, faisant signe de la main à ses connaissances.

Bob frappa Duray sur l'épaule. « Ravi que tu aies pu venir ! Qu'est-ce que tu bois ? Les gens du pays distillent un alcool à base de lait de jument fermenté, mais je ne te le conseille pas.

— Je ne suis pas ici pour boire, répliqua Duray. Où est Elizabeth ? »

Un muscle se contracta au coin de la large bouche de Bob. « Allons, mon vieux, ne fais pas cette tête-là. On est en pleine Bamboche ! Place à la joie et au renouveau ! Place aux gambades et aux cabrioles ! Verse-toi une bouteille de Champagne sur la tête ! Batifole avec les filles ! »

Duray fixa les yeux bleus qui le raillaient le temps d'une longue seconde. Il lui fallut faire un effort pour ne pas hausser le ton. « Où est Elizabeth ?

— Quelque part dans les parages. Une fille charmante, ton Elizabeth ! Nous sommes ravis de vous avoir tous les deux ! »

Duray tourna les talons. Il alla trouver l'élégant, le ténébreux Roger Waille. « Auriez-vous la bonté de me conduire auprès de ma femme ? »

Waille dressa les sourcils, comme dérouté par le ton de Duray. « Elle est en train de s'apprêter et de papoter. Si c'est urgent, il doit être possible de la distraire un instant. »

Duray commençait à se sentir ridicule, comme s'il avait été isolé de son monde, exposé aux tracasseries et aux doutes, en butte à quelque obscure plaisanterie. « C'est urgent, dit-il. Nous partons.

— Mais vous venez juste d'arriver !

— Je sais. »

Waille eut un haussement d'épaules mi-perplexe, mi-amusé, et se dirigea vers la maison. Duray le suivit. Ils accédèrent par une haute porte d'entrée à un vestibule lambrissé d'une magnifique boiserie d'un brun doré dans laquelle Duray reconnut tout de suite du châtaignier. Quatre grands panneaux de verre fumé orientés à l'ouest déversaient dans la pièce une lumière voilée, presque mélancolique. Des canapés de chêne garnis de cuir se faisaient face de chaque côté d'une natte noire, brune et grise. Ils étaient tous deux flanqués de deux tables basses, chacune supportant un candélabre en forme de tête de cerf. Waille fit un geste dans leur direction. « Impressionnant, n'est-ce pas ? Les Scythes les ont fabriqués pour moi contre des couteaux d'acier. Ils pensent que je suis un grand magicien ; ce en quoi ils n'ont pas tort. » Il leva la main et produisit une orange qu'il avait fait semblant de cueillir. Il jeta aussitôt le fruit sur un canapé. « Voici Elizabeth, en compagnie des autres ménades. »

Elizabeth s'avança dans le hall avec trois jeunes femmes que Duray se souvint vaguement d'avoir déjà rencontrées. Elle s'arrêta à sa vue. Elle tâcha de sourire et dit d'une petite voix tendue : « Hello, Gil. Te voilà, finalement. » Elle laissa échapper un rire nerveux et, sembla-t-il à Duray, forcé. « Bien sûr que tu es là. Je ne pensais pas que tu viendrais. »

Duray lança un coup d'œil aux autres femmes qui s'étaient arrêtées auprès de Waille, les yeux fixés sur eux comme si elles attendaient quelque chose. « J'aimerais te parler seul à seul, dit Duray.

— Excusez-nous, dit Waille. Nous passons dehors. » Elizabeth les regarda partir non sans regret et se mit à tripoter les boutons de sa veste.

« Où sont les enfants ? demanda sèchement Duray.

— En haut, en train de s'habiller. » Elle baissa les yeux sur sa propre tenue, le costume de fête d'une jeune paysanne transylvanienne : jupe verte brodée de fleurs rouges et bleues, corsage blanc, gilet de velours noir, bottes noires vernies.

Duray se sentit perdre contenance ; une nette irritation perçait maintenant dans sa voix. « Je ne comprends rien à tout ça. Pourquoi as-tu fermé les passages ? »

Elizabeth esquissa un sourire désinvolte. « Disons que j'en avais assez de la routine.

— Tiens donc ! Et pourquoi ne m'en as-tu pas parlé hier matin ? Tu n'avais pas besoin de faire ça.

— Gilbert, je t'en prie. Laissons tomber cette discussion. »

Duray eut un sursaut de recul, la langue paralysée par l'étonnement. « Très bien, parvint-il enfin à articuler. N'en parlons plus. Monte chercher les filles. On rentre à la maison. »

Elizabeth secoua la tête et dit d'une voix neutre : « C'est impossible. Il n'y a qu'un passage qui fonctionne et je ne l'ai pas.

— Qui l'a ? Bob ?

— Je suppose, mais je n'en suis pas sûre.

— Comment se fait-il qu'il soit en sa possession ? Il n'y en a que quatre, et ils sont tous fermés.

— C'est pourtant simple. Il a transféré ailleurs le passage que nous avons en ville... peut-être dans une autre armoire.

— Et qui a fermé les trois autres ?

— Moi.

— Pourquoi ?

— Parce que Bob m'a dit de le faire. Je ne veux pas parler de ça ; j'en ai par-dessus la tête de toute cette histoire. » Et elle ajouta dans un murmure : « Je me demande ce que je vais devenir.

— Moi je le sais », dit Duray. Il se dirigea vers la porte.

Elizabeth leva les mains et referma les poings contre sa poitrine. « Ne fais pas de scandale ! Je t'en prie ! Il va fermer notre dernier passage !

— C'est de ça que tu as peur ? S'il en est ainsi, ce n'est vraiment pas la peine. Alan ne le permettrait pas. »

Le visage d'Elizabeth se décomposa. Bousculant Duray, elle se précipita sur la terrasse. Il la suivit, furieux et complètement désorienté. Il parcourut la terrasse des yeux. Bob n'était pas en vue. Elizabeth était allée rejoindre Alan, auquel elle parlait d'une voix étouffée mais non moins pressante. Duray s'approcha d'eux. Elizabeth se tut et se détourna, évitant le regard de son mari.

« Cet endroit n'est-il pas magnifique ? lança gaiement Robertson. Regardez comme le soleil couchant brille sur le fleuve ! »

Roger Waille passa près d'eux, poussant un chariot où s'entrechoquaient des verres, de la glace et une douzaine de bouteilles. « De tous les endroits que l'on peut trouver sur toutes les Terres, c'est celui que je préfère, dit-il. Je l'appelle Ekshayan, ce qui est le nom scythe de cette contrée. »

Une femme demanda : « L'hiver n'y est-il pas trop rude ?

— Terrible ! s'écria Waille. Il y a un sacré blizzard qui souffle du nord ; et quand il s'arrête, le paysage est complètement figé. Les jours sont courts, et le soleil levant est rouge comme un coquelicot. Les loups se glissent hors des forêts et entourent la maison au crépuscule. Les nuits de pleine lune, ils hurlent comme les fées de la mort... à moins que ce ne soient les fées elles-mêmes qui hurlent ! Je reste assis au coin du feu, plongé dans une sorte d'extase.

— Cela me fait penser, intervint Manfred Funk, que chaque individu, en se choisissant un endroit où vivre, révèle beaucoup de lui-même. Même sur l'ancienne Terre, une maison reflétait généralement la personnalité de celui qui l'habitait ; maintenant que toutes les options sont possibles, la maison d'un individu est cet individu.

— C'est tout à fait vrai, dit Alan Robertson, et Roger n'a pas à craindre d'avoir révélé des aspects de lui-même peu honorables en nous accueillant dans cette grotesque maison au milieu des steppes solitaires de la Russie préhistorique. »

Waille éclata de rire. « Cette grotesque maison n'est pas moi ; il m'a seulement semblé qu'elle s'accordait bien avec le paysage... Eh bien, Duray, vous ne buvez pas ? Il y a là de la vodka frappée ; on peut la mélanger ou la boire telle quelle à l'ancienne mode.

— Rien pour moi, merci.

— Comme vous voudrez. Excusez-moi ; on me réclame ailleurs. » Il s'éloigna en poussant son chariot. Elizabeth esquissa un mouvement, comme si elle avait voulu le suivre, mais elle resta auprès d'Alan Robertson, fixant un regard songeur sur le fleuve.

Duray s'adressa à Alan comme si elle n'avait pas été là. « Elizabeth refuse de partir. Bob l'a hypnotisée.

— Ce n'est pas vrai, dit doucement Elizabeth.

— En tout cas, d'une façon ou d'une autre, il la force à rester. Elle ne veut pas me dire pourquoi.

— Je tiens à récupérer le passage », dit Elizabeth. Mais sa voix était sourde et mal assurée.

Alan se racla la gorge. « Je ne sais trop que dire. C'est une situation très gênante. Aucun de nous ne veut faire un esclandre...

— Erreur », l'interrompit Duray.

Robertson ignora la remarque. « Je dirai un mot à Bob après la réception. En attendant, je ne vois pas pourquoi nous ne profiterions pas de la compagnie de nos amis et de ce merveilleux bœuf rôti ! Qui tourne la broche ? Ce visage ne m'est pas inconnu. »

L'indignation empêcha presque Duray de parler. « Après ce qu'il nous a fait ?

— Il est allé trop loin, beaucoup trop loin, reconnut Alan. Mais c'est un dandy, un écervelé, et je doute qu'il se rende compte de tout le désagrément qu'il t'a causé.

— Il s'en rend très bien compte. Mais il s'en fiche.

— Possible, dit tristement Alan. J'avais toujours espéré... mais peu importe. Je continue de penser qu'il faut agir avec circonspection. Il est plus commode de ne rien faire que de défaire. »

Elizabeth traversa brusquement la terrasse en direction de la porte d'entrée de l'imposante bâtisse, où ses filles venaient d'apparaître — Dolly, douze ans ; Joan, dix ans ; Ellen, huit ans —, toutes trois en robe paysanne vert, blanc et noir et bottes noires vernies. Duray songea qu'elles formaient un délicieux tableau. Il suivit sa femme.

« Voilà papa ! « cria Ellen, et elle courut se jeter dans ses bras. Ne tenant pas à être en reste, les deux autres l'imitèrent.

« On croyait que tu ne venais pas, dit Dolly. Mais je suis bien contente que tu sois là.

— Moi aussi.

— Moi aussi.

— Moi aussi, je suis content d'être venu, ne serait-ce que pour vous admirer dans ces jolis costumes. Allons voir grand-père Alan. » Il les entraîna sur la terrasse et, après un instant d'hésitation, Elizabeth suivit. Duray remarqua que tout le monde s'était arrêté de parler pour le regarder, lui et sa famille, avec, semblait-il, une extraordinaire curiosité, une étrange avidité, comme dans l'attente de quelque plaisante extravagance dans sa conduite. Il sentit le feu lui monter aux joues. Un jour, il y avait longtemps de cela, alors qu'il traversait une rue à San Francisco, il avait été renversé par une automobile et s'était retrouvé avec une jambe cassée et une fracture de la clavicule. Il n'était pas plus tôt par terre que des piétons accouraient en se bousculant pour le regarder. Levant les yeux dans l'état de choc et de souffrance où il se trouvait, il n'avait vu qu'un cercle de visages blanchâtres et d'yeux gourmands. Un nuage de mouches autour d'une mare de sang ! Dans un sursaut de fureur hystérique, il s'était relevé tant bien que mal, décochant des coups de poings maladroits sur tous ces visages, sans distinction de sexe. Il les haïssait plus que l'homme qui l'avait heurté — toutes ces goules qui étaient venues jouir de sa douleur. S'il en avait eu le pouvoir, il les aurait réduits en une boule de chair hurlante et aurait lancé l'immonde agrégat à trente kilomètres de là, dans l'océan Pacifique...

C'était le même sentiment qu'il éprouvait à présent, mais aujourd'hui il ne leur donnerait pas ce genre de plaisir contre nature. Il promena un regard froidement méprisant sur l'assemblée et emmena ses trois filles rayonnantes jusqu'à un banc au bout de la terrasse. Elizabeth suivit d'une démarche mécanique. Elle s'assit au bout du banc et s'absorba dans la contemplation du fleuve. Duray se retourna vers les Bambocheurs et les enveloppa d'un regard lourd, les forçant à tourner les yeux vers l'endroit où le bœuf rôtissait sur un grand lit de braises. Un jeune homme en veste blanche faisait tourner la broche ; un autre arrosait la viande à l'aide d'un long pinceau. Deux Asiatiques sortirent une table à découper ; un autre apporta un service à découper ; un quatrième roula un chariot garni de salades, de miches croustillantes, de plateaux de fromages et de harengs. Un cinquième personnage, vêtu comme un Tzigane, sortit de la maison avec un violon. Il alla dans un coin de la terrasse et se mit à jouer quelque musique mélancolique des steppes.

Bob Robertson et Roger Waille examinèrent le bœuf, un magnifique spectacle en vérité. Duray s'efforçait d'afficher le plus complet détachement, mais ses narines n'étaient pas aussi aisément contrôlables ; l'odeur de la viande grillée, de l'ail et des herbes le tentait impitoyablement. Bob revint sur la terrasse et leva les mains pour attirer l'attention des invités ; le violoneux posa son instrument. « Contrôlez vos appétits ; il reste encore quelques minutes, durant lesquelles nous pouvons discuter de notre prochaine Bamboche. Notre distingué collègue Bernard Ulman recommande une hôtellerie dans les Adirondaks : l'Auberge du Lac de Saphir. Cet hôtel a été construit en 1902, dans toutes les règles du confort édouardien. Il est fréquenté par les milieux d'affaires new-yorkais. La cuisine est juive ; la direction entretient une atmosphère d'aimable distinction ; l'année en cours est 1920. Bernard a apporté des photographies. Roger, s'il te plaît... »

Waille tira un rideau, démasquant un écran. Il manipula l'appareil de projection, et l'hôtel s'étala sur l'écran : une structure à moitié en bois pleine de coins et de recoins donnant sur quelques hectares de parc et un lac aux eaux calmes.

« Merci, Roger. Je crois que nous avons aussi une photo du personnel. »

Apparut alors, dans une pose un peu raide, un groupe d'une trentaine d'hommes et de femmes, dont les sourires offraient divers degrés d'affabilité. Les Bambocheurs étaient amusés ; quelques gloussements fusèrent ici et là,

« Bernard donne un avis très favorable en ce qui concerne la cuisine, l'atmosphère, et le charme de l'environnement. Tu es d'accord, Bernard ?

— Absolument, déclara Ulman. La direction est attentionnée et efficace ; la clientèle est digne de confiance.

— Très bien, dit Bob. À moins que quelqu'un n'ait une idée plus amusante, la prochaine Bamboche aura lieu à l'Auberge du Lac de Saphir. Et maintenant, je pense que le bœuf doit être prêt... à point, comme on dit.

— Exact, dit Roger Waille. Comme d'habitude, Tom a fait du bon travail à la broche. »

Le bœuf fut hissé sur la table réservée à cet effet. Le découpeur se mit joyeusement au travail. Duray alla parler à Alan Robertson, qui cligna anxieusement des yeux à son approche. Duray demanda : « Tu comprends la raison de ces réunions ? On t'a mis dans le coup ?

— Je ne suis certainement pas “dans le coup”, comme tu dis », répliqua Alan en détachant chaque syllabe. Il hésita, puis poursuivit : « Ce dont je suis certain, c'est que les Bambocheurs ne t'importuneront plus, ni toi ni ta famille. Bob a manqué de retenue ; il a fait preuve de bien peu de jugement, et j'ai l'intention d'avoir une petite conversation avec lui. En fait, nous avons déjà échangé quelques mots à ce sujet. Pour l'instant, tu ne seras jamais mieux servi qu'en restant détaché et impassible. »

Duray répondit d'une voix trop polie pour ne pas être inquiétante : « Ainsi, tu penses que ma famille et moi devons encaisser tranquillement les plaisanteries de Bob ?

— C'est une vision brutale de la situation, mais ma réponse est "oui".

— Je n'en suis pas si sûr. Mes relations avec Elizabeth ne sont plus les mêmes. Par la faute de Bob.

— Souviens-toi du vieil adage : "Trop gratter cuit, trop parler nuit". »

Duray changea de sujet. « Quand Waille a montré les photographies du personnel de l'hôtel, il m'a semblé que certains visages ne m'étaient pas inconnus. L'image a disparu trop vite pour que je puisse être sûr. »

Alan hocha la tête d'un air accablé. « Inutile de s'appesantir sur ce sujet, Gilbert. Au lieu de ça...

— Je suis maintenant trop engagé dans cette histoire, dit Duray. Je veux connaître la vérité.

— Très bien, dit Alan d'une voix sourde. Ton instinct ne t'a pas trompé. La direction de l'Auberge du Lac de Saphir, en d'autres circonstances, sur d'autres mondes, s'est rendue tristement célèbre. Comme tu l'as entrevu, elle est constituée des dirigeants du Parti National Socialiste tel qu'il se présentait vers 1938. Le directeur, bien sûr, est Hitler ; le réceptionnaire est Goebbels ; le maître d'hôtel est Goering ; les chasseurs sont Himmler et Hess, et ainsi de suite. Naturellement, ils ne sont pas au courant des activités de leurs cognats. La clientèle est essentiellement juive, ce qui n'est pas sans apporter un certain humour macabre à la situation.

— Incontestablement, dit Duray. Et pour l'autre réunion ? Celle sur laquelle nous sommes allés jeter un coup d'œil ?

— Tu veux parler de cette équipe universitaire de football ? Les champions du Texas de 1951, si je me souviens bien. » Alan sourit. « Pas étonnant qu'ils aient gagné. Bob a identifié les joueurs pour moi. Tu veux connaître la composition de l'équipe ?

— Et comment ! »

Alan tira une feuille de papier de sa poche. « Je crois... oui, c'est ça. » Il tendit la feuille à Duray, qui vit le schéma suivant :

Achille *Charlemagne* *Hercule* *Goliath* *Samson* *Richard Cœur de Lion* *Billy le Kid*

Machiavel

Sire Galaad *Geronimo*

Cuchulain

Duray lui rendit le papier. « Et tu approuves ?

— Disons que je n'y vois pas d'inconvénients », dit Alan, un peu mal à l'aise. « Un jour, en bavardant avec Bob, j'ai émis l'idée que beaucoup de malheurs pourraient être évités à la race humaine si les scélérats les plus notoires étaient placés de bonne heure dans des environnements où leur énergie pourrait se manifester de façon constructive. J'ai avancé qu'à partir du moment où nous en avions les moyens, il était peut-être de notre devoir de procéder à de tels changements. Bob fut intéressé et forma son groupe, les Bambocheurs (qui s'appelèrent d'abord les Chambouleurs), dans ce but. En toute sincérité, je crois que Bob et ses amis ont été plus attirés par la possibilité d'un nouveau divertissement que par l'altruisme, mais l'effet a été le même.

— Ces joueurs de football ne sont pas tous des scélérats, observa Duray. Sire Galaad, Charlemagne, Samson, Richard Cœur de Lion...

— Tout à fait vrai, et j'en ai fait la remarque à Bob. Mais il a soutenu que c'étaient tous des bagarreurs et des brutes, exception faite, peut-être, de sire Galaad. Charlemagne, par exemple, a conquis beaucoup de territoires pour un maigre résultat, Achille, héros national pour les Grecs, fut un cruel ennemi pour les Troyens, et ainsi de suite. Ses arguments sont peut-être un peu spécieux... mais il faut reconnaître que ces jeunes gens sont bien mieux employés à marquer des essais qu'à fracasser des crânes. »

Après un instant de silence, Duray demanda : « Comment les choses se passent ?

— Je ne suis pas très renseigné là-dessus. Je crois que d'une façon ou d'une autre les bébés désirés sont échangés contre des nourrissons d'apparence semblable. L'enfant ainsi obtenu est élevé dans un environnement approprié.

— Voilà un amusement qui me paraît bien sophistiqué et bien astreignant.

— Justement ! s'écria Alan. Vois-tu une meilleure façon d'empêcher quelqu'un comme Bob de faire le mal ?

— Certainement, dit Duray. Lui en faire redouter les conséquences. » Son visage s'assombrit comme ses yeux se posaient de l'autre côté de la terrasse. Bob s'était arrêté pour parler à Elizabeth. Elle se leva, imitée par les trois fillettes.

Duray franchit la terrasse à grands pas. « Qu'est-ce qui se passe ?

— Rien d'important, dit Bob. Elizabeth et les gamines vont seulement aider à servir les invités. » Il jeta un coup d'œil vers la table et se retourna vers Duray. « Veux-tu aider au découpage de la viande ? »

Le bras de Duray se détendit malgré lui. Son poing atteignit Bob à l'angle de la mâchoire et l'envoya valser contre un des Asiatiques en veste blanche, qui portait un plateau de victuailles. Les deux hommes s'étalèrent sans grâce. Mi-choqués, mi-amusés, les Bambocheurs ouvraient de grands yeux.

Bob se releva non sans élégance et tendit une main à l'Asiatique. Se tournant vers Duray, il secoua tristement la tête. Duray vit une lueur bleu pâle s'allumer dans ses yeux, mais ce fut tout ; une fois de plus Bob était redevenu calme et débonnaire.

« Pourquoi ne pas avoir fait ce qu'il te demandait ? dit doucement Elizabeth. Tout aurait été si simple.

— Il se pourrait bien qu'Elizabeth ait raison, dit Alan.

— Pourquoi aurait-elle raison ? éclata Duray. Nous sommes ses victimes ! Tu lui as donné le goût du mal, et maintenant tu ne peux plus le contrôler !

— Faux ! répliqua Alan. J'ai l'intention de mettre un frein aux excentricités des Bambocheurs, et je serai obéi.

— En ce qui me concerne le mal est fait, dit aigrement Duray. Viens, Elizabeth. On rentre à la maison.

— Impossible. Bob a le passage. »

Alan poussa un profond soupir et finit par se décider. Il se dirigea vers l'endroit où se tenait Bob, un verre de vin dans une main, se massant la mâchoire de l'autre. Il lui parla avec courtoisie mais autorité. Bob fut long à répondre. Alan se fit alors plus sec. L'autre se contenta de hausser les épaules. Le vieil homme attendit un instant, puis il retourna auprès de Duray et d'Elizabeth.

« Le passage est à son appartement de San Francisco, dit Alan d'une voix mesurée. Il vous le rendra à la fin de la soirée. Il ne veut pas aller le chercher maintenant. »

Bob réclama une nouvelle fois l'attention de l'assemblée. « À la demande générale, nous allons projeter le film de notre avant-dernière Bamboche, réalisé par l'un de nos plus distingués, assidus et ingénieux Bambocheurs : Manfred Funk. La scène se passe à la Grange Rouge, une hôtellerie située à vingt kilomètres à l'ouest d'Urbana, Illinois ; nous sommes à la fin de l'été 1926 ; ce à quoi vous allez assister est un concours de charleston. La musique est assurée par les légendaires Wolverines, et vous pourrez entendre le fabuleux cornet à pistons de Léon Bismarck Beiderbecke. » Bob grimaça un sourire, comme si la musique en question ne correspondait pas à ses goûts personnels. « Une occasion mémorable que je vous laisse tout de suite revivre. »

L'écran montra l'intérieur d'une salle de bal bourrée de jeunes gens excités. À l'arrière de la scène, les Wolverines en habits de soirée ; au premier plan, les concurrents : huit fringants jeunes hommes et huit jolies filles en robes courtes. Un présentateur s'avança et parla dans un mégaphone. « Les concurrents sont numérotés de un à huit ! S'il vous plaît, pas d'encouragements dans l'assistance ! Le prix est ce magnifique trophée ainsi qu'une enveloppe de cinquante dollars ; il sera remis par le gagnant de l'année dernière, Boozy Morman. Souvenez-vous qu'au premier morceau nous éliminons quatre concurrents, au second deux, et qu'à l'issue du troisième nous choisissons les gagnants. Et maintenant : Bix et les Wolverines dans *Sensation Rag* ! »

L'orchestre attaqua ; les concurrents s'agitèrent.

Duray demanda : « Qui sont ces gens ? »

Alan Robertson répondit d'une voix sereine : « Les garçons sont des jeunes gens du pays sans grande importance. Mais regarde bien les filles : sans doute les trouves-tu terriblement séduisantes. Tu n'es d'ailleurs pas le seul. Ce sont Hélène de Troie, Deirdre, Marie-Antoinette, Cléopâtre, Salomé, Lady Godiva, Néfertiti et Mata Hari. »

Duray laissa échapper un grognement taciturne. La musique s'arrêta ; à l'applaudimètre, le présentateur élimina Marie-Antoinette, Cléopâtre, Deirdre, Mata Hari et leurs partenaires respectifs. Les Wolverines se lancèrent dans *Fidgety Feet* ; les quatre couples restants se mirent à danser avec verve et enthousiasme, mais Hélène et Néfertiti furent éliminées. Les Wolverines jouèrent alors *Tiger Rag*. Salomé, Lady Godiva et leurs partenaires se livrèrent à une étonnante démonstration. Après avoir soigneusement apprécié le volume des applaudissements, le présentateur se décida pour Lady Godiva et son cavalier. Leurs deux visages épanouis apparurent en gros plan sur l'écran ; dans la joie du triomphe, ils se jetèrent dans les bras l'un de l'autre et s'embrassèrent. L'écran s'éteignit ; après l'animation de la Grange Rouge, la terrasse dominant le Don parut soudain grise et insipide.

Les Bambocheurs changèrent de position dans leurs sièges. Certains poussèrent des exclamations de gaieté ; d'autres fixèrent leurs yeux sur la vaste surface du fleuve.

Duray regarda dans la direction d'Elizabeth ; elle était partie. Il la vit qui circulait parmi les invités avec trois autres jeunes femmes, servant du vin dans des carafes scythes.

« Un bien joli tableau, n'est-ce pas ? » dit une voix calme dans son dos. Duray se retourna. C'était Bob, un demi-sourire aux lèvres, mais l'œil toujours animé de cette lueur bleu pâle. Duray s'éloigna.

La scène n'avait pas échappé à Alan Robertson.

« Cette situation n'a rien de très plaisant, Bob. Elle est même totalement dépourvue de charme.

— Peut-être qu'aux prochaines Bamboches, quand mon visage ira mieux, le charme émergera... Mais excuse-moi ; j'ai l'impression qu'il faudrait animer un peu la réunion. » Il s'avança au milieu de la terrasse. « Nous avons un petit pot-pourri final : bribes et improvisations, vignettes et aperçus, autant de pièces divertissantes et instructives chacune dans son genre. Roger, envoie-nous ça, s'il te plaît. »

Waille hésita, regardant du coin de l'œil Alan Robertson.

« Bobine numéro soixante-deux, Roger », dit Bob d'une voix calme. Waille attendit encore un instant, puis il haussa les épaules et se dirigea vers l'appareil de projection.

« La matière est nouvelle, dit Bob, c'est pourquoi je l'accompagnerai d'un commentaire. Nous avons d'abord un épisode de la vie de Richard Wagner, l'autoritaire et parfois irascible compositeur. Nous sommes en 1843, à Dresde. Wagner part un soir assister à la représentation d'un nouvel opéra, *Der Sanger Krieg*, dû à un compositeur inconnu. Il descend de voiture devant le hall ; il entre ; il prend place dans sa loge. Notez la dignité de son attitude, l'autorité de ses gestes ! La musique commence. Écoutez... C'est l'ouverture... Mais regardez Wagner. Pourquoi cet air de stupéfaction sur son visage ? Qu'est-ce qui le remplit ainsi d'étonnement ? Il écoute la musique comme si c'était la première fois qu'il l'entendait. Et de fait, c'est bien la première fois ; ce n'est que la veille qu'il a jeté sur le papier les premières notes de cette œuvre particulière, qu'il se propose d'appeler *Tannhäuser* ; aujourd'hui, magiquement, il l'entend dans sa forme finale. Wagner va rentrer chez lui lentement ce soir ; perdu dans ses réflexions, peut-être enverra-t-il un coup de pied à Schmutzi, son chien... Et maintenant, une scène différente : Saint-Pétersbourg durant l'année 1880, et plus précisément les écuries situées derrière le Palais d'Hiver. La voiture rehaussée d'ivoire et d'or qui s'avance conduit le tsar et la tsarine à une réception à l'Ambassade de Grande-Bretagne. Remarquez les cochers : raides, bien astiqués, tout à leur tâche. La barbe de Marx est impeccable. La barbiche de Lénine est plus discrète. Un chasseur regarde passer la voiture, une lueur attendrie dans le regard. C'est Staline. » L'écran s'éteignit une fois de plus, puis se ranima pour montrer une rue jalonnée de magasins d'expositions pour automobiles et de marchés de voitures d'occasion. « Voici l'un des projets de Shawn Henderson. Les quatre marchés de voitures d'occasion sont tenus par des hommes qui furent en d'autres circonstances des notoriétés religieuses : prophètes et tout le tremblement. Par exemple, cet homme alerte, aux traits anguleux, juste devant Quality Motors, c'est Mahomet. Shawn étudie de près la question et, à notre prochaine Bamboche, il nous racontera ses tractations avec ces quatre figures célèbres. »

Alan Robertson s'avança alors, l'air quelque peu embarrassé, et s'éclaircit la gorge. « Il ne me plaît pas de jouer les trouble-fête, mais je crains de ne pas avoir le choix. Il n'y aura pas d'autre Bamboche. Notre but originel a été négligé, et je remarque beaucoup trop de manifestations de frivolité gratuite et même de cruauté. Il se peut que vous vous étonniez de ce qui semble à première vue une décision soudaine, mais cela fait plusieurs jours que je réfléchis au problème. Les Bamboches ont pris une direction malsaine et risquent fort de devenir quelque chose de grotesque, un nouveau vice bien éloigné de notre idéal premier. Je suis sûr que chaque personne sensée, si elle veut bien y réfléchir quelques instants, reconnaîtra qu'il est temps d'arrêter. Dès la semaine prochaine, vous voudrez bien me retourner tous vos passages, à l'exception de ceux des mondes où vous avez votre résidence. »

Des murmures s'élevèrent parmi les Bambocheurs. Certains enveloppèrent Alan Robertson d'un regard furieux ; d'autres reprirent de la viande et du pain. Bob rejoignit Alan et Duray. « Eh bien, dit-il d'un air dégagé, je dois dire que tes admonestations arrivent avec toute la délicatesse d'un coup de tonnerre. Je vois très bien Jéhovah frapper les anges déchus dans ce style. »

Alan sourit. « Allons, Bob, tu dis des bêtises. Les situations ne sont pas du tout semblables. Jéhovah était animé par la colère ; moi, j'impose mes restrictions en toute bienveillance, afin que nous puissions de nouveau employer notre énergie à des fins constructives. »

Rejetant la tête en arrière, Bob éclata de rire. « Mais les Bambocheurs n'ont plus l'habitude de travailler ! Nous ne cherchons qu'à nous amuser, et après tout, qu'y a-t-il de si nuisible dans nos activités ?

— Elles ont pris une direction inquiétante, Bob, expliqua Alan d'une voix posée. Des éléments déplaisants se glissent furtivement dans vos plaisanteries, si furtivement que tu ne t'en rends même pas compte. Par exemple, pourquoi tourmenter ce pauvre Wagner ? Voilà ce que j'appelle un acte de cruauté gratuite, uniquement destiné à vous offrir quelques instants d'amusement. Et puisque la question est sur le tapis, je déplore profondément la façon dont tu as traité Elizabeth et Gilbert. Tu les as mis tous les deux dans un extraordinaire embarras accompagné, dans le cas d'Elizabeth, d'une réelle souffrance. Gilbert, lui, s'est un peu soulagé, et l'équilibre est plus ou moins rétabli.

— Gilbert est beaucoup trop impulsif, dit Bob. Entêté et égocentrique, comme il l'a toujours été. »

Alan leva la main. « Inutile d'aller plus loin, Bob. Je te suggère d'en rester là.

— Comme tu voudras, encore que nous ayons là un cas de réhabilitation qui est loin d'être hors de propos. Nous pouvons largement justifier le travail des Bambocheurs. »

Duray demanda tranquillement : « Et comment cela, Bob ? » Alan poussa une exclamation péremptoire, mais Duray continua : « Laisse-le aller jusqu'au bout de ce qu'il a envie de dire. C'est son intention de toute façon. »

Un instant de silence s'écoula. Bob regarda en

direction de l'endroit où les trois Asiatiques transféraient les restes du bœuf sur un chariot à desservir.

« Eh bien ? demanda doucement Alan. Tu te décides ? »

Bob écarta les bras sous le coup d'un manifeste désarroi. « Je ne te comprends pas ! Je veux seulement me défendre et défendre les Bambocheurs. Je pense que nous nous sommes splendidement comportés. Aujourd'hui nous avons permis à Torquemada de faire rôtir un quartier de bœuf mort au lieu d'un hérétique vivant ; le marquis de Sade a satisfait ses obscurs désirs en caressant de la chair grillée avec un pinceau à arroser ; et as-tu remarqué l'enthousiasme avec lequel Ivan le Terrible a débité la carcasse ? Néron, qui a un réel talent, a joué du violon. Attila, Gengis Khan et Mao se sont occupés efficacement des invités. Le vin était servi par Messaline, Lucrèce Borgia, Dalila, et la charmante épouse de Gilbert, Elizabeth. Il n'y a que Gilbert qui n'a pas réussi à faire la preuve de sa réhabilitation, mais il nous a au moins fait profiter d'un touchant et mémorable tableau : Gilles de Rais, Elizabeth Bathory et leurs trois virginales petites filles. C'était assez. Dans tous les cas, nous avons montré que la réhabilitation n'est pas un vain mot.

— Pas dans tous les cas, dit Alan, et surtout pas dans le tien. »

Bob lui lança un regard oblique. « Je ne te suis pas.

— Pas plus que Gilbert, tu ne sais d'où tu sors. Je vais donc t'apprendre certaines choses qui te permettront peut-être de mieux te connaître et t'engageront à refréner les tendances qui ont fait de ton cognat un modèle de cruauté, de sournoiserie et de perfidie. »

Bob laissa échapper un petit rire sec : le bruit même de la glace qui se brise. « Me voici rempli d'un intérêt horrifié.

— Je t'ai ramassé dans une forêt à quelque quinze cents kilomètres d'ici, alors que j'essayais de retracer la phylogenèse des dieux nordiques. Tu t'appelais Loki. Pour des raisons qui sont maintenant sans importance, je t'ai ramené à San Francisco, où tu as été élevé jusqu'à l'âge adulte.

— Donc, je suis Loki.

— Non. Tu es Bob Robertson, de même que tu as ici Gilbert Duray et sa femme, Elizabeth. Loki, Gilles de Rais, Elizabeth Bathory : ces noms-là s'appliquent à du matériel humain qui n'a pas fonctionné aussi bien. Gilles de Rais, on en a la preuve, souffrait d'une tumeur cérébrale ; il est tombé dans les vices qu'on lui connaît après une longue et honorable carrière. Le cas de la princesse Elizabeth Bathory est moins clair, mais on pourrait penser à la syphilis et à des lésions cérébrales consécutives.

— Et qu'en est-il du pauvre Loki ? s'enquit Bob en forçant sur le pathos.

— Loki semble n'avoir souffert de rien, sinon d'une bonne vieille méchanceté. »

Bob parut touché. « Et ce jugement s'appliquerait à moi ?

— Tu n'es pas forcément identique à ton cognat. Je te conseille pourtant de prendre garde à tes actes et de ne pas oublier que tu es pour moi en liberté surveillée.

— À tes ordres. » Bob regarda par-dessus l'épaule d'Alan. « Excuse-moi ; tu as gâché la soirée et tout le monde s'en va. Il faut que je dise un mot à Roger. »

Duray fit mine de lui barrer le chemin, mais Bob l'écarta d'un coup d'épaule et traversa la terrasse à grands pas sous le regard furibond de celui-ci.

Elizabeth dit d'une voix lugubre : « J'espère que toute cette histoire touche à sa fin.

— Tu n'aurais jamais dû l'écouter, grogna Duray.

— Je ne l'ai pas écouté ; j'ai lu ça dans un des livres de Bob ; j'ai vu ton portrait ; je ne pouvais pas... »

Alan intervint. « Ne tourmente pas cette pauvre Elizabeth ; je la trouve tout à fait sensée et courageuse ; elle a fait du mieux qu'elle a pu. »

Bob revint vers eux. « Tout est arrangé, lança-t-il d'un ton enjoué. À un ou deux détails près.

— Le premier de ces détails est la récupération du passage. Gilbert et Elizabeth, sans parler de Dolly, Joan et Ellen, sont impatients de rentrer chez eux.

— Ils peuvent rester ici avec toi, dit Bob. C'est sans doute la meilleure solution.

— Je n'ai pas la moindre intention de rester ici, dit Alan avec une légère expression de surprise. Nous partons tout de suite.

— Il faut que tu changes tes plans. J'en ai assez de tes reproches. Roger n'est pas particulièrement enchanté de quitter sa maison, mais il reconnaît avec moi qu'il est temps de régler définitivement la question. »

Alan fronça les sourcils. « Voilà une plaisanterie de bien mauvais goût. Bob. »

Roger Waille sortit de la maison, le visage sombre. « Ils sont tous fermés, Bob. Il ne reste plus que l'entrée principale d'ouverte. »

Alan se tourna vers Gilbert. « Je crois que nous allons laisser Roger et Bob à leurs rêves. Quand il aura repris ses esprits, nous récupérerons ton passage. Venez, Elizabeth, les enfants !

— Alan, dit calmement Bob, tu restes ici. Pour toujours. Je prends la machine en mains. »

Le vieil homme eut un léger sourire. « Et comment comptes-tu m'y contraindre ? Par la force ?

— Tu peux rester ici mort ou vivant. À toi de choisir.

— Tu as donc des armes ?

— Certainement. » Bob exhiba un revolver. « Il y a aussi les serviteurs. Aucun ne souffre d'une tumeur au cerveau ou de syphilis ; ce sont seulement de fort méchants sujets. »

Roger dit d'un ton gêné : « Ça suffit, partons. »

La voix d'Alan se fit soudain tranchante. « Tu as vraiment l'intention de nous abandonner ici ? Sans vivres ?

— Tu peux déjà te considérer comme largué.

— Je crains d'être obligé de te punir, Bob, et Roger avec. »

Bob éclata de rire. « Toi aussi, tu as ta petite maladie du cerveau... on appelle ça la mégalomanie. Tu n'as pas le pouvoir de punir qui que ce soit.

— J'ai encore le contrôle de la machine. Bob.

— La machine n'est pas là. Et maintenant... »

Alan se retourna et parcourut le paysage des yeux, les sourcils froncés comme s'il guettait quelque chose. « Voyons voir. Je devrais normalement arriver par l'entrée principale ; Gilbert et son petit commando de derrière la maison. Oui, nous voici. »

Le long du sentier de l'entrée principale, marchant d'un pas allègre, arrivèrent deux Alan Robertson avec six hommes armés de fusils et de grenades à gaz. En même temps, de derrière la maison, surgirent deux Gilbert Duray accompagnés de six hommes pareillement équipés.

Bob écarquilla les yeux. « Qui sont ces gens-là ?

— Des cognats, dit Alan en souriant. Je t'ai dit que je contrôlais la machine, et il en est de même pour mes cognats. Dès que Gilbert et moi serons de retour sur la Terre, il nous faudra semblablement nous mettre en route pour intervenir sur d'autres mondes apparentés à celui-ci... Roger, ayez la bonté d'appeler vos serviteurs. Nous les ramenons sur Terre. Vous et Bob restez ici. »

Waille en eut le souffle coupé. « Pour toujours ?

— C'est tout ce que vous méritez. Bob, lui, mérite sûrement pire. » Alan se tourna vers ses cognats. « Et le passage de Gilbert ? »

Tous deux répondirent à la fois : « Il est à l'appartement de Bob, à San Francisco. Dans une boîte sur l'entablement de la cheminée.

— Parfait. Nous pouvons partir. Au revoir, Bob. Au revoir, Roger. Je suis désolé que notre association se termine d'aussi déplaisante façon.

— Attendez ! cria Waille. Emmenez-moi avec vous !

— Au revoir, répéta Alan. Venez, Elizabeth. Vous, les filles, filez devant ! »

XIII

Elizabeth et les enfants étaient retournées à la Maison. Alan Robertson et Duray s'assirent dans le salon voisin de la machine. « La première chose à faire, dit Alan, est de nous acquitter de nos obligations. Il y a, bien sûr, une infinité de Bamboches dans une infinité d'Ekshayan, et une infinité d'Alan et de Gilbert. Si nous nous rendons à une seule Bamboche, nous risquons, selon les lois de la probabilité, de passer à côté d'un certain nombre de situations critiques. Le nombre total de possibilités, en admettant qu'une infinité d'Alan et de Gilbert choisissent au hasard parmi une infinité d'Ekshayan, est égal à l'infini élevé à la puissance de l'infini. Le pourcentage des chances qu'a n'importe quel Ekshayan de passer à travers le crible, je ne l'ai pas calculé. Si nous visitons des Ekshayans jusqu'à ce que nous ayons réussi à secourir au moins un tandem Gilbert-Alan, nous risquons d'être forcés de passer en revue une cinquantaine ou une centaine de mondes, voire davantage. Comme il se peut qu'on réussisse notre sauvetage dès notre première visite.

Le plus sage, je crois, est de visiter, disons, vingt Ekshayan. Si chaque tandem Gilbert-Alan fait de même, les chances qu'ont n'importe quel Gilbert et n'importe quel Alan d'être abandonnés sont de une sur vingt que multiplie dix-neuf que multiplie dix-huit que multiplie dix-sept, et cetera. Même alors, je crois pouvoir m'arranger pour qu'un opérateur vérifie encore cinq ou dix mille mondes afin de réduire cette seule chance à zéro... »

LES ŒUVRES DE DODKIN

La Théorie de l'Organisation Sociale (telle qu'on la trouve développée chez Kinch, Kolbig, Pentort et autres) offre un tel trésor d'informations, tant de révélations complexes en leur diversité, tant de prolongements angoissants, qu'il est parfois bon de considérer le principe trompeusement simple qui la fonde (noté ici par Kolbig) :

Quand des micro-unités indépendantes se combinent pour former et entretenir une macro-unité durable, certaines libertés sont atteintes. Tel est le mécanisme de base de l'Organisation.
Plus les micro-unités sont nombreuses et erratiques, plus la structure et le fonctionnement de la macro-unité doit être complexe — et plus les détails de l'Organisation doivent être subtils et restrictifs.

D'après Leslie Penton,
Premiers principes d'Organisation.

Tout comme le serpent ne se rappelle plus que ses ancêtres ont eu des pattes, la population de la Cité, dans sa grande majorité, avait fini par oublier les atteintes faites à sa liberté. Quelqu'un a dit quelque part : « Quand, dans une civilisation, l'écart se creuse entre la théorie et la pratique, c'est que cette civilisation est en train de subir un changement rapide. » En vertu d'un tel critère, le niveau de civilisation de la Cité était stable, voire statique. Ses habitants menaient une vie réglée par des traditions, des codes et des plans rigoureux, et ils s'estimaient satisfaits des vagues récompenses que leur accordait l'Organisation.

Mais dans le tissu le plus sain il y a des bactéries, et la plus infime impureté peut faire échouer une cristallisation dans sa phase critique. Luke Grogatch était âgé de quarante ans. Mince et anguleux, il avait le front buté, quelque chose de sardonique dans le dessin de la bouche et des sourcils, et la tête déjetée sur le côté comme s'il souffrait d'une oreille. Il était trop malin pour professer le non-conformisme, trop pervers pour essayer d'améliorer son statut, à la fois trop pessimiste, trop chicaneur, trop sarcastique et trop enclin à user de son franc-parler pour garder les emplois qu'on lui assignait. Chaque nouveau reclassement le faisait descendre d'un échelon et il détestait chaque nouvel emploi avec une conviction croissante.

Finalement, classé *Manœuvre/Catégorie D/Non qualifié*, Luke fut expédié au secteur 8892, département de l'Entretien des égouts et, là, enrôlé comme déblayeur de nuit dans l'équipe de forage numéro 3.

Luke se rendit à son travail et se présenta au contremaître, Fedor Miskitman, un colosse avec une tête de taureau, des cheveux blond filasse et des yeux bleus au regard placide. L'autre produisit une pelle et posta Luke derrière le trépan de la foreuse. C'était sa place, lui expliqua Miskitman. Il n'avait qu'à débarrasser le sol de la galerie de la caillasse et du gravier qui y tombaient. Quand la galerie déboucherait sur un vieil égout, il y aurait du tartre et de ces détritus connus sous le nom de « gadoue » à enlever. Luke devait tenir le ramasse-poussière propre et veiller à ce qu'il soit bien réglé. Pendant les pauses, il lubrifierait les roulements indépendants du système de lubrification automatique et il aurait à remplacer les dents cassées du trépan chaque fois que cela se révélerait nécessaire.

Luke demanda si c'était là tout ce qu'il aurait à faire, la voix chargée d'une ironie qui échappa complètement au naïf Miskitman.

« Oui, ce sera tout », dit Miskitman, et il tendit la pelle à Luke. « C'est surtout les gravats. Le sol doit être propre. »

Luke suggéra au contremaître une modification des mâchoires de la trémie qui permettrait d'éviter la chute de la pierraille ; d'ailleurs, continuait sa démonstration, pourquoi se tracasser à ce sujet ? Il n'y avait qu'à laisser la caillasse là où elle tombait. La rugosité du revêtement de béton de la galerie masquerait sans mal le peu de gravier qui pouvait y traîner. D'un geste, Miskitman balaya la suggestion ; il fallait enlever la pierraille. Quand Luke demanda pourquoi, l'autre répondit : « C'est comme ça que le travail doit être fait. »

Luke étouffa un juron. Il soupesa la pelle et secoua

la tête, mécontent. Le manche était trop long, la lame trop courte. Il le signala au contremaître qui se borna à regarder sa montre et à faire signe au conducteur de la foreuse. La machine gémit et, dans un rugissement assourdissant, entra en contact avec le rocher. Miskitman s'en alla, et Luke se mit au travail.

Durant son service, il découvrit que, s'il travaillait à moitié accroupi, la plus grande partie des gaz d'échappement de la machine, brûlants, chargés de poussière, lui passait au-dessus de la tête. En changeant une des dents du trépan pendant la première pause il attrapa une cloque sur le pouce gauche. À la fin de son service, une seule chose retint Luke de se déclarer incompétent : la crainte d'être déclassé, de passer de *Manœuvre/Catégorie D/Non qualifié* à *Cadre*, ce qui lui vaudrait une diminution correspondante de son compte débitable. Un telle dégringolade l'amènerait tout en bas du tableau des statuts, et il n'aurait plus droit à la moindre considération. Son allocation dépenses actuelle suffisait déjà tout juste. Elle couvrait son alimentation dans un restaurant communautaire de type RP, une place dans un dortoir du niveau inférieur 22 et seize coupons spéciaux par mois. Il se contentait du traitement érotique modèle 14 et avait droit à douze heures par mois de cercle de récréation, avec utilisation optionnelle des haltères, du tennis de table, de deux pistes de bowling miniature et de n'importe lequel des six télécrans réglés en permanence sur le canal H.

Luke rêvait souvent d'une vie plus somptueuse : une nourriture de type AAA, une suite de pièces pour son usage exclusif, des coupons spéciaux à la pelle, un traitement érotique modèle 7, voire 6 ou 5. En dépit de son mépris pour les échelons supérieurs, il n'avait rien contre les petits avantages qui leur étaient attachés. Et venait toujours en coda amer à ses rêves la conviction qu'il aurait pu jouir pour de bon de tous ces délices. Il avait regardé ses camarades manœuvrer ; il connaissait tous les trucs, toutes les astuces : travailler dur, suivre le troupeau, débiner le voisin, courber l'échine, faire ses coups en douce... Pourquoi ne pas utiliser de telles connaissances ?

« Je préfère être Manœuvre/Catégorie D », se disait Luke avec un petit ricanement.

Parfois un doute s'infiltrait dans son esprit. Peut-être lui manquait-il simplement le courage de lutter, de se colleter avec le monde ! Et le ruisselet du doute se transformait en vague de mépris de soi. Un non-conformiste, voilà ce qu'il était — et il n'avait pas le courage de l'admettre !

Puis son opiniâtreté reprenait le dessus. Pourquoi admettre son non-conformisme quand cela avait pour conséquence un petit séjour à la Maison de la désorganisation ? Un piège bon pour les imbéciles, et Luke n'était pas un imbécile. Peut-être était-il réellement non-conformiste, et peut-être pas... il ne s'était jamais tout à fait décidé. Il présumait que le soupçon pesait sur lui. Il lui arrivait de surprendre de drôles de regards obliques et des hochements de tête significatifs chez ses camarades de travail. Ils pouvaient toujours le regarder de travers. Ils ne pouvaient rien prouver.

Mais pour l'heure... il était Luke Grogatch, manœuvre de catégorie D, à un rang de la couche non classée des criminels, des crétins, des enfants et des non-conformistes avérés. Luke Grogatch, celui qui nourrissait de si grands rêves, des rêves où il se retrouvait à l'échelon supérieur, des rêves d'orgueil, d'indépendance ! Allons donc — il n'était que Luke Grogatch, manœuvre de catégorie D. Recevant des ordres d'un balourd au crâne plein de foin, travaillant avec des ouvriers semi-qualifiés au statut presque aussi minable que le sien : Luke Grogatch, manœuvre.

Sept semaines passèrent. Le dédain de Luke envers son boulot se transforma en haine. Le travail était dur, étouffant, repoussant. Fedor Miskitman opposait un regard vide aux grimaces les plus venimeuses de Luke, grognait en haussant les épaules devant ses suggestions et ses arguments. C'était comme ça qu'on faisait, disait son attitude, comme ça qu'on avait toujours fait, et comme ça qu'on ferait toujours.

Chaque jour, Fedor recevait du chef de chantier des notes de service qu'il lisait à son équipe durant la première pause. Elles portaient en général sur des sujets comme les normes de travail, l'esprit d'équipe et la coopération ; c'étaient des appels pour un meilleur fini du béton ; ou des mises en garde contre l'abus des plaisirs extraprofessionnels, qui risquait d'émousser l'enthousiasme et de diminuer le rendement du travailleur. En général, Luke ne prêtait aucune attention à ces notes, jusqu'au jour où Miskitman, sortant la feuille jaune familière, lut de sa voix pesante :

DÉPARTEMENT DES TRAVAUX PUBLICS,
BRANCHE DES SERVICES PUBLICS
SERVICE DE L'HYGIÈNE, SECTEUR 8892
SUBDIVISION DE L'ÉVACUATION DES EAUX USÉES

Office de la construction et de l'entretien des égouts
Bureau des fournitures

Note de service :	6511 Série BV 96
Numéro de code :	GZP-AAR-REG
Référence :	Z 98-7542
Code date :	BT-EQ-LLT
Autorisation :	LL8-P-SC 8892
Vérification :	48
Contre-vérification :	92 C

Adressé par :	Lavester Limon, directeur, Bureau des fournitures
Via :	Tous les Offices de construction et d'entretien
À l'attention de :	Tous les chefs de chantier
Copie à :	Tous les contremaîtres

Objet :	Longévité des outils, augmentation de ladite
Entrée en application :	Immédiate
Durée de l'applicabilité :	Permanente
Contenu :	Au début de chaque relève les outils à main seront retirés au magasin de l'entretien des égouts du secteur 8892. À la fin de chaque relève, tous les outils à main seront soigneusement nettoyés et retournés au magasin de l'entretien des égouts du secteur 8892.
Directive revue et transmise par :	Butry Keghorn, directeur général de la construction, Office de la construction des égouts Clyde Kaddo, directeur de l'entretien des égouts

Tandis que Fedor Miskitman lisait la section « Contenu », Luke poussa un soupir incrédule. L'autre acheva sa lecture, plia délicatement la feuille avec ses gros doigts et regarda sa montre. « Voilà pour la note de service. Nous avons vingt-cinq secondes de retard ; il faut reprendre le travail.

— Un instant, dit Luke. Il y a dans cette note une ou deux choses que j'aimerais qu'on m'explique. »

Miskitman enveloppa Luke de son regard bonasse. « Vous n'avez pas compris ?

— Pas très bien. À qui s'applique-t-elle ?

— C'est un ordre adressé à toute l'équipe.

— Qu'est-ce qu'ils entendent par “outils à main” ?

— Ce sont les outils qu'on tient avec les mains.

— Comme une pelle ?

— Une pelle ? » Miskitman haussa ses robustes épaules. « Une pelle est un outil à main. »

Luke demanda d'une voix où perçait une discrète admiration : « Ils veulent que j'astique ma pelle, que je fasse six kilomètres pour la rapporter au magasin et que j'aille la reprendre le lendemain pour la rapporter ici ? »

L'autre déplia la note de service, la tint à bout de bras et la relut tout en remuant les lèvres. « C'est ce qui est dit. » Il replia le papier et le fourra dans sa poche.

Luke feignit de nouveau l'étonnement. « Il y a sûrement une erreur.

— Une erreur ? » Miskitman ouvrit de grands yeux. « Pourquoi y aurait-il une erreur ?

— Il n'est pas possible qu'ils soient sérieux, dit

Luke. Non seulement c'est ridicule, mais en plus c'est aberrant.

— Je ne saurais vous dire, dit le contremaître d'un air indifférent. Au travail. Nous avons une minute et demie de retard.

— Je suppose que le temps du nettoyage et du transport est pris sur le temps de travail », hasarda Luke.

Miskitman redéplia la note, la tint à bout de bras et la lut encore une fois. « Il n'y a rien à ce sujet. Notre horaire reste le même. » Il replia le papier et le remit dans sa poche.

Luke cracha sur la pierraille. « J'apporterai ma pelle personnelle. Qu'ils transportent eux-mêmes leurs précieux outils à main. »

Miskitman se gratta le menton et relut de nouveau la directive. Il secoua la tête d'un air dubitatif. « L'ordre dit que tous les outils à main doivent être nettoyés et rapportés au magasin. Il ne dit rien à propos du propriétaire des outils. »

Luke faillit s'étrangler sous le coup de l'exaspération. « Vous savez ce que je pense de cette note de service ? »

Fedor Miskitman ne lui prêta pas la moindre attention. « Au travail. Nous sommes en retard.

— Si j'étais directeur général... » commença Luke.

Mais Miskitman gronda : « Bavarder ne remplit pas notre quota. Au travail, on perd du temps. »

Le trépan démarra ; soixante-douze dents mordirent le grès rougeâtre. Les mâchoires de la trémie avalèrent d'énormes bouchées, les expédiant via une espèce d'épiglotte dans un boyau qui les évacuait tout au bout de la galerie dans un élévateur à godets. Des éclats rocheux pleuvaient sur le sol de la galerie ; Luke devait les ramasser et les remettre dans la trémie. Derrière, deux étayeurs posaient des cercles d'acier qu'ils soudaient à des barres longitudinales d'une pression des doigts grâce aux plots incorporés à leurs gantelets qui fournissaient la décharge d'énergie nécessaire, puis venait l'ouvrier chargé de la pulvérisation du béton, son pistolet asperseur crachant le mélange dans un sifflement, suivi de deux finisseurs, des hommes nerveux qui lissaient le béton avec une furieuse énergie, lui donnant un poli impeccable. Fedor Miskitman allait et venait, testant l'étayage, mesurant l'épaisseur du ciment, vérifiant sans cesse l'avancement des travaux sur le tableau placé à l'arrière de la foreuse, où un dispositif électronique traçait le cours de la galerie à travers le réseau de canalisations, de conduits, de passages, de tuyaux et de tubes pour l'eau, l'air, le gaz, la vapeur, les transports, le fret et les communications, réseau qui faisait de la Cité une unité Organisée.

Le service de nuit se termina à quatre heures du matin. Miskitman porta quelques notes appliquées sur son registre ; l'ouvrier pulvérisateur ferma ses ajutages ; les étayeurs enlevèrent leurs gantelets, leurs batteries portatives et leurs équipements isolants. Luke Grogatch se redressa, massa son dos douloureux et braqua un œil maussade sur sa pelle. Il sentit le regard bovin de Miskitman peser sur lui. S'il jetait la pelle de côté comme d'habitude et vaquait à ses affaires, il se rendrait coupable de conduite Désorganisée. La sanction, il ne le savait que trop bien, était le déclassement. Bouillant d'humiliation, il considéra l'outil. Obéir ou être déclassé. Se soumettre — ou devenir cadre.

Luke poussa un profond soupir. La pelle était relativement propre ; un ou deux coups de chiffon suffiraient à enlever la poussière dont elle était maculée. Mais il y avait le trajet sur le convoyeur bondé jusqu'à l'entrepôt, la queue au guichet, la formalité d'enregistrement, l'augmentation de la distance qui le séparait du dortoir. Et demain il faudrait remettre ça. Cet effort supplémentaire était-il nécessaire ? Luke ne connaissait que trop bien la réponse. Quelque part le long de la chaîne des bureaux et commissions, un obscur fonctionnaire avait sans doute voulu faire du zèle et n'avait trouvé rien de mieux que de manifester le souci qu'il avait des précieux biens de la Cité. Résultat : cette note de service absurde filtrée par toute la hiérarchie jusqu'à Fedor Miskitman et enfin jusqu'à Luke Grogatch, la victime. Quelle joie ce serait de rencontrer cet obscur fonctionnaire face à face, de tordre son nez morveux, de botter son pusillanime postérieur le long des couloirs de son propre service...

La voix de Miskitman l'arracha à sa rêverie. « Nettoyez votre pelle. Votre service est fini. »

Luke protesta pour la forme. « Ma pelle est propre, grogna-t-il. C'est la farce la plus absurde qui me soit jamais tombée sur le dos. Si seulement je... »

Miskitman, d'une voix aussi calme et lente qu'un

grand fleuve, déclara : « Si vous n'aimez pas cette circulaire, vous n'avez qu'à déposer une requête dans la boîte à idées. C'est le droit de tout un chacun. Mais tant que la circulaire existe, vous devez obéir. Ainsi va la vie. C'est ça, l'Organisation, et nous sommes des gens Organisés.

— Montrez-moi cette circulaire, aboya Luke. Je vais la faire changer, l'enfoncer dans la gorge de quelqu'un, la...

— Vous devez attendre qu'elle soit enregistrée. Ensuite vous pourrez la garder ; je n'en aurai plus besoin.

— J'attendrai », dit Luke en serrant les dents.

Avec soin et méthode, Miskitman procéda à une dernière vérification, inspectant les machines, les dents du trépan, les ajutages du tourniquet, le système d'évacuation. Il alla à son petit bureau à l'arrière de la foreuse, nota l'avancement des travaux, signa des bons de sortie, enregistra finalement la circulaire sur un microfilm. Puis, d'un geste grave, il tendit la feuille jaune à Luke. « Qu'est-ce que vous allez en faire ?

— Je vais trouver celui qui a pondu cette idiotie. Je vais lui dire ce que j'en pense et ce que je pense de lui par la même occasion. »

Le contremaître secoua la tête d'un air désapprobateur. « Ce ne sont pas des choses à faire.

— Comment procéderiez-vous à ma place ? » s'enquit Luke avec un sourire féroce.

Miskitman réfléchit, la lèvre boudeuse, triturant

ses épais sourcils. Enfin, le plus simplement du monde, il laissa tomber. « Moi, je ne ferais rien. »

Luke leva les bras au ciel et s'engagea dans la galerie. La voix de l'autre tonna dans son dos. « Vous devez emporter votre pelle ! »

Luke s'arrêta. Lentement, il se retourna et posa un regard furieux sur la lourde silhouette du contremaître. Obéir à la circulaire ou être déclassé. Traînant les pieds, la tête baissée et l'œil fuyant, il revint sur ses pas. Empoignant la pelle d'un geste brusque, il remonta la galerie à grandes enjambées. Ses omoplates saillantes étaient de véritables plaques sensibles ; les yeux bleu clair qui le suivaient lui écorchèrent le dos.

Devant lui s'allongeait la galerie, sinus pâle et poli qui se rétrécissait dans la distance qu'ils venaient de creuser. Par un étrange effet de réfraction, elle semblait cerclée d'anneaux alternativement brillants et sombres qui déroutaient l'œil et créaient une impression hypnotique de bidimensionnalité. Luke avançait tristement dans cette espèce de cible, abruti de honte et d'impuissance, portant sa pelle comme une masse de désespoir. En était-il arrivé là — Luke Grogatch, naguère si fier de son cynisme et de son non-conformisme à peine dissimulé ? Devait-il enfin courber l'échine et se plier servilement à ces règlements stupides ?.. Si seulement il se trouvait quelques rangs plus haut sur le tableau ! Le cœur rongé de tristesse, il s'imagina l'air scandalisé avec lequel il aurait alors accueilli la circulaire, la nonchalance sardonique avec laquelle il aurait laissé tomber sa pelle de ses mains soudain devenues molles... Trop tard, trop tard ! Désormais il devait s'aligner, porter consciencieusement sa pelle au magasin. Dans un accès de colère, il balança l'innocent ustensile, l'envoyant sonner contre le revêtement de béton. Rien à faire ! Pas d'issue ! Pas moyen de rendre coup pour coup ! L'Organisation, huilée et implacable ; l'Organisation, massive et inerte, d'une parfaite tolérance pour les soumis, d'une sereine cruauté pour les sceptiques... Luke atteignit sa pelle et, murmurant un juron, la ramassa d'un geste brusque avant de repartir presque en courant.

Il remonta par un trou d'homme et émergea sur le quai de la rotonde de la 1123e Avenue, où la foule qui piétinait entre les escaliers mécaniques et les convoyeurs qui partaient dans tous les sens tels les rayons d'une roue l'absorba aussitôt. Serrant sa pelle contre sa poitrine, Luke se fraya un chemin jusqu'au convoyeur de Fontego et fila vers le sud, dans la direction opposée à celle de son dortoir. Dix minutes plus tard, il arrivait à la rotonde d'Astoria. Il descendit d'une douzaine de niveaux par l'escalator du collège Grimesby et traversa une zone sombre et moite qui sentait la vieille pierre pour gagner un convoyeur local qui le mena au magasin de l'Entretien des égouts, secteur 8892.

Dans l'entrepôt brillamment éclairé régnait une activité fébrile ; des centaines d'hommes allaient et venaient. Ceux qui arrivaient portaient des outils, ceux qui partaient avaient les mains vides.

Luke se joignit à la file qui s'était formée devant

la remise à outils. Une cinquantaine de travailleurs le précédaient, terne mille-pattes de bras, d'épaules, de têtes, de jambes, les outils faisant saillie de chaque côté. Le mille-pattes avançait lentement, dans un concert de boutades et de plaisanteries.

Devant la patience de tout le monde, Luke s'abandonna à son irascibilité naturelle. Regardez ça, se dit-il, regardez-moi tous ces moutons, dressant l'oreille au moindre froissement d'une circulaire dépliée. Se posaient-ils des questions sur le bien-fondé des ordres donnés ? Se demandaient-ils s'il était vraiment indispensable qu'on les importune de la sorte ? Non ! Ces abrutis restaient à ricaner et à bavasser, acceptant la circulaire comme une de ces vicissitudes imprévisibles de la vie, comme quelque chose d'aussi naturel et arbitraire que le changement des saisons... Et lui, Luke Grogatch, était-il meilleur ou pire ? La question lui brûlait la gorge comme un arrière-goût de vomi.

De toute façon, meilleur ou pire, quel choix avait-il ? Obéir ou être déclassé ! Piètre alternative ! Il y avait toujours le recours à la boîte à idées, comme Fedor Miskitman, peut-être en guise de plaisanterie, l'avait signalé. Luke grogna de dégoût. Des semaines après, il recevrait peut-être un imprimé à paragraphes multiples dont l'un aurait été coché par un employé de bureau ou un cadre : « La situation décrite dans votre requête est déjà à l'étude au sein de l'administration compétente. Nous vous remercions de votre témoignage d'intérêt. » Ou : « La situation décrite dans votre requête n'est que provisoire et devrait s'améliorer sous peu. Nous vous remercions de votre témoignage d'intérêt. » Ou encore : « La situation décrite dans votre requête est le résultat d'une politique délibérée et ne saurait être modifiée. Nous vous remercions de votre témoignage d'intérêt. »

Une autre pensée vint à l'esprit de Luke : en forçant son tempérament, peut-être pourrait-il *remonter* les échelons... Mais l'idée l'avait à peine effleuré qu'il y renonçait. D'abord, il approchait de l'âge mûr ; trop d'hommes jeunes faisaient la grimpette autour de lui. Même s'il arrivait à se piquer au jeu de la compétition...

La file avançait lentement. Derrière Luke un petit homme rondouillard ployait sous le poids d'une équerre optique Velstro. Une mèche soyeuse de cheveux châtain clair barrait sa face lunaire ; sa bouche en cul-de-poule affichait l'image même de la concentration ; ses yeux étaient absurdement sérieux. Il portait une pimpante salopette rose et marron, des demi-bottes orange et le béret bleu à trois pompons orange des techniciens Velstro.

Entre Luke, pauvre minable à la bouche amère, et ce petit homme grassouillet en salopette de salon, il y avait une différence si fondamentale qu'une aversion réciproque instantanée était inévitable.

Les yeux proéminents du petit homme s'arrêtèrent sur sa pelle et se promenèrent, pensifs, sur son pantalon et sa veste maculés. Puis il détourna son regard.

« Vous venez de loin ? demanda malicieusement Luke.

— Pas tellement, répondit Face de lune.

— On fait des heures supplémentaires, hein ? lança Luke avec un clin d'œil. Un peu de zèle de temps en temps, il n'y a rien de tel... en tout cas c'est ce qu'on dit.

— Nous avons simplement terminé le travail, répliqua dignement le petit homme. Le zèle n'a rien à voir là-dedans. Pourquoi passer la moitié de l'emploi du temps de demain sur un boulot de cinq minutes qu'on pouvait faire ce soir ?

— Je vois une raison, dit Luke d'un air entendu. Pour en mettre plein la vue aux collègues. »

Face de lune grimaça un bref sourire, puis jugea que la remarque n'était pas drôle. « Ce n'est pas comme ça que je travaille, dit-il d'un ton guindé.

— Ce truc doit peser lourd », observa Luke en remarquant que les petits bras grassouillets avaient du mal à s'adapter aux formes irrégulières de l'instrument.

« Oui, fut la réponse. Il pèse son poids.

— Une heure et demie, gémit Luke. C'est le temps qu'il me faut pour remiser cette pelle. Juste parce qu'un type du haut du tableau a des cauchemars. Et ce sont les pauvres types du bas du tableau qui trinquent.

— Je ne suis pas au bas du tableau. Je suis Opérateur d'engin technique.

— Ça ne change rien, dit Luke. Il y en a toujours pour une heure et demie. Tout ça à cause de je ne sais quelle stupide vision des choses.

— Ce n'est pas si stupide, protesta Face de lune. Je suppose qu'il y a une bonne raison à cette directive. »

Luke secoua sa pelle par le manche. « Ainsi il faut que je passe trois heures par jour sur les convoyeurs à aller et venir avec ce truc ? »

Le petit homme pinça les lèvres. « Il ne fait aucun doute que l'auteur de la circulaire connaît bien son affaire. Sinon il n'occuperait pas le rang qui est le sien.

— Et qui est ce héros anonyme ? ricana Luke. J'aimerais le rencontrer. J'aimerais savoir pourquoi il tient absolument à me faire perdre trois heures par jour. »

Le petit homme considérait maintenant son interlocuteur comme il aurait regardé un insecte dans sa ration de soupe. « Vous parlez en non-conformiste, sauf votre respect.

— Inutile de vous fatiguer pour mon respect », dit Luke, et sur ce, il lui tourna le dos.

Il jeta sa pelle à l'employé du guichet et se vit remettre un reçu. Luke se tourna consciencieusement vers Face de lune et fourra le reçu dans la poche de poitrine de la salopette rose et marron. « Gardez ça ; vous vous servirez de cette pelle avant que l'envie ne m'en reprenne. »

Il sortit du magasin d'un air digne. Un geste plein de panache, mais — il hésita avant de s'engager sur le convoyeur — était-ce bien raisonnable ? L'opérateur d'engin technique à la combinaison rose et marron sortit du magasin derrière lui, lui lança un regard bizarre et se dépêcha de quitter les lieux.

Luke tourna les yeux vers le magasin. S'il y retournait maintenant il pourrait arranger les choses, et il n'y aurait pas de problème le lendemain. S'il regagnait tout de suite son dortoir, il était bon pour un nouveau déclassement. Luke Grogatch, cadre. Luke extirpa de sa vareuse la circulaire que Fedor Miskitman lui avait donnée : un morceau de papier jaune portant quelques lignes tapées à la machine, une chose banale en soi — mais qui symbolisait toute l'Organisation : une force massive au mouvement irrésistible. Luke tripota nerveusement la feuille de papier et regarda de nouveau dans la direction du magasin. L'opérateur d'engin l'avait traité de non-conformiste ; la bouche de Luke se tordit en une brève grimace écœurée. Faux. Luke n'était pas non-conformiste. Il n'était rien de particulier. Et il avait bien besoin de son lit, de son ticket d'alimentation et de son maigre compte débitable. Un faible grognement, presque un murmure, lui échappa. Il arrivait au bout du rouleau. Il était allé le plus loin possible ; avait-il jamais pensé qu'il pourrait déjouer l'Organisation ? Peut-être qu'il avait tort et que tous les autres avaient raison. Possible, se dit-il sans conviction. Miskitman semblait plutôt content de son sort ; l'opérateur d'engin semblait content non seulement de son sort mais aussi de lui. Luke s'appuya contre le mur du magasin, les yeux brûlants, humides d'apitoiement. Non-conformiste. Raté. Qu'est-ce qu'il allait devenir ?

Il eut une moue de mépris et s'avança vers le convoyeur. Que le diable les emporte ! Ils pouvaient bien le déclasser ; il deviendrait cadre, et après ?

Le moral à zéro, Luke regagna la rotonde de Grimesby. Là, au moment où il mettait le pied sur l'escalier mécanique, il s'arrêta pile, plissant les yeux et frottant son long menton terreux tout en considérant le problème sous un autre angle. Il semblait y avoir une possibilité. Mais non. Peu probable... et cependant, pourquoi pas ? Une fois encore, il examina la circulaire. Selon toute vraisemblance, il y avait à l'origine de cette directive Lavester Limon, le directeur du bureau des Fournitures du secteur, et Lavester Limon pouvait l'annuler. Si Luke parvenait à convaincre Limon, ses ennuis, à défaut de disparaître, s'atténueraient. Il pourrait se présenter à son travail sans pelle, répondre par un sourire sarcastique au sourire trop mielleux de Fedor Miskitman. Il pourrait même se donner la peine de retrouver le petit opérateur d'engin technique et sa face de lune...

Luke soupira. Pourquoi poursuivre ce vain rêve ? Il fallait d'abord amener Lavester Limon à annuler la directive — et quelles étaient ses chances de réussite ?.. Peut-être pas si minces, en définitive, rêvassa-t-il tandis que le convoyeur le ramenait à son dortoir. Il était clair que cette directive n'était pas pratique. Elle compliquait la vie d'une foule de gens pour un maigre résultat. Si on en persuadait Lavester Limon, si on lui montrait que son prestige et sa réputation étaient en jeu, il accepterait peut-être d'annuler cette directive ridicule.

Luke arriva à son dortoir peu après sept heures du matin. Il se rendit immédiatement à la cabine de communication et appela le bureau des Fournitures du secteur 8892. Lavester Limon, lui répondit-on, serait là à huit heures trente.

Il procéda à une toilette soigneuse et, après mûre réflexion, investit quatre coupons spéciaux dans l'achat d'une nouvelle tenue : veste noire cintrée et pantalon bleu d'une coupe un peu militaire, mais d'une qualité nettement supérieure à celle de son costume habituel. Lorsqu'il se mira dans la glace de la salle de bains, il jugea qu'il n'avait pas trop mauvaise allure.

Il prit son quota matinal de nourriture dans un restaurant communautaire de type RP tout proche, monta au niveau inférieur 14 et emprunta le convoyeur jusqu'à l'Office de la construction et de l'entretien des égouts du secteur 8892.

Une employée de bureau frétillante, dont les cheveux noirs masquaient le visage dans le style « gentleman cambrioleur » alors à la mode, le conduisit au bureau de Lavester Limon. À la porte, elle tourna vers lui un petit regard modeste et Luke se félicita d'avoir acheté de nouveaux vêtements. Réagissant au stimulus, il carra les épaules et entra tout confiant.

Lavester Limon était assis derrière son bureau. Il s'arracha un bref instant à son siège en signe de salut poli. C'était un homme d'apparence aimable, de taille moyenne : cheveux brun doré soigneusement lissés de façon à dissimuler une tonsure bronzée et constellée de taches de rousseur, yeux brun doré francs et tranquilles, veston brun doré et pantalon de velours assorti. Il désigna un fauteuil. « Prenez place, monsieur Grogatch. »

Devant tant de cordialité, Luke refoula sa fureur et sentit même bourgeonner un espoir. L'autre semblait honnête ; la directive n'était peut-être qu'une erreur administrative, en fin de compte.

Son vis-à-vis haussa ses sourcils brun doré. Luke ne perdit pas de temps en préliminaires. Il tendit la circulaire. « Je suis ici à ce propos, monsieur Limon : une note de service apparemment rédigée par vous. »

Limon prit la circulaire, la lut, hocha la tête. « Oui, cette note vient bien de moi. Quelque chose ne va pas ? »

Luke, surpris, eut un pincement au cœur prémonitoire : un homme aussi sensé devait percevoir aussitôt l'absurdité de la directive !

« Cette politique est inapplicable, dit-il avec gravité. En fait, monsieur Limon, elle est complètement déraisonnable. »

Lavester Limon ne parut pas du tout offensé. « Tiens ! Et en quoi cela ? Au fait, monsieur Grogatch, vous êtes... ? » Les sourcils brun doré se haussèrent de nouveau.

« Je suis manœuvre de catégorie D, dans une équipe de forage, dit Luke. Aujourd'hui, il m'a fallu une heure et demie pour aller remiser ma pelle. Demain, il me faudra une autre heure et demie pour retourner la prendre. Tout cela sur mon temps personnel. Je ne pense pas que ce soit raisonnable. »

Lavester Limon relut la circulaire, pinça les lèvres, hocha la tête une ou deux fois. Puis, se penchant sur son interphone, il dit : « Miss Rab, j'aimerais voir... » Il consulta le numéro de référence de la note de service. « ... le document 7542, dossier G98. » Puis, s'adressant à Luke, il ajouta d'une voix plutôt distraite : « Ce genre de chose finit quelquefois par être un tant soit peu compliqué.

— Mais pouvez-vous modifier la directive ? éclata Luke. Reconnaissez-vous qu'elle n'est pas raisonnable ? »

Limon pencha la tête avec une grimace dubitative. « Nous allons voir ce qu'indique la référence. Si ma mémoire est bonne... » Sa voix se perdit.

Vingt secondes passèrent. Limon pianotait sur le bureau. Une sonnerie discrète retentit. Il effleura un bouton et l'écran incorporé au plan de travail afficha le document demandé : une autre circulaire semblable à la première.

DÉPARTEMENT DES TRAVAUX PUBLICS,
BRANCHE DES SERVICES PUBLICS
SERVICE DE L'HYGIÈNE, SECTEUR 8892
SUBDIVISION DE L'ÉVACUATION DES EAUX USÉES

Bureau du directeur général

Note de service : 2888 Série BQ 008
Numéro de code : GZP-AAR-REF
Référence : OP 9 123
Code date : BR-EQ-LLT
Autorisation : JR D-SDS
Vérification : AC
Contre-vérification : CX McD

Adressé par : Judiath Ripp, directeur général
Via :
À l'attention de : Lavester Limon, directeur, Bureau des fournitures
Copie à :

Objet : Mesures d'économie
Entrée en application : Immédiate
Durée de l'applicabilité : Permanente
Contenu : Votre quota mensuel de fournitures à usage de type A, B, D, F, H est réduit par la présente de 2,2 %. Vous êtes prié d'aviser le personnel concerné de cette réduction et de prendre les mesures propres à assurer les économies les plus drastiques. Il a été remarqué que c'est surtout en ce qui concerne les fournitures de type D que la consommation du département est en excès par rapport à la norme établie.

Suggestion : Plus grand soin des outils de la part des utilisateurs, incluant le stockage dans les magasins après utilisation.

« Les fournitures de type D, expliqua Lavester Limon avec une grimace, ce sont les outils à main. Le vieux Ripp exige de sérieuses économies. Je ne fais que transmettre. Voilà ce qui se cache derrière les chiffres six, cinq, un, un. »

Il rendit la circulaire à Luke et s'adossa à son siège. « Je réalise à quel point cette affaire vous préoccupe, mais... » Il leva les mains en un geste insouciant, presque désinvolte. « ...c'est ainsi que fonctionne l'Organisation. »

Luke resta cloué à son siège sous le poids de la déception. « Alors vous n'allez pas annuler la directive ?

— Mon cher ami ! Comment le pourrais-je ? »

Luke tenta de faire preuve d'une indifférence sereine. « Eh bien, il y aura toujours de la place pour moi parmi les cadres. Je leur ai dit où ils pouvaient la mettre, leur pelle.

— Hum. Peu prudent. Désolé de ne pouvoir vous aider. » Limon observa Luke d'un œil intéressé, puis il esquissa un sourire. « Pourquoi ne pas vous attaquer à ce vieux Ripp ? »

Luke lui lança un regard en coin méfiant. « Qu'est-ce que ça changera ?

— On ne sait jamais ! s'écria, jovial, Limon. Supposez une illumination. Supposez qu'il annule sa directive ? Je ne peux aborder directement le problème avec lui, ça me causerait des ennuis, mais il n'y a aucune raison pour que vous, vous ne puissiez pas. » Il adressa à Luke un petit sourire entendu, et celui-ci comprit que l'amabilité de Lavester Limon, bien que non feinte, n'était que le masque du souci qu'il avait de son intérêt personnel et lui servait surtout à arrondir habilement les angles.

Il se leva brusquement. Pas question qu'il tire les marrons du feu ! Alors qu'il ouvrait la bouche pour le dire à Lavester Limon, il se remémora la scène devant le magasin, quand il avait refilé son reçu à l'opérateur d'engin technique. Luke avait toujours été enclin aux grands gestes, aux engagements irréfléchis ne laissant aucune possibilité de marche arrière. Quand apprendrait-il à se maîtriser ? Baissant le ton, il demanda : « Qui est ce Ripp, déjà ?

— Judiath Ripp, directeur général de l'évacuation des eaux usées. Il se peut que vous ayez des difficultés à l'approcher ; c'est une vieille brute pas commode. Attendez, je vais voir s'il est à son bureau. »

Il s'informa par le biais de son interphone. Il s'avéra que Judiath Ripp venait d'arriver au bureau de la subdivision, au niveau inférieur 3, sous Brambleburry Park.

Limon donna quelques conseils tactiques à Luke. « Il est colérique... du genre aboyeur. Le grand secret : ne pas se laisser intimider par son cinéma. Il respecte la fermeté. Tapez du poing sur la table. Rugissez aussi fort que lui. Si vous faites patte de velours, il vous fichera dehors. Si vous lui répondez du tac au tac, il vous écoutera. »

Luke regarda Lavester Limon d'un œil dur, parfaitement conscient que le pétillement des yeux brun doré exprimait une joie malicieuse. « J'aimerais une copie de cette directive, dit-il. Comme ça, il saura de quoi je parle. »

Limon dégrisa aussitôt. Luke lut dans ses pensées : *Est-ce que Ripp va s'en prendre à moi si je lui envoie ce cinglé ? Le coup vaut d'être tenté.* « Bien sûr. Voyez avec la secrétaire. »

Luke monta au niveau inférieur 3, traversa la belle galerie commerciale qui occupait trois niveaux sous Brambleburry Park, longea le grand aquarium à ciel ouvert qu'éclairait la lumière du soleil, embarqua sur le convoyeur local et, après un trajet de deux ou trois minutes, atterrit devant le Service d'hygiène du secteur 8892.

La Subdivision de l'évacuation des eaux usées occupait une suite plutôt prétentieuse sur un petit jardin clos. Luke suivit un couloir carrelé de mosaïque bleue, grise et verte et entra dans une pièce blanche meublée en gris pâle et en rose. Un grand panneau de tuyaux noirs, or et blancs, habilement torsadés, ornait tout un mur ; un autre mur disparaissait sous de lourdes feuilles vertes s'échappant d'une jardinière qui montait à hauteur de poitrine. La réceptionniste était assise derrière un bureau — une blonde bien en chair à l'expression maussade, avec un faux os en travers du nez et un collier de dents de requin autour du cou. Elle portait ses cheveux noués au-dessus de sa tête à la façon d'une botte de blé, et un amusant symbole primitif noir et marron ornait son front.

Luke expliqua qu'il désirait un entretien avec M. Judiath Ripp, directeur général de la subdivision.

Peut-être parce qu'il était mal à l'aise, Luke s'exprima non sans rudesse. Prise de court, la jeune fille battit des paupières et le dévisagea. Après un moment d'hésitation, elle secoua la tête, dubitative. « Quelqu'un d'autre vous conviendrait-il ? Monsieur Ripp a un emploi du temps très chargé. À quel sujet désirez-vous le voir ? »

Il tenta un sourire persuasif et ne réussit qu'à envelopper la fille d'un regard sinistre. Elle en resta toute saisie.

« Peut-être pourriez-vous dire à monsieur Ripp que je suis là, suggéra Luke. Une de ses directives montre, disons, des irrégularités, ou plutôt un abus...

— Des irrégularités ? » Elle semblait n'avoir retenu que ce mot. Elle considéra Luke avec d'autres yeux, examinant les habits bleu et noir tout neufs, leur coupe presque militaire. Une sorte d'inspecteur ? « Je vais l'appeler, dit-elle avec nervosité. Votre nom, monsieur, et votre grade ?

— Luke Grogatch. Mon grade... » Luke sourit de nouveau et la fille détourna les yeux. « Peu importe.

— Je l'appelle. Un instant, je vous prie. » Elle pivota sur son siège, bredouilla quelques mots affolés face à son écran, regarda Luke, et reprit son petit discours. Une voix lointaine grésilla dans l'appareil. « Monsieur Ripp peut vous accorder quelques minutes. Première porte, s'il vous plaît. »

Luke, les épaules raides, entra dans une pièce haute, entièrement lambrissée, dont l'un des murs était occupé par des aquariums vert émeraude où filaient des poissons jaunes et rouges. Judiath Ripp était assis à son bureau. C'était un homme de haute taille, lourd, qui ressemblait lui-même à un grand poisson. Sa tête étroite, d'une pâleur de maquereau, était posée très en arrière sur les épaules. On ne lui voyait pas de menton ; son cou montait tout droit jusqu'à sa bouche de carpe. Des yeux pâles fixaient Luke au-dessus de petites narines rondes ; une brosse de cheveux ras se dressait à l'arrière de sa tête comme de l'herbe sèche sur une dune de sable. Luke se souvint de la description que Lavester lui avait faite de cet homme : « colérique ». Guère approprié. Limon avait-il une dent contre Ripp ? Utilisait-il Luke comme instrument de basse vengeance ? À cette pensée, il se sentit gauche et mal à l'aise.

Judiath Ripp le dévisagea d'un œil froid et impassible. « Que puis-je faire pour vous, monsieur Grogatch ? Ma secrétaire me dit que vous êtes une sorte d'inspecteur. »

Luke, ses petits yeux noirs fixés sur le visage de Ripp, pesa la situation. Il décida de dire l'exacte vérité. « Depuis plusieurs semaines je travaille en qualité de manœuvre de catégorie D dans une équipe de forage.

— Sur quoi diable enquêtez-vous dans une équipe de forage ? » demanda Ripp avec un petit rire dépourvu de toute gaieté.

Luke fit un geste vague qui pouvait signifier tout ou rien, selon la façon dont l'autre voudrait bien l'interpréter. « La nuit dernière, le contremaître de cette équipe a reçu une note de service émanant de Lavester Limon, du Bureau des fournitures. En matière d'imbécillité pure, cette directive dépasse tout ce que j'ai pu voir dans ma vie.

— Si elle est l'œuvre de Limon, je veux bien le croire, dit Ripp entre ses dents.

— Je suis allé le trouver. Il a refusé d'en assumer la responsabilité et m'a dirigé sur vous. »

L'autre se raidit légèrement dans son fauteuil. « De quelle directive s'agit-il ? »

Luke lui passa les deux circulaires par-dessus la table. Ripp les lut lentement et les lui rendit comme à regret. « Je ne vois pas très bien... » Il marqua un temps. « À vrai dire, ces circulaires ne font que refléter des instructions que j'ai reçues et auxquelles j'ai donné suite. Où est le problème ?

— Laissez-moi vous citer mon expérience personnelle, dit Luke. Ce matin, en ma qualité de manœuvre, comme je vous l'ai expliqué, j'ai transporté une pelle de l'extrémité de la galerie jusqu'au magasin où je devais la remettre. L'opération m'a demandé une heure et demie. Si j'étais employé de façon régulière à un travail de ce genre, je serais absolument démoralisé. »

Ripp ne parut nullement troublé. « Tout ce que je peux faire, c'est vous renvoyer à mes supérieurs. » Il se détourna pour parler dans son interphone. « Veuillez me transmettre le dossier OP9, document 123. » Puis il se retourna vers Luke. « Je ne saurais prendre la responsabilité de cette directive, et encore moins celle de son annulation. Puis-je vous demander quelle sorte d'enquête vous menez dans les galeries ? Et pour qui sont vos rapports ? »

Faute d'une réponse à la fois évasive et convaincante, Luke adopta un petit silence hautain.

La peau de Judiath Ripp se fronça autour de ses yeux ronds. « En y réfléchissant, je suis de plus en plus intrigué. Pourquoi y a-t-il là matière à enquête ? Et qui... »

Le document demandé par Ripp tomba d'une fente. Il y jeta un coup d'œil et le passa à Luke. « Vous noterez que ceci me dégage de toute responsabilité », dit-il d'un ton sec.

La circulaire avait la forme habituelle :

DÉPARTEMENT DES TRAVAUX PUBLICS,
BRANCHE DES SERVICES PUBLICS

Bureau du Haut commissaire des services publics

Note de service :	449 Série UA-14-G2
Numéro de code :	GZP-AAR-REF
Référence :	TQ 9-1422
Code date :	BR-EQ-LLT
Autorisation :	PU-PUD-Org.
Vérification :	G. Evan
Contre-vérification :	Hernon Klaneck

Adressé par :	Parris de Vicker, Haut commissaire des services publics
Via :	Services de l'hygiène, tous secteurs
À l'attention de :	Toutes les autorités supérieures
Copie à :	

Objet :	Nécessité urgente d'économies drastiques et immédiates dans l'utilisation des équipements et la consommation des fournitures.
Entrée en application :	Immédiate
Durée de l'applicabilité :	Permanente
Contenu :	Toutes les autorités supérieures sont chargées de prendre et de faire appliquer toute mesure propre à réaliser des économies sévères dans l'utilisation des fournitures et des équipements, à commencer par ceux formés en tout ou en partie d'alliages métalliques ou nécessitant fonctionnellement la consommation de tels alliages, au sein des secteurs relevant d'une compétence officielle. Une diminution de 2 % sera considérée comme un minimum. Les propositions d'avancement dépendront dans une certaine mesure des économies réalisées.
Directive revue et transmise par :	Lee Jon Smith, chef de district au Service de l'hygiène, secteur 8892

Luke, avec pour seule préoccupation de quitter ce bureau le plus vite possible, se leva et désigna la circulaire. « C'est une copie ?

— Oui.

— Je vais la prendre, si vous voulez bien. » Il la joignit aux deux autres.

Ripp le toisa, discrètement soupçonneux, à l'évidence. « Je continue de me demander qui vous représentez.

— Il y a des fois où moins on en sait, mieux on se porte », dit Luke.

Le visage de poisson perdit son expression méfiante. Seule une personne sûre de sa position pouvait se permettre de parler de la sorte à un membre du bas de l'échelon supérieur. Il hocha la tête. « C'est tout ce que vous désirez ?

— Non, mais c'est tout ce que je peux obtenir ici. »

Luke se dirigea vers la porte. Il sentait dans son dos le regard vrillant de l'autre.

Soudain, Ripp éleva la voix : « Un instant. »

Luke se retourna lentement.

« Qui êtes-vous ? Montrez-moi vos lettres de créance. »

Luke éclata de rire. « Je n'en ai pas. »

Judiath Ripp se dressa de toute sa hauteur en prenant appui de ses poings sur le bureau. Luke admit alors qu'il était du genre colérique : son teint pâle de maquereau virait au rose saumon. « Déclinez votre identité, dit l'officiel d'une voix rauque, avant que j'appelle le garde.

— Volontiers, dit Luke. Je n'ai rien à cacher. Je m'appelle Luke Grogatch. Je travaille comme manœuvre de catégorie D dans l'équipe de forage numéro 3 et pour l'Office de la construction et de l'entretien des égouts.

— Que faites-vous ici ? Qu'est-ce que c'est que ces façons de vous présenter sous une fausse identité et de me faire perdre mon temps ?

— Où prenez-vous que je me suis présenté sous une fausse identité ? protesta Luke. Je voulais savoir pour quelle raison j'ai dû porter ma pelle au magasin ce matin. Ça m'a pris une heure et demie. C'est insensé. On vous a demandé de réaliser deux pour cent d'économies, et il faudrait que je passe trois heures par jour à rapporter et à aller rechercher une pelle ? »

Judiath Ripp fixa Luke durant quelques secondes, puis il retomba lourdement sur son siège. « Vous êtes manœuvre de catégorie D ?

— Tout juste.

— Hum. Vous êtes allé au Bureau des fournitures et son directeur vous a envoyé ici ?

— Non. Il m'a donné une copie de sa note de service comme vous l'avez fait vous-même. »

La rougeur saumon avait disparu des joues creuses de Ripp. La bouche de carpe se contracta en une expression vaguement amusée.

« Il n'y a certes pas de mal à cela. Qu'est-ce que vous espérez obtenir ?

— Je n'ai pas envie de transbahuter cette satanée

pelle soir et matin. Et j'aimerais que vous donniez des ordres dans ce sens. »

La bouche pâle de Judiath Ripp se fendit en un sourire glacial. « Apportez-moi une directive de Parris deVicker à cette fin et je serai ravi de vous obliger. Maintenant...

— Voulez-vous prendre un rendez-vous pour moi ?

— Un rendez-vous ? » Ripp parut déconcerté. « Avec qui ?

— Avec le Haut commissaire des services publics.

— Pfff ! » D'un geste, Ripp lui donna froidement congé. « Fichez-moi le camp. »

Luke s'arrêta dans l'entrée ornée de mosaïque bleue. Il bouillait de haine envers Ripp, Limon, Miskitman et tous les fonctionnaires de la hiérarchie. Ah, s'il avait pu être chef du gouvernement deux petites heures (continuait son rêve récurrent), comment il les aurait tous mis au pas ! Il imagina Judiath Ripp pelletant des paquets de gadoue avec une pelle de plomb tandis qu'une foreuse deux fois plus bruyante et puissante lui soufflerait des tempêtes de poussière brûlante et d'éclats rocheux dans le cou. Lavester Limon serait obligé de changer les dents fumantes du trépan avec une petite clé à molette rouillée, tandis que Fedor Miskitman, avant de prendre et de quitter son service, porterait la pelle, la clé à molette et toutes les dents usées de la galerie au magasin et du magasin à la galerie.

Luke demeura ainsi cinq bonnes minutes à broyer du noir dans le vestibule, puis il regagna la surface qui, grâce au Brambleburry Park, était reconnaissable comme telle et ne risquait pas de se confondre avec un niveau parmi d'autres. Il suivit lentement les allées de gravier, ignorant le ciel pour ne penser qu'à ses problèmes immédiats. Il avait abouti à une impasse. Que faire, toutes les perspectives étant bouchées ? Judiath Ripp lui avait, par dérision, suggéré de consulter le Haut commissaire des services publics. Même si, par quelque hasard hautement improbable, il parvenait à obtenir un rendez-vous avec le Haut commissaire, quel bénéfice en retirerait-il ? Pourquoi celui-ci annulerait-il une directive d'une telle importance ? Sauf à être persuadé — sur quelque intervention que Luke était incapable de définir ou même d'imaginer — de pondre une note spéciale l'exemptant des stipulations de la directive... Luke émit un rire caverneux qui effraya les pigeons en train de se pavaner dans l'allée. Et maintenant ? Retour au dortoir. Ses privilèges d'utilisateur lui donnaient droit à douze heures de lit par jour et il ne tirait pas pleinement parti de son compte débitable en n'usant pas de ce droit. Mais il n'avait aucune envie de dormir. Levant les yeux vers la perspective des tours qui entouraient le parc, il sentit une gaieté un peu mélancolique l'envahir. Ce ciel, ce merveilleux ciel pur, si bleu, si lumineux ! Le soleil était caché à cet endroit par la flèche Morgenthau et l'air était vif. Il frissonna.

Il traversa le parc, pensant s'asseoir là où un rayon de soleil vaporeux se glissait entre les tours. Les bancs étaient occupés par des foules de vieillards, hommes et femmes aux yeux clignotants, mais Luke finit par trouver une place. Il resta assis à regarder le ciel et à savourer la douce chaleur naturelle du soleil. Il le voyait si rarement ! Dans sa jeunesse, il était souvent allé faire de longues balades à travers la Cité, errant sans but là-haut, le long des voies aériennes, au milieu du vide, avec les nuages suffisamment proches pour qu'on en voie tous les détails et le soleil étincelant qui lui piquait la peau. Peu à peu les balades s'étaient espacées, revenant à des intervalles de plus en plus longs. À présent, c'était à peine s'il pouvait se rappeler la dernière fois où il avait foulé les chemins du vent. Quels rêves n'avait-il pas nourris en ces jours anciens ! Quelles visions exubérantes ! Les obstacles lui semblaient dérisoires ; il se voyait grimpant au sommet, bénéficiant d'un gros compte débitable, des privilèges les plus agréables, d'innombrables coupons spéciaux ! Il avait projeté d'avoir sa propre voiture aérienne, une table toujours bien garnie, un appartement bien au-dessus de la surface, très haut, très loin... Des rêves ! Luke avait été victime de sa langue trop bien pendue, de son caractère impulsif, de son entêtement. De cœur, il n'était pas non-conformiste — non, s'écria-t-il, jamais ! Issu d'une famille de magnats, il avait été, grâce au jeu des influences — un petit mot par-ci, une allusion par-là —lancé dans l'Organisation avec un très haut rang. Mais les circonstances et son impétuosité chronique l'avaient amené à s'opposer à l'ordre établi, et il avait peu à peu glissé au bas du tableau ; d'ingénieur diplômé, il était passé à ouvrier spécialisé, puis à travailleur manuel apprenti, avant tous les métiers semi-spécialisés et toutes les variétés d'opérateurs d'engin. Maintenant il était Luke Grogatch, manœuvre de catégorie D, et sur le point de connaître le déclassement final. Mais encore trop fier pour porter une pelle. Non, se corrigea-t-il lui-même. Sa fierté n'entrait pas en ligne de compte. Il y avait longtemps qu'il avait mis sa fierté au rancart, tout comme ses rêves de jeunesse. Tout ce qui lui restait, c'était l'orgueil, le droit de dire « je » quand sa personne était concernée. S'il se soumettait à la note de service 6511, il renoncerait à ce droit, il serait englouti dans l'énorme masse de l'Organisation comme un jet d'écume dans l'océan aussitôt qu'il y retombe... Luke sauta sur ses pieds, nerveux. Il perdait son temps à rester assis là. Judiath Ripp, avec une malice de requin, avait suggéré d'obtenir une directive du Haut commissaire des services publics. Très bien, il l'obtiendrait, cette directive, et il la jetterait sous les naseaux ronds et pâles du vieux Ripp.

Mais comment faire ?

Luke se frotta le menton d'un air perplexe. Il se dirigea vers une cabine de communication et consulta l'annuaire. Comme il s'en doutait, le Haut commissariat des services publics se trouvait dans la Tour centrale de l'Organisation, à Silverado, secteur 3666, cent cinquante kilomètres au nord.

Luke resta debout dans la lumière liquide du soleil, attendant l'inspiration. Les vieux oisifs, serrés sur les bancs comme des moineaux se préparant à affronter l'hiver, le regardaient sans curiosité. Une fois de plus, il fut vaguement content de s'être acheté des vêtements neufs. Pas de doute, il avait fière allure.

Comment faire ? se demandait-il. Comment décrocher un rendez-vous avec le Haut commissaire ? Comment le persuader de changer d'avis ? Il n'entrevoyait pas l'ombre d'une solution.

Il consulta sa montre ; ce n'était encore que le milieu de la matinée. Il avait tout le temps de se rendre jusqu'au siège de l'Organisation avant de se présenter au travail... Luke fit une grimace de tristesse. Sa résolution était-elle donc si faible ? Allait-il, au bout du compte, s'en retourner furtivement dans la galerie avec la pelle détestée ? Il secoua lentement la tête, complètement désorienté.

À la correspondance de Brambleburry, Luke prit une ligne expresse à destination de la gare de Silverado, vers le nord. Dans un sifflement plaintif, le serpent de métal étincelant s'élança, grimpa jusqu'au niveau 13 et fonça vers le nord ; il quittait et retrouvait la lumière du soleil, traversait des tunnels, franchissait des abîmes entre les tours loin au-dessus de l'agitation de la Cité. Il s'arrêta quatre fois en soupirant : à l'université BM, à Braemar, à la Grande Gare du nord et, enfin, trente minutes après son départ de Brambleburry, à Silverado Central, où Luke descendit. L'express reprit sa route sinueuse entre les tours, aussi souple qu'une anguille dans des herbes aquatiques.

Luke pénétra dans le foyer situé au niveau 10 de la Tour centrale — une vaste caverne de marbre et de bronze. Une multitude d'hommes et de femmes se bousculait tout autour de lui : gros bonnets à la mine sévère et à la démarche digne qu'on aurait pu prendre pour des images du destin, employés de haut rang, avec leurs assistants et les assistants de leurs assistants, fonctionnaires du bas du tableau qui portaient consciencieusement des habits de haut rang, les gens de moindre importance espérant qu'on les confonde avec leurs supérieurs. Le visage tendu, le geste abrupt, tous se hâtaient, en partie par habitude, en partie parce que seule une personne de rang inférieur n'a aucune raison de se hâter. Jouant des coudes au milieu de tout ce beau monde, Luke se fraya un chemin jusqu'au kiosque central, où il consulta un annuaire.

Parris deVicker, Haut commissaire des services publics, avait son bureau au niveau 59. Luke sauta son nom et localisa le ministre des Affaires publiques, monsieur Sewell Sepp, niveau 81. Plus de sous-fifres, se dit-il. Cette fois, je m'adresse au sommet. Si quelqu'un peut résoudre mon problème, c'est Sewell Sepp.

Il prit l'ascenseur et émergea dans l'antichambre du département des Services publics — un endroit superbe, resplendissant des couleurs et des ornements très sobres qui avaient succédé aux décors pseudo-anciens caractéristiques du style Seconde Institution. Les murs étaient d'opaline polie sertie de médaillons animés d'éclairs kaléidoscopiques. Sur le sol se déployait une étincelante symphonie de losanges bleus et blancs. Une douzaine de statues de bronze dominaient la salle, silhouettes massives symbolisant les principaux services publics : communication, transport, éducation, eau, énergie et hygiène. Longeant les piédestaux, Luke se dirigea vers le comptoir de réception, derrière lequel dix jeunes femmes en élégant uniforme brun et noir se tenaient alignées avec une précision toute militaire, respectant le mètre cinquante qui les séparait du comptoir. Luke arrêta son choix sur l'une d'entre elles ; elle arrondit les lèvres en un sourire automatique parfaitement inexpressif.

« Oui, monsieur ?

— Je désire voir monsieur Sepp », lança-t-il hardiment. Le sourire de la fille se figea tandis qu'elle le regardait avec des yeux ahuris. « Monsieur qui ?

— Sewell Sepp, le ministre des Affaires publiques. »

La fille demanda d'une voix douce : « Vous avez rendez-vous, monsieur ?

— Non.

— Dans ce cas, c'est impossible, monsieur. »

Luke hocha hargneusement la tête. « Alors je verrai le Haut commissaire Parris deVicker.

— Vous avez rendez-vous avec monsieur deVicker ?

— Non, j'ai bien peur que non. »

La fille secoua la tête avec un petit air amusé. « Mais, monsieur, on ne peut pas arriver comme cela pour voir ces gens-là. Ils sont très occupés. Il faut prendre rendez-vous.

— Oh, ça va. On peut quand même concevoir que...

— Absolument pas, monsieur.

— Alors, je vais prendre un rendez-vous. J'aimerais voir monsieur Sepp à un moment quelconque de la journée. »

La fille se désintéressa de Luke pour de bon. Elle retomba dans son affabilité impersonnelle. « J'appelle le service chargé de fixer les rendez-vous avec monsieur Sepp. »

Elle parla dans une petite grille, puis revint à lui. « L'agenda est clos pour ce mois-ci, monsieur. Voulez-vous parler à quelqu'un d'autre ? À un agent subalterne ?

— Non. » Luke s'agrippa un instant au bord du comptoir, s'apprêtant à faire demi-tour, puis il demanda : « Qui accorde ces rendez-vous ?

— Le premier commis du ministre examine les demandes.

— Je parlerai donc à ce premier commis. »

La fille poussa un soupir. « Il vous faut un rendez-vous, monsieur.

— Il me faut un rendez-vous pour demander un rendez- vous ?

— Oui, monsieur.

— Me faut-il également un rendez-vous pour demander un rendez-vous pour un rendez-vous ?

— Non, monsieur. Vous n'avez qu'à vous présenter.

— Où ça ?

— Suite 42, à l'intérieur de la rotonde, monsieur. »

Luke franchit des portes de cristal de quatre mètres de haut et enfila un petit couloir. Des motifs de couleurs fugitives le suivaient comme des ombres le long des deux murs, formes cubistes grotesques qui parodiaient les mouvements de son corps : une fantaisie qui le surprit et aurait pu l'amuser dans des circonstances moins critiques.

Il franchit deux autres portes de cristal et pénétra dans la rotonde. Six niveaux plus haut trônait un dôme de verre teinté dépeignant des scènes légendaires. Derrière un cercle de banquettes de cuir, des portes s'ouvraient sur les bureaux environnants. Sur l'une d'elles, juste en face de l'entrée, s'étalaient les mots :

Bureaux du ministre
des Affaires publiques

Sur les banquettes attendaient une cinquantaine d'hommes et de femmes, affichant divers degrés de patience. Le dédain scrupuleux avec lequel ils s'observaient les uns les autres laissait penser que c'étaient là des personnes de haut rang. La fréquence avec laquelle ils regardaient leur montre donnait l'impression qu'ils étaient à tout moment sur le point de partir.

Une voix moelleuse résonna dans un haut-parleur. « M. Arthur Coff, au bureau de monsieur le ministre, s'il vous plaît. » Un personnage grassouillet jeta le périodique qu'il feuilletait nerveusement, sauta sur ses pieds, se dirigea vers la porte de verre bronze et noir et entra.

Luke l'observa avec envie, puis obliqua vers une

arcade marquée *Suite 42*. Un huissier en uniforme brun et noir s'avança. Luke expliqua son affaire et fut conduit dans un petit box.

Un jeune homme installé derrière un bureau de métal le scruta. « Asseyez-vous, je vous prie. » Il désigna une chaise. « Votre nom ?

— Luke Grogatch.

— Monsieur Grogatch, puis-je vous demander la raison de votre démarche ?

— Je dois parler au ministre des Affaires publiques.

— À quel sujet ?

— Une affaire personnelle.

— Je suis désolé, M. Grogatch, mais monsieur le ministre est un homme très occupé. Il est submergé d'affaires importantes touchant à l'Organisation. Mais, si vous m'exposez votre problème, je vous recommanderai à un membre compétent du personnel.

— Cela ne servirait à rien, dit Luke. Je désire consulter le ministre au sujet d'une directive récemment émise.

— Émise par lui ?

— Oui.

— Vous avez des objections à émettre au sujet de cette directive ? »

De mauvaise grâce, Luke admit que c'était bien le cas.

« Il y a des voies appropriées pour ce genre de démarche, dit le commis d'un ton ferme. Si vous voulez bien remplir ce formulaire... pas ici, mais dans la rotonde... puis le déposer dans la boîte à idées à droite de la porte en sortant... »

Pris d'une colère subite, Luke chiffonna le formulaire et le jeta sur le bureau. « Il a sûrement cinq minutes de libres.

— Je crains que non, monsieur Grogatch, dit l'assistant d'une voix glaciale. Si vous voulez bien jeter un coup d'œil dans la rotonde, vous y verrez une foule de personnes très importantes qui ont dû attendre, plusieurs mois dans certains cas, pour cinq minutes d'entretien avec le ministre. Si vous désirez remplir une demande, en expliquant votre affaire en détail, je veillerai à ce qu'elle reçoive toute l'attention qui lui est due. »

Luke quitta le box sans autre cérémonie. Le commis le regarda partir avec un pâle sourire de dégoût. Cet homme présentait de toute évidence des tendances non-conformistes, songea-t-il. Sans doute un sujet à surveiller.

Debout dans la rotonde, Luke se mit à marmonner dans une sorte d'état second : « Et maintenant ? Et maintenant ? Et maintenant ? » Il promena un regard dur sur tous ces grands personnages des échelons supérieurs qui consultaient leur montre avec arrogance et tapaient du pied. « Monsieur Jepper Prinn ! dit la voix moelleuse du haut-parleur. Au bureau de monsieur le ministre, s'il vous plaît. » Il regarda Jepper Prinn se diriger vers la grande porte de verre bronze et noir.

Luke se laissa tomber dans un fauteuil, gratta son long nez et parcourut la rotonde des yeux. Tout près de lui était assis un gros homme au cou de taureau avec un visage rougeaud, de grosses lèvres et une abondante tignasse de cheveux blonds — une huile, à en juger par son air autoritaire.

Luke se leva et se dirigea vers un bureau réservé à l'usage des personnes qui attendaient. Il prit plusieurs feuilles de papier à l'en-tête de la Tour et gagna discrètement l'entrée de la suite 42. Le gros bonnet au cou de taureau ne remarqua pas sa manœuvre.

Luke remit un peu d'ordre dans ses vêtements, ferma son col et ajusta les plis de sa veste. Puis il prit une profonde inspiration et, tandis que l'homme au teint fleuri tournait les yeux dans sa direction, s'avança avec des mines empressées. Il jeta un bref regard circulaire sur les banquettes, consulta ses papiers et, quand il eut attiré l'attention du gros homme d'affaires, il fronça les sourcils, plissa les yeux et s'avança.

« Votre nom, monsieur ? demanda-t-il d'un ton des plus officiels.

— Hardin Arthur, grogna la grosse légume. Pourquoi ? »

Luke hocha la tête, consulta son papier. « L'heure de votre rendez-vous ?

— Onze heures dix. De quoi s'agit-il ?

— Monsieur le ministre désirerait savoir si cela ne vous dérangerait pas de déjeuner avec lui à une heure trente ? »

Arthur réfléchit. « Je pense que c'est possible, grommela-t-il. Il faudra que je décale une autre obligation... Embêtant, mais je peux m'arranger, oui.

— Parfait, dit Luke. Monsieur le ministre pense pouvoir ainsi discuter de votre affaire avec moins de cérémonie et lui consacrer plus de temps qu'à onze heures dix, où il ne peut vous accorder que sept minutes.

— Sept minutes ! s'indigna Arthur. Il m'est difficilement possible de lui exposer mes projets en sept minutes.

— En effet, monsieur, dit Luke. Monsieur le ministre en a conscience. C'est pourquoi il vous propose ce déjeuner. »

Sans cacher son mécontentement, Arthur s'arracha à son fauteuil. « Très bien. Je le retrouve pour déjeuner à une heure trente, c'est bien ça ?

— C'est cela, monsieur. Si vous voulez bien vous rendre directement au bureau de monsieur le ministre à cette heure-là. » Arthur quitta la rotonde et Luke s'installa dans le fauteuil ainsi libéré.

Le temps passa très lentement. À onze heures dix, la voix moelleuse appela : « Monsieur Hardin Arthur, au bureau de monsieur le ministre, s'il vous plaît. »

Luke se leva, traversa la rotonde le plus dignement du monde et franchit la porte de verre bronze et noir.

Le ministre était assis derrière un long bureau noir. C'était un homme qui manquait plutôt de distinction, le cheveu gris et les yeux gris pleins de hargne. Il leva les sourcils comme Luke s'avançait vers lui : de toute évidence, l'homme qu'il avait en face de lui ne correspondait pas à l'idée qu'il se faisait de Hardin Arthur.

Il prit aussitôt la parole. « Asseyez-vous, monsieur

Arthur. Autant vous dire sans détour que nous estimons votre projet irréalisable. Par “nous”, j’entends moi-même et le Conseil de l’évaluation, qui s’est, bien sûr, référé à la Documentation. D’abord, les coûts de l’opération sont excessifs. Ensuite, rien ne garantit que vous pourrez coordonner votre programme avec celui de nos autres adjudicataires. Enfin, le Conseil de l’évaluation me signale que la Documentation doute que nous ayons besoin de nouvelles capacités.

— Ah. » Luke hocha la tête d’un air entendu. « Je vois. Bon. Ça ne fait rien. C’est sans importance.

— Sans importance ? » Le ministre se raidit dans son siège et enveloppa son vis-à-vis d’un regard étonné. « Je m’étonne de vous entendre dire cela. »

Luke fit un geste désinvolte. « Oubliez cela. La vie est trop courte pour se soucier de ces choses. En fait, il y a une autre question dont je voudrais discuter avec vous.

— Ah ?

— Elle peut sembler insignifiante, mais les implications en sont grandes. C’est un ex-employé qui a attiré mon attention sur ce problème. Il est actuellement manœuvre dans une équipe de forage, à l’entretien des égouts. Un excellent garçon. Voici le problème. Un bureaucrate imbécile a sorti une directive qui oblige cet homme à aller chercher et à rapporter sa pelle au magasin, un trajet d’une heure et demie avant et après chaque journée de travail. Je me suis donné la peine de remonter à la source de cette directive et la chaîne aboutit ici. » Il étala les trois notes de service.

Fronçant les sourcils, le ministre les étudia. « Elles m'ont l'air régulières. Que voulez-vous que je fasse ?

— Que vous produisiez une circulaire qui éclaircisse celles-ci. Après tout, il semble inutile de faire faire à ces pauvres diables trois heures supplémentaires pour de telles sottises.

— Des sottises ? s'offusqua le ministre. Monsieur Arthur, ce ne sont sûrement pas des sottises. La circulaire relative à la nécessité de procéder à des économies me vient du Conseil directeur, de son président en personne, et si...

— Ne vous méprenez pas sur le sens de mes paroles, se hâta de dire Luke. Je n'ai rien contre le fait de procéder à des économies. Je voudrais juste qu'on applique cette politique en bonne intelligence. Remiser une pelle dans un magasin... où est l'économie là-dedans ?

— Multipliez cette pelle par un million, monsieur Arthur, rétorqua l'autre d'un ton sec.

— Très bien, multiplions, argumenta Luke. Cela nous fait un million de pelles. Combien en gagne-t-on dans ce million grâce à cet ordre ? Deux ou trois par an ? »

Le ministre haussa les épaules. « Il est évident que dans le cas d'une pareille directive générale, il y a des inégalités. En ce qui me concerne, j'ai émis cette directive parce que j'avais reçu des instructions à ce propos. Si vous souhaitez la faire changer, il faut consulter le président du Conseil directeur.

— Très bien. Pouvez-vous m'arranger un rendez-vous ?

— Réglons le problème plus vite encore. C'est-à-dire tout de suite, nous allons lui vidéophoner, même si, comme vous le disiez vous-même, l'affaire peut sembler insignifiante...

— La démoralisation des masses laborieuses n'a rien d'insignifiant, monsieur le ministre. »

L'autre haussa les épaules, appuya sur un bouton et parla dans une petite grille. « Le président du Conseil directeur, s'il n'est pas occupé. »

L'écran s'alluma. Le président les regardait. Il était assis dans un fauteuil de salon sur le balcon de son appartement en terrasse au sommet de la Tour. Il tenait à la main un verre rempli d'un pâle liquide effervescent ; derrière lui s'étalait le ciel bleu ensoleillé ainsi qu'un vaste aperçu de la miraculeuse Cité.

« Bonjour, Sepp », lança cordialement le président. Il salua Luke de la tête : « Bonjour, monsieur.

— Monsieur le président, monsieur Arthur ici présent proteste contre la directive relative à la politique d'économie que vous nous avez communiquée il y a quelques jours. Il prétend que sa stricte application est une rude épreuve pour les couches laborieuses ; elle aurait un effet démoralisateur. Une affaire de pelles... »

Le président réfléchit. « Relative à la politique d'économie, dites-vous ? J'ai du mal à me rappeler de quoi il s'agit exactement. »

Le ministre décrivit la directive, citant les numéros de code et de référence, expliquant les dispositions prises, et le président indiqua d'un signe de tête que le souvenir lui en revenait. « Ah ! oui, cette histoire de pénurie de métal. J'ai peur de ne rien pouvoir faire pour vous, monsieur Sepp, ni pour vous, monsieur Arthur. Cela vient des services de l'Évaluation. Apparemment, nous commençons à manquer de minerai. Que pouvons-nous faire d'autre ? Il faut se serrer la ceinture, quoi ! C'est dur pour tout le monde. Qu'est-ce que les pelles ont à voir là-dedans ?

— C'est tout le problème ! » dit Luke d'une voix stridente, suscitant des regards surpris chez le ministre et le président. « Aller rapporter et rechercher une pelle au magasin, une affaire qui prend trois heures par jour ! Une économie ? C'est de la bouffonnerie et de la désorganisation !

— Allons, monsieur Arthur ! le rabroua gentiment le président. Du moment que vous n'avez pas à porter de pelle vous-même, pourquoi vous énerver ? Sans compter qu'il n'y a rien de tel pour la digestion. En attendant que les services de l'Évaluation changent d'idée, ce qui leur arrive souvent, nous ne pouvons que prendre notre mal en patience. On ne peut s'opposer à l'Évaluation, vous savez. Ce sont des gens pour lesquels il n'y a que des faits et des chiffres.

— La question n'est pas là, marmonna Luke. Porter une pelle trois heures par jour...

— Il se peut que cela cause quelques désagréments aux individus concernés, reconnut le président avec une pointe d'impatience, mais il faut qu'ils considèrent le long terme. Sepp, que diriez-vous de déjeuner avec moi ? Une journée merveilleuse, un temps qui invite à la paresse.

— Je vous remercie, monsieur le président. J'en serai ravi, naturellement.

— Très bien. À une heure, une heure trente, comme cela vous conviendra. »

L'écran s'éteignit. Sepp se leva. « Et voilà, monsieur Arthur. C'est tout ce que je puis faire pour vous.

— Ça ira, monsieur le ministre, dit Luke d'une voix sourde.

— Désolé de ne pouvoir vous aider davantage pour cet autre problème, mais comme je vous le disais...

— C'est sans importance. »

Luke fit demi-tour, quitta l'élégant bureau, repassa la porte de verre bronze et noir et se retrouva dans la rotonde. Par l'arcade qui donnait sur la suite 42 il vit un gros homme au cou de taureau penché au-dessus d'un comptoir, le visage rouge comme une tomate. Luke s'éclipsa, quittant la rotonde au moment où le véritable Arthur et le commis y pénétraient, engagés dans une conversation fort animée.

Il s'arrêta au service des renseignements. « Où se trouve le Conseil de l'évaluation ?

— Niveau 29, monsieur, dans ce bâtiment. »

Au service de l'Évaluation, Luke s'entretint avec un jeune homme à la moustache soyeuse, courtois et élégant, qui avait le grade de Coordinateur au plan. « Absolument ! s'exclama le jeune homme en réponse à sa question. Une information digne de foi est à la base d'une Organisation digne de foi. Les matériaux de la Documentation sont collationnés et filtrés par le Bureau des analyses, puis dirigés sur nous. Nous les mettons en forme et en présentons un résumé quotidien au Conseil directeur. »

Luke exprima son intérêt pour les Analyses et le jeune homme prit un air ennuyé. « Des brasseurs de statistiques, à peine capables de composer une phrase intelligible. S'ils ne passaient pas par nous... » Ses sourcils, aussi soyeux que sa moustache, suggérèrent les désastres qui se seraient abattus sur l'Organisation en l'absence du Conseil de l'évaluation. « Ils travaillent dans une suite du niveau 6. »

Luke descendit au Bureau des analyses et n'eut aucune difficulté à être admis à l'office central. En contraste avec l'intellectualisme plutôt nébuleux de l'Évaluation, le Bureau des analyses semblait très terre à terre et positif. Une femme d'âge mûr, joyeusement replète, s'enquit du problème de Luke et, lorsque celui-ci déclara être journaliste, lui fit visiter les lieux. Ils traversèrent le promenoir principal, dont les murs de bon vieux plâtre crème s'ornaient de volutes dorées, et passèrent devant de petites cabines où, dans une tenace odeur de renfermé, des employés assis à des sortes de téléscripteurs étudiaient des rubans imprimés. Ils extrayaient des idées, les corrigeaient, les rognaient, les condensaient, les numérotaient pour produire finalement le schéma à soumettre au Conseil de l'évaluation. Son accompagnatrice joyeuse et replète prépara un thé ; elle posa des questions auxquelles Luke répondit en termes généraux, forçant la voix et étirant les lèvres dans un effort surhumain pour paraître aimable. Il posa lui aussi des questions.

« Je m'intéresse à une série de statistiques sur la rareté des métaux, ou des minerais, ou de quoi que ce soit de ce genre, montées récemment à l'Évaluation. Avez-vous des lumières sur la question ?

— Grand Dieu, non ! répondit la femme. Il y a bien trop d'informations qui transitent ici... toute la matière première de l'Organisation.

— D'où viennent ces informations ? Qui les envoie ? »

La femme eut une amusante petite grimace de dégoût. « De la Documentation, en bas, au niveau inférieur 12. Je ne peux pas vous en dire grand-chose, car nous ne fréquentons guère le personnel de ce service. Ce sont des gens du bas de l'échelon : petits employés et autres sous-fifres. De véritables automates. »

Luke exprima l'intérêt qu'il portait à l'origine des informations du Bureau des analyses. La femme haussa les épaules. Chacun ses goûts, semblait-elle dire. « J'appelle le Documentaliste en chef ; je le connais un tout petit peu. »

Le Documentaliste en chef, monsieur Sidd Boatridge, était du genre brusque et suffisant, comme s'il était conscient du peu d'estime dans laquelle le tenait le Bureau des analyses. Il repoussa les questions de Luke, le visage empreint d'une indifférence de pierre. « Je n'en ai pas la moindre idée. Nous classons, répertorions et relions les matériaux dans la banque d'Information, mais nous ne nous préoccupons guère des données qui sortent. Mon travail, en fait, est plutôt de nature administrative. Je vais appeler un sous-ordre ; il pourra vous en dire plus que moi. »

Le sous-ordre qui répondit à la convocation de Boatridge était un petit homme au teint de navet avec des cheveux roux tout emmêlés. « Conduisez monsieur Grogatch dans l'arrière-bureau, dit le Documentaliste en chef avec humeur. Il désire vous poser quelques questions. »

Dans l'arrière-bureau, loin des oreilles du Documentaliste en chef, le sous-ordre devint aussi désagréable et pompeux que s'il avait deviné le grade de Luke. Il se présenta comme « préposé à la transmission » et non comme « employé à la documentation », dénomination apparemment moins prestigieuse. Son travail de « préposé à la transmission » consistait à rester assis à côté d'une console où flamboyaient et clignotaient un bon millier de lumières vertes et orange. « Les lumières orange indiquent les informations qui entrent dans la Banque, expliqua-t-il. Les lumières vertes s'allument chaque fois que quelqu'un des niveaux supérieurs, en général au bureau des Analyses, prélève des informations. »

Luke considéra les clignotants verts et orange. « Quel type d'information transmet-on en ce moment ?

— Je ne saurais le dire, grogna l'employé. Tout est codé. En bas dans le vieux bureau, on avait un appareil de contrôle, un moniteur, mais on ne l'utilisait jamais. Beaucoup trop à faire. »

Luke réfléchit. L'employé montra des signes de nervosité. L'esprit de Luke se mit à fonctionner à toute allure. « Donc, si je comprends bien, vous classez l'information, mais vous n'en faites rien d'autre ?

— On la classe et on la code. Quiconque désire de l'information met un programme en route et l'information lui parvient. On ne la voit jamais, à moins d'aller regarder dans le vieux moniteur.

— Qui est resté en bas dans votre ancien bureau ? »

L'employé fit oui de la tête. « On l'appelle la chambre de relais à présent. Il n'y a plus rien là-dedans que des canaux d'entrée et de sortie, la machine et le gardien.

— Où se trouve cette chambre de relais ?

— Tout en bas, derrière la Banque. Trop bas pour que j'y aille travailler. J'ai davantage d'ambition. » Et pour donner plus de poids à ses paroles, l'employé cracha par terre.

« Il y a là un gardien, dites-vous ?

— Un vieil agent subalterne du nom de Dodkin. Ça fait bien un siècle qu'il est là. »

Luke descendit de trente niveaux par un ascenseur express, puis emprunta un escalier mécanique pour descendre encore de six niveaux jusqu'au niveau inférieur 46. Il déboucha sur un palier plutôt crasseux donnant d'un côté sur un réfectoire pour petits revenus, de l'autre sur un dortoir pour garçons d'ascenseur. Dans l'air flottait la senteur caractéristique des profondeurs souterraines, un mélange de ciment humide, de phénol et de mercaptans, nuancé d'une odeur humaine discrète mais pénétrante. Luke réalisa avec un amusement amer qu'il se retrouvait en territoire connu.

Suivant les instructions que le sous-ordre lui avait données non sans mauvaise grâce, il monta à bord d'un convoyeur ferraillant qui portait l'indication : *902 — Réservoirs*. Il arriva bientôt sur un quai brillamment éclairé où se détachait un panneau noir et jaune : *Réservoirs d'information — Station technique*. De l'autre côté de la porte un certain nombre de mécaniciens assis sur des tabourets, les jambes pendantes, blaguaient tout en tirant leur flemme.

Luke prit un convoyeur secondaire encore plus vétuste, presque hors d'usage. Au second embranchement — où toute signalisation avait disparu — il quitta le convoyeur et tourna dans un couloir étroit en direction d'une lointaine ampoule jaune. Le couloir était silencieux, presque sinistre par contraste avec la vie de la Cité.

Sous l'unique ampoule jaune, une porte de métal toute cabossée annonçait en lettres grossièrement peintes :

Réservoirs d'information — Chambre de relais
Entrée interdite

Luke essaya d'ouvrir la porte, mais elle était verrouillée. Il frappa et attendit.

Un lourd silence baignait le couloir, brisé seulement par le bruit faible et lointain du convoyeur.

Luke frappa de nouveau et un raclement de pieds

s'éleva à l'intérieur. La porte s'entrouvrit et l'entrebâillement dévoila un œil pâle et placide. Une voix plutôt faible s'enquit : « Oui, monsieur ? »

Luke se composa une expression d'autorité tranquille. « C'est vous Dodkin, le gardien ?

— Oui, monsieur, c'est moi.

— Ouvrez-moi, s'il vous plaît, j'aimerais entrer. »

L'œil pâle cligna sous le coup d'une légère surprise. « Ce n'est que la chambre de relais ici. Il n'y a rien à voir. Les complexes de stockage sont de l'autre côté, devant. Si vous retournez sur vos pas jusqu'à la station... »

Luke interrompit le flot de paroles. « Je descends tout droit de la Documentation ; c'est vous que je veux voir. »

L'œil pâle cligna de nouveau ; la porte s'ouvrit en entier. Luke entra dans une pièce longue et étroite où il n'y avait que du béton à fouler. Des milliers de canalisations descendaient du plafond, se cintraient, se tordaient, faisaient des boucles, avant de pénétrer enfin dans le mur. Une petite plaque de métal était accrochée à chaque canalisation afin de s'y reconnaître. À un bout de la pièce se trouvait une couchette crasseuse où dormait vraisemblablement Dodkin ; l'autre bout était occupé par un long bureau noir : le fameux moniteur ! Quant à Dodkin lui-même, il était petit et voûté, mais il se déplaçait encore avec agilité en dépit de son âge avancé. Ses cheveux blancs étaient sales mais bien coiffés. Ses yeux, faibles et larmoyants, mais dépourvus de malice, observaient Luke avec un détachement d'astronome. Il ouvrit la bouche, et s'en échappa un torrent de paroles chevrotantes que Luke tenta vainement d'interrompre.

« C'est pas souvent que des visiteurs viennent de là-haut. Il y a quelque chose qui cloche ?

— Non. Tout va bien.

— Il faut qu'ils me disent si quelque chose cloche. Il y a peut-être de toutes nouvelles directives dont on ne m'a pas informé ?

— Rien de la sorte, M. Dodkin. Je ne suis qu'un visiteur...

— Je ne sors plus autant qu'autrefois, mais la semaine dernière je... »

Luke fit semblant d'écouter les radotages de Dodkin, qui composaient comme un bruit de fond aux pensées amères qui hantaient son esprit. Toute cette suite de circulaires qui conduisait de Fedor Miskitman à Lavester Limon et à Judiath Ripp, puis, pardessus Parris deVicker, à Sewell Sepp et au président du Conseil directeur, puis, en redescendant la hiérarchie de niveau en niveau, passait par le Conseil de l'évaluation, le Bureau des analyses, les Services de la documentation, toute cette suite s'arrêtait enfin ; la piste qu'il avait suivie avec l'énergie du désespoir semblait sur le point de se perdre. Bien, se dit Luke, il avait relevé le défi de Miskitman, il avait échoué, et il se retrouvait désormais en face de son choix initial. Se soumettre, aller rapporter et rechercher cette fichue pelle au magasin, ou défier l'ordre établi, revendiquer sa condition d'homme libre et être déclassé — devenir un agent subalterne comme le vieux Dodkin qui, reniflant et soufflant, continuait de dégoiser avec une volubilité irrésistible.

« ... si quelque chose ne va pas, je ne le sais jamais, car personne ne me dit quoi que ce soit. D'un bout de l'année à l'autre, je reste bien tranquillement ici, sans personne pour m'aider, et je ne vais que rarement là-haut, une fois tous les quinze jours environ. Mais quand on a vu le ciel une fois, est-ce qu'il change ? C'est comme le soleil, une merveille, mais quand on a vu une merveille une fois... »

Luke inspira profondément. « Je fais une enquête sur un élément d'information qui est monté à la Documentation. J'ai pensé que vous pourriez peut-être me venir en aide. »

Les yeux pâles cillèrent. « De quel élément s'agit-il, monsieur ? Croyez bien que je serai ravi de pouvoir vous aider d'une façon ou d'une autre, même si...

— L'information avait trait à l'urgence d'une économie dans l'utilisation des métaux et des outils en métal. »

Dodkin hocha la tête. « Je m'en souviens très bien. »

Ce fut au tour de Luke d'ouvrir de grands yeux. « Vous vous rappelez cette information ?

— Mais certainement. Une de mes petites interpolations, si j'ose m'exprimer ainsi. Une observation personnelle que j'ai insérée parmi d'autres éléments.

— Voudriez-vous avoir la bonté de vous expliquer ? »

Le gardien n'était que trop content de s'épancher. « La semaine dernière, j'ai eu l'occasion de rendre visite à un vieil ami du côté de Claxton Abbey, un conformiste bien adapté et coopératif, bien que, hélas, agent subalterne comme moi. Ce n'est pas que je veuille manquer de respect à ce bon Davy Evans qui, comme moi, s'apprête à prendre sa retraite... encore que le peu qu'on nous alloue maintenant...

— Et cette interpolation ?

— Ah, oui. Eh bien, en rentrant par le convoyeur... au niveau inférieur 32, autant que je m'en souvienne... j'ai vu un ouvrier... peut-être bien un électricien... jeter divers outils dans une anfractuosité alors qu'il rentrait chez lui après le travail. J'ai aussitôt pensé : Voilà un bel exemple de négligence ! Quelle honte ! Supposons que cet homme oublie où il a caché ses outils. Ils seraient perdus ! Nos réserves de minerais sont très faibles, tout le monde sait ça, et d'année en année l'eau de mer est de plus en plus anémique. Cet homme ne faisait aucun cas de l'avenir de l'Organisation. Nous devons veiller sur nos ressources naturelles, vous n'êtes pas d'accord, monsieur ?

— Évidemment que je suis d'accord. Mais...

— Quoi qu'il en soit, je suis rentré ici et j'ai joint une note à ce sujet aux informations qui montent chez le sous-commis à la Documentation. J'espérais qu'il serait impressionné et qu'il en toucherait un mot à quelqu'un d'influent... peut-être au Documentaliste en chef. Quoi qu'il en soit, voilà l'histoire de mon interpolation. Naturellement, j'ai tâché de lui donner du poids en mentionnant l'inévitable diminution de nos ressources naturelles.

— Je vois, dit Luke. Et il vous arrive souvent d'insérer des interpolations personnelles dans l'information quotidienne ?

— De temps en temps, avoua Dodkin. Et je suis heureux de dire que, parfois, des gens plus importants que moi partagent mes idées. Tenez, il n'y a pas trois semaines, j'ai été retardé de quelques minutes entre Claxton Abbey et Kittsville au niveau inférieur 30. J'ai composé une note à ce sujet, et la semaine dernière j'ai remarqué qu'un nouveau convoyeur à huit pistes était en chantier entre ces deux points, une entreprise tout à fait magnifique et moderne. Il y a un mois, j'ai remarqué une bande de petites dévergondées barbouillées comme des sauvageonnes à force de maquillage. Quel gâchis, je me suis dit, quelle futilité et quelle folie ! J'y ai fait allusion dans un message au sous-commis à la Documentation. Il faut croire que je n'étais pas le seul à être de cet avis, car deux jours plus tard un avis général décourageant ces petites futilités était émis par le ministre de l'Éducation.

— Fascinant, murmura Luke. Oui, fascinant. Et comment insérez-vous ces interpolations dans l'information ? »

Dodkin boitilla prestement jusqu'au moniteur. « Les sorties des réservoirs passent par ici. Je tape une note sur le clavier et je l'insère là où le sous-commis la verra.

— Admirable, soupira Luke. Un homme de votre intelligence devrait avoir un grade plus élevé dans la hiérarchie. »

Dodkin secoua sa vieille tête placide. « Je n'en ai ni l'ambition ni les capacités. Il n'y a que ce simple travail qui me convient, et encore... tout juste ! Je devrais prendre ma retraite demain, mais le Documentaliste en chef m'a prié de rester encore un peu, le temps de trouver quelqu'un pour me remplacer. Personne ne semble aimer le calme qu'on a ici.

— Peut-être que vous allez prendre votre retraite plus tôt que vous ne pensez. »

Luke lambinait le long du tunnel brillant, cerclé de reflets alternativement clairs et sombres comme dans une cible. Là-bas, devant lui, ce n'était que mouvement, éclairs métalliques, bruits de voix. Tout le personnel de l'équipe de forage numéro 5 était là, désœuvré et inquiet.

Fedor Miskitman agita le bras avec une véhémence inhabituelle. « Grogatch ! À votre poste ! Vous avez immobilisé toute l'équipe. » Son lourd visage était teinté de rose. « Nous avons déjà quatre minutes de retard sur l'horaire. »

Luke s'approcha d'un pas tranquille.

« Dépêchons ! beugla Miskitman. Où vous croyez-vous ? Sur une foutue promenade ? »

Luke ralentit encore le pas. Miskitman abaissa sa grosse tête, le couvant d'un regard sinistre. Luke s'arrêta en face de lui. « Où est votre pelle ? aboya Miskitman.

— Je ne sais pas, dit Luke. Je suis ici pour le travail. C'est à vous de fournir les outils. »

Miskitman n'en croyait pas ses oreilles. « Vous ne l'avez pas portée au magasin ?

— Si, dit Luke. Je l'y ai portée. Si vous la voulez, allez la chercher. »

Miskitman en resta bouche bée. « Fichez-moi le camp d'ici ! rugit-il.

— Comme il vous plaira, dit Luke. C'est vous le chef.

— Et que je ne vous revoie plus ! brailla Miskitman. Vous serez signalé avant que la journée ne soit terminée. Ce n'est pas avec moi que vous améliorerez votre statut, je vous le garantis !

— Mon statut ? » Luke se mit à rire. « Allez-y. Rétrogradez-moi au rang de cadre. Vous croyez que ça me touche ? Pas du tout. Et je vais vous dire pourquoi. Il va y avoir quelques petits changements. Quand les choses vous sembleront différentes, pensez à moi. »

Luke Grogatch, Agent subalterne, dit au revoir au gardien de la Chambre de relais qui prenait sa retraite. « Non, non, ne me remerciez pas, dit Luke. Je suis ici de ma propre volonté. En fait... bah, ne vous inquiétez pas. Allez là-haut, asseyez-vous au soleil et profitez du grand air. »

Finalement, partagé entre la joie et la tristesse, Dodkin clopina une dernière fois le long du couloir à l'odeur de moisi qui menait au convoyeur ferraillant. Luke se retrouva seul dans la chambre de relais. Tout autour de lui, à la limite de l'inaudibilité, bourdonnait le flot précipité de l'information. De derrière le mur lui arrivait la sensation de millions de relais cliquetant, palpitant, se couplant ; de cylindres, de tubes d'analyse et de bacs mémoriels bruissant d'activité. Au moniteur, les sorties s'écoulaient sur un rouleau de ruban jaune. La machine à écrire se trouvait juste à côté.

Luke s'assit. Que serait sa première interpolation ? La liberté pour les non-conformistes ? L'obligation pour les contremaîtres de porter les outils de toute leur équipe ? Un compte débitable plus important pour les agents subalternes ?

Luke se leva et se gratta le menton. Le pouvoir... il fallait l'exercer de façon subtile. Comment l'utiliserait-il ? Pour s'assurer de solides avantages pour lui-même ? Oui, bien sûr, il y viendrait — par des moyens détournés. Et après ? Luke pensa aux milliards d'hommes et de femmes qui vivaient et travaillaient dans l'Organisation. Il regarda la machine à écrire. Il pouvait modeler leur vie, changer leurs pensées, désorganiser l'Organisation. Était-ce sage ? Juste ? Ou même simplement amusant ?

Luke soupira. Il s'imagina sur une haute terrasse dominant la Cité. Luke Grogatch, président du Conseil directeur. Pas impossible, et même tout à fait réalisable. Par petites touches, à coups d'interpolations appropriées... Luke Grogatch, président du Conseil directeur. Oui, ceci pour commencer. Mais il fallait y aller doucement, avec beaucoup de doigté.

Luke s'assit au clavier et entreprit de taper sa première interpolation.

LES FAISEURS DE MIRACLES

I

Le détachement en provenance de Fort-Faïde avançait vers l'est sur la lande herbue. En tête allait Lord Faïde, un homme de haute taille dans la force de l'âge, maigre et félin, à la face blême de dyspeptique. Portant l'épée et la dague, ses armes de main ancestrales, il pilotait le char ancestral, un véhicule en forme de bateau qui flottait soixante centimètres au-dessus de la mousse. Derrière lui venaient cent chevaliers en armure suivis d'une troupe de cinq cents fantassins. Un long convoi de fourgons et chariots fermait la marche.

Une heure avant le crépuscule, deux éclaireurs arrivèrent de l'est montés sur des chevaux à tête massive qui galopaient tels des chiens. Lord Faïde arrêta son véhicule. Derrière lui, les membres de son clan, les chevaliers de rang inférieur et les fantassins s'immobilisèrent. Un peu plus loin, le train des équipages et les chariots à grandes roues des envoûteurs s'arrêtèrent à leur tour dans un concert de grincements.

Les éclaireurs s'approchèrent à bride abattue, faisant volter leurs bêtes au dernier moment. Les longues jambes velues se bloquèrent, les sabots labourèrent la mousse. Sautant à terre, les cavaliers se précipitèrent vers Lord Faïde en criant : « Le chemin de Fort-Ballant est barré ! »

Lord Faïde se dressa dans son véhicule et tourna son regard vers l'est, où moutonnait la lande tachée de gris et de vert. « Combien de chevaliers ? Combien d'hommes ?

— Ni chevaliers ni hommes, Seigneur. Le Premier Peuple a fait pousser une nouvelle forêt entre le Bois-Sauvage du Nord et le Bois-Sauvage du Sud. »

Lord Faïde réfléchit un instant, se rassit et poussa le levier de conduite. Le char siffla, s'ébranla, avança. Les chevaliers éperonnèrent leurs montures ; les fantassins reprirent leur marche en traînant les pieds. Le train des équipages repartit à son tour et les six chariots des envoûteurs l'imitèrent.

Le vaste disque du soleil pâle, nuancé de rose, s'abîma à l'ouest. Le Bois-Sauvage du Nord se dessina sur la gauche, séparé de sa partie méridionale par une bande de terre caillouteuse parsemée de rares touffes de mousse. Au moment où le soleil disparaissait derrière l'horizon, la nouvelle plantation surgit : le ruban de jeunes arbres unissait les deux étendues boisées comme un canal relie deux mers.

Lord Faïde immobilisa son char et sauta sur la mousse. Il jaugea l'emplacement d'un regard alentour, puis, d'un signe, donna l'ordre de dresser le camp, soit de disposer fourgons et chariots en cercle et de les décharger. Pendant un moment, il observa l'activité d'un œil critique, puis il se détourna et alla se promener sur la lande, dans le crépuscule vert et lavande. Vingt-cinq kilomètres à l'est, son dernier ennemi, Lord Ballant de Fort-Ballant, attendait. À l'évocation du combat du lendemain, Lord Faïde se sentait raisonnablement confiant et optimiste. Les membres de son clan étaient braves, loyaux, et ses troupes aguerries par une douzaine de campagnes. Le chef envoûteur de Fort-Faïde, Heïn Huss, avait à ses côtés trois de ses plus puissants confrères sur tout Pangborn, Isak Comandore, Adam McAdam et le remarquable Enterlin, chacun aidé de sa propre troupe de cabalistes, d'enchanteurs et d'apprentis. Ensemble, ils formaient un groupe redoutable. Il y aurait certes des obstacles à surmonter : Fort-Ballant était une solide forteresse ; Lord Ballant combattrait avec obstination ; Anderson Grimes, le chef envoûteur de Ballant, était aussi efficace que redouté. Il y avait aussi cette gêne causée par le Premier Peuple et sa plantation nouvelle obstruant la trouée entre les Bois-Sauvage nord et sud. Le Premier Peuple, race faible et anémique, ne valait guère les humains en combat au corps à corps, mais protégeait ses futaies avec force pièges et traquenards mortels. Lord Faïde jura tout bas. Contourner l'une ou l'autre des forêts demanderait trois jours de marche supplémentaires, un retard intolérable.

Lord Faïde regagna le camp. Les feux étaient allumés, les trous individuels creusés dans la mousse par rangées entières, et la soupe cuisait dans de grandes marmites. Les chevaliers pansaient leurs chevaux à l'intérieur de l'enclos formé par les fourgons et les chariots. On avait dressé la tente de Lord Faïde sur une éminence, tout près de son antique char.

Il procéda à une rapide inspection, notant silencieusement chaque détail. Les envoûteurs campaient un peu à l'écart de l'armée. Apprentis et cabalistes préparaient le repas, tandis qu'envoûteurs et assistants installaient coffres et bagages sous leurs tentes, réparant le désordre causé par les cahots et les secousses du trajet.

Lord Faïde pénétra sous la tente de son chef envoûteur. Heïn Huss, un homme énorme, avec des bras et des jambes gros comme des troncs d'arbres et un corps de la dimension d'une barrique, avait un visage rond, rose et placide, et des yeux d'une limpidité de cristal. Son crâne était recouvert de raides poils gris taillés en brosse, qu'il ne prenait pas même la peine de dissimuler sous la coiffe que les envoûteurs portaient habituellement afin de prévenir la perte de leurs cheveux. Il dédaignait les précautions de ce genre. Il avait coutume de dire, montrant les dents dans un rire qui lui fendait la figure en deux : « Qui donc s'aviserait de maudire ce pauvre vieux Heïn Huss si inoffensif ? Certainement, celui à qui viendrait une idée pareille mourrait de honte et de remords. »

Lord Faïde le trouva occupé à ranger son cabinet dont les portes ouvertes révélaient des centaines de petits personnages alignés sur les étagères, tous entravés au moyen d'une mèche de cheveux, d'un fragment de tissu, d'une rognure d'ongle et d'une touche de graisse, de salive, d'excrément ou de sang. Lord Faïde savait bien qu'une figurine à son effigie faisait partie de la collection ; il savait aussi que, sur simple requête de sa part, Heïn Huss la lui donnerait. Une partie de la *mana* du chef envoûteur venait de son énorme confiance ainsi que de l'aisance de son pouvoir, dont l'exercice ne lui demandait qu'une infime dépense d'énergie. Heïn Huss le dévisagea et lut une pensée dans son esprit. « Lord Ballant, déclara-t-il, ne connaissait pas l'existence de cette nouvelle plantation. Il vient d'en être informé par Anderson Grimes et il espère que cela vous retardera. Grimes est entré en communication avec Fort-Gisborne et le Palais des Nuages, et trois cents hommes quittent ces deux forteresses ce soir pour aller renforcer la garnison de Fort-Ballant. Ils arriveront dans deux jours. Lord Ballant exulte. »

Lord Faïde se mit à marcher de long en large, les mains dans le dos. « Pouvons-nous franchir cette plantation ? »

Heïn Huss émit un grognement désapprobateur. « Il existe nombre de futurs. Dans les uns, vous passez. Dans les autres, vous ne passez pas. Je ne saurais décréter lequel prendra l'ascendant. »

Lord Faïde avait appris depuis longtemps à maîtriser son impatience face à ce qui lui semblait parfois pure pédanterie de la part de son chef envoûteur. « Ils sont soit totalement stupides, soit très hardis d'établir des plantations sur la lande, marmonna-t-il. J'ai du mal à discerner leur intention. »

Le chef envoûteur réfléchit puis, à contrecœur, suggéra : « Supposons que, maintenant, ils plantent une nouvelle forêt entre le Bois-Sauvage du Nord et le Bosquet Chagrin, et une autre entre le Bois-Sauvage du Sud et la Vieille Futaie ?

— Fort-Faïde serait presque entouré par la forêt.

— Et s'ils reliaient ensuite le Bosquet Chagrin et la Vieille Futaie ? » demanda Heïn Huss.

Son suzerain se figea, pensif, les yeux étrécis. « Fort-Faïde serait cerné. Nous serions prisonniers... Ces plantations, elles se poursuivent donc ?

— Elles se poursuivent, à ce que j'ai appris.

— Qu'en attendent-ils ?

— Je l'ignore. Peut-être espèrent-ils isoler les forteresses et débarrasser la planète des hommes. Peut-être veulent-ils simplement des passages sûrs entre les forêts. »

Lord Faïde réfléchit. La dernière suggestion semblait plus raisonnable. Durant les premiers siècles de la colonisation humaine, de jeunes sportifs avaient traqué le Premier Peuple à la lance et à la massue jusqu'à chasser les autochtones de leur lande natale vers les forêts. « De toute évidence, ils sont plus intelligents que nous le supposons. Adam McAdam leur dénie toute sapience : il semblerait qu'il commette une erreur. »

Le chef envoûteur haussa les épaules. « Leur processus cérébral diffère du nôtre, voilà tout. Comme Adam McAdam échoue à entrer en communication télépathique avec eux, il en déduit qu'ils ne "pensent" pas. Or, je les ai observés à La-Foire-en-Forêt, et ils commercent intelligemment. » Il leva la tête, sembla tendre l'oreille, sortit une figurine de son cabinet et lui confectionna un nœud coulant qu'il serra délicatement. À l'extérieur de la tente, quelqu'un toussa puis avala de l'air dans un bruit déchirant. Huss, avec un grand sourire, desserra le nœud. « L'apprenti d'Isak Comandore. Il espère parfaire le simulacre de Heïn Huss sur lequel il travaille. Je reconnais qu'il s'applique ; il s'efforce en toute occasion de mettre ses pieds dans les empreintes de mes pas. »

Lord Faïde se dirigea vers l'abattant de toile. « Nous levons le camp de bonne heure. Soyez sur le qui-vive. Il se peut que je requière votre aide. » Il sortit de la tente.

Heïn Huss reprit son rangement. Presque aussitôt, il sentit approcher son rival, l'envoûteur Isak Comandore, qui convoitait son poste avec une envie dévorante. Il referma le cabinet et se redressa.

Comandore pénétra sous la tente. Grand, voûté, émacié, la tête en forme de coin sous des frisettes grossières couleur de feuille morte, il avait des yeux rouge-brun au regard brûlant sous des sourcils roux. « J'offre tous mes droits sur Keyril, et cette proposition inclut les masques, la robe de cérémonie et les amulettes. De tous les démons jamais imaginés, Keyril est certainement le plus redoutable et le plus respecté. Le simple fait de prononcer son nom représente la moitié de l'effort nécessaire à la possession.

Keyril est un bien précieux. Je ne puis offrir davantage. »

Huss secoua la tête. Ce que Comandore désirait, c'était le simulacre de Tharon Faïde, le fils aîné de Lord Faïde — avec vêtements, cheveux, peau, cils, larmes, déjections, sueur et expectorations. Il s'agissait de la seule figurine existante, car Lord Faïde protégeait son fils plus jalousement que sa propre personne. « Je ne mésestime pas votre offre, dit-il, mais mes propres démons me suffisent. Le nom de Dant inspire autant de terreur que celui de Keyril.

— J'ajoute cinq cheveux de l'envoûteur Clarence Sears. Les derniers, puisqu'il est désormais chauve comme un œuf.

— N'insistez pas. Je garde le simulacre.

— Comme vous voudrez », dit Comandore avec âpreté. Il jeta un regard par l'entrée de la tente. « Cet apprenti, quel imbécile ! Il place les pieds de la figurine dans vos empreintes, mais à l'envers. »

Huss ouvrit le cabinet puis bouscula une des figurines d'une chiquenaude. Dehors, un cri de surprise étouffé retentit. Le chef envoûteur sourit. « Il est jeune, ardent et peut-être futé, qui sait ? » Il alla soulever l'abattant et lança : « Hé ! Sam Salazar ! Que fais-tu ? Viens ici ! »

L'apprenti entra en clignant des yeux. Sam Salazar était un jeune homme trapu aux joues vermeilles, dont la tête était surmontée d'une masse plutôt hirsute de cheveux couleur de paille. Dans une main, il tenait une figurine ventrue à peine ébauchée, de toute évidence censée représenter Heïn Huss. « Tes agissements nous intriguent, ton maître et moi, dit ce dernier. S'il y a un motif derrière tes sottises, nous peinons à le discerner. Tu places mon simulacre à contresens dans mes empreintes, je sens une traction sur mes chevilles et tu paies pour ta maladresse. »

Sam Salazar ne montra guère de perplexité. « L'envoûteur Comandore professe que la réalisation de nos ambitions n'ira pas sans souffrances.

— Si ton ambition est de devenir envoûteur, dit sèchement Comandore, tu ferais mieux d'améliorer tes méthodes.

— Ce garçon est plus habile que vous ne le supposez, dit Heïn Huss. Regardez. » Il prit à l'apprenti sa figurine, cracha dans la bouche de celle-ci, s'arracha un cheveu et le glissa dans un orifice approprié. « Voilà qu'il possède un simulacre efficace réalisé à peu de frais. Maintenant, apprenti Salazar, comment comptes-tu t'y prendre pour m'envoûter ?

— Je n'oserais jamais, naturellement. Je souhaite juste combler les espaces vides de mon cabinet à figurines. »

Heïn Huss hocha la tête. « Une raison valable, après tout. Évidemment, tu possèdes un simulacre d'Isak Comandore ? »

Mal à l'aise, Sam Salazar glissa un regard vers son maître. « Il ne laisse ni traces ni empreintes. S'il y a une bouteille débouchée dans la pièce, il respire à l'abri de sa main.

— Ridicule ! s'écria Heïn Huss. De quoi avez-vous peur, Comandore ?

— J'assure ma protection, rétorqua l'autre. Vous

avez un geste amical pour mon apprenti, mais si, un jour, un ennemi s'empare de votre simulacre, vous regretterez cette bravade.

— Bah ! Mes ennemis sont tous morts, n'étaient deux ou trois qui n'osent se démasquer. » Huss assena une grande claque dans le dos de Sam Salazar. « Demain, apprenti Salazar, de grandes choses t'attendent.

— De quelle sorte ?

— L'honneur, le noble sacrifice de soi. Lord Faïde devra, bien que cela l'exaspère, solliciter du Premier Peuple l'autorisation de traverser le Bois-Sauvage. Il faudra bien qu'il s'y résolve, pourtant. Demain, Sam Salazar, je te choisirai pour guider son ambassade, afin d'éviter à l'important personnage qui te suivra les fosses, les pendules et autres pièges redoutables. »

Sam Salazar secoua la tête et recula. « Je gage que d'autres en sont plus dignes que moi. Je préfère de beaucoup voyager à l'arrière avec les chariots. »

D'un geste, son maître le chassa de la tente. « Tu feras ce qu'on te dira de faire. Laisse-nous, à présent. Ton bavardage nous fatigue. »

Une fois l'apprenti parti, Comandore se tourna vers Heïn Huss. « À propos de la bataille de demain, je vous rappelle qu'Anderson Grimes est un spécialiste chevronné en matière de démons. Si j'ai bonne mémoire, il a créé Pont, qui endort ses adversaires, Éverid, dont la rage est redoutable, et Deigne, qui répand la terreur. En leur ripostant, il nous faudra éviter de nous neutraliser mutuellement.

— C'est vrai, gronda Huss. Je soutiens depuis une

éternité qu'un atout unique, le chef envoûteur, est plus efficace qu'un ensemble dont les desseins s'opposent parfois. Mais Lord Faïde est dévoré d'ambition et il ne m'écoute pas.

— Peut-être veut-il, au cas où les années rattraperaient son chef envoûteur, garder à portée de main quelques autres envoûteurs tout aussi efficaces.

— Plusieurs chemins conduisent au futur, accorda Heïn Huss. Lord Faïde est fort avisé de s'intéresser par avance à mon successeur, afin que j'entraîne celui-ci durant plusieurs années. Je compte jauger les aptitudes de tous les envoûteurs subsidiaires et sélectionner le plus prometteur. Pour demain, je vous assigne les démons d'Anderson Grimes. »

Isak Comandore acquiesça poliment. « C'est montrer de la sagesse que de déléguer ses responsabilités. Quand je sentirai le poids des ans, j'espère agir avec la même clairvoyance. Bonsoir, Heïn Huss. Je vais préparer mes masques de démon. Demain, il faut que Keyril combatte comme un géant.

— Bonsoir, Isak Comandore. »

Comandore sorti d'un pas vif, Heïn Huss s'asseyait sur son tabouret quand Sam Salazar vint gratter à l'abattant de toile. « Et alors, mon garçon, grogna le chef envoûteur, qu'est-ce que tu as encore à rôder par ici ? »

Sam Salazar posa sur la table la figurine de Heïn Huss. « Je ne désire pas garder ce simulacre, dit-il.

— Alors, jette-le dans un fossé, dit Huss d'un ton bourru. Et cesse de m'ennuyer avec tes tours stupides. Tu as réussi à t'imposer efficacement bien que de manière importune à mon attention, mais tu ne peux pas quitter l'équipe de Comandore sans son consentement formel.

— Et si j'obtiens ce consentement ?

— Tu t'attireras son inimitié ; il se servira de ton simulacre contre toi. Contrairement à moi, tu demeures vulnérable à un envoûtement. Satisfais-toi donc de ton sort. Comandore est très doué et il peut t'apprendre beaucoup. »

Sam Salazar hésitait toujours. « Quoique expérimenté, l'envoûteur Comandore est hostile aux idées nouvelles. »

Heïn Huss se tourna lourdement sur son siège et toisa Sam Salazar de ses yeux limpides. « Quelles idées nouvelles ? Les tiennes ?

— Elles sont nouvelles pour moi et, autant que je sache, pour Isak Comandore. Mais il ne dit ni oui ni non. »

Heïn Huss soupira et répartit sa masse monumentale plus confortablement. « Parle, expose-moi ces idées. Je jugerai de leur nouveauté.

— Tout d'abord, je me suis posé des questions au sujet des arbres. Ils sont sensibles à la lumière, à l'humidité, au vent, à la pression. La sensitivité implique la sensation. Un homme pourrait-il pénétrer dans l'âme d'un arbre afin d'éprouver ces sensations ? Si un arbre était doté de conscience, cette faculté s'avérerait utile. On choisirait des arbres situés en des lieux stratégiques et on entrerait en eux quand on le désirerait. Ils serviraient en somme de sentinelles végétales. »

Le chef envoûteur eut une moue sceptique. « Une idée amusante, mais irréalisable en pratique. La lecture de pensée, la possession, la télévoyance et autres phénomènes similaires nécessitent un accord psychique comme condition de base. Il faut qu'à un niveau ou un autre les esprits s'identifient. Faute d'empathie, il ne saurait exister de communication. L'arbre se situe à l'opposé de l'homme. Il n'y a entre eux aucun point de comparaison. La plus infime compréhension mutuelle serait donc un vrai miracle de sorcellerie. »

Sam Salazar hocha tristement la tête. « Je m'en rends bien compte. J'espérais pouvoir m'identifier à un arbre.

— Il te faudrait devenir un végétal. L'arbre, quant à lui, ne deviendra jamais un homme.

— Tel était mon raisonnement. Je suis allé tout seul dans un bosquet où j'ai choisi un haut conifère. J'ai enfoncé mes pieds dans la terre et je suis resté là... nu et silencieux, sous le soleil et sous la pluie, du matin au soir et du crépuscule à l'aube. J'ai fermé mon esprit à toute pensée humaine, mes oreilles aux sons, mes yeux à toute vision. Je n'ai pris d'autre nourriture que le soleil et la pluie, et j'ai projeté mentalement des racines à partir de mes pieds et des branches à partir de mon torse. Je suis demeuré ainsi trois fois trente heures, en ménageant entre chaque période un intervalle de deux jours. Je me suis approché de l'état d'arbre autant que possible pour un être de chair et de sang. »

Heïn Huss manifesta son hilarité d'un long gloussement caverneux. « Et tu as obtenu l'identification ?

— Non, reconnut Sam Salazar. Des sensations d'un arbre, j'ai éprouvé l'activité du soleil, la tranquillité des ténèbres, la fraîcheur de la pluie, mais rien de visuel ni d'auditif. Je ne regrette pas ma tentative, pourtant. L'exercice m'a été utile.

— Un effort intéressant, même s'il est demeuré stérile. Ton idée n'est pas d'une originalité extrême, loin de là, mais, pour user d'un terme archaïque, l'*empirisme* de la méthode est téméraire. Il a sans doute contrarié Isak Comandore, qui professe le plus profond mépris à l'égard des superstitions de nos ancêtres. Je suppose qu'il t'a sermonné en te mettant en garde contre la futilité, la métaphysique et l'inspirationnisme.

— Oui. Il a exprimé son opinion en détail.

— Tu devrais en tenir compte, même si Isak Comandore est parfois incapable de rendre crédible une vérité patente. Néanmoins, je te citerai le cas de Lord Faïde. Il se considère comme un homme éclairé, dénué de toute superstition, or il voyage dans son triste char, porte un pistolet vieux de seize cents ans et se fie à Gueule d'enfer pour protéger Fort-Faïde.

— Il nourrit peut-être une nostalgie inconsciente des temps anciens et de leur magie, suggéra un Sam Salazar pensif.

— Peut-être. Et tu nourris la même nostalgie ? »

L'apprenti hésita. « Il flotte autour du passé l'aura du merveilleux et il s'en dégage une grandeur sauvage. Bien sûr, ajouta-t-il vivement, le mysticisme ne saurait se substituer à la logique orthodoxe.

— Bien sûr, dit Hein Huss. À présent, laisse-moi. Je dois me pencher sur les événements de demain. »

Une fois seul, il se remit sur ses pieds, soufflant, grognant, puis gagna l'entrée de la tente et scruta le camp. Tout semblait calme. Les feux mourants rougeoyaient ; les soldats dormaient dans leurs trous d'homme. Au nord et au sud, les forêts formaient une masse imprécise. Des lueurs vacillaient sous les arbres et sur la lande, là où les autochtones ramassaient dans la mousse leurs gousses à spores.

Heïn Huss perçut une présence. Il tourna la tête et vit approcher une forme emmitouflée : l'envoûteur Enterlin, afin de réduire sa vulnérabilité à tout charme, portait une capuche, parlait par murmures et déguisait sa démarche en allant à pas d'échassier. Révéler des déficiences physiques telles qu'une vue faiblissante, une raideur des articulations, une mémoire défaillante, des crises de mélancolie et autres nausées pouvait coûter cher dans le domaine de l'envoûtement. Ses praticiens tâchaient donc de paraître d'une santé et d'une virilité sans failles, même s'ils devaient tâtonner en aveugles ou boiter pliés en deux sous l'effet des crampes.

Heïn Huss invita Enterlin à entrer et lui tint l'abattant. Puis il se dirigea vers son cabinet, produisit un flacon et remplit deux coupes en pierre. « Un simple cordial, exempt de toute signification.

— Bien, chuchota l'autre qui prit la coupe la plus éloignée. Nous devons parfois nous relaxer en redevenant des hommes comme les autres. » Tournant le dos à Huss, il glissa la coupe entre les pans de sa capuche et but. « Rafraîchissant. Il nous faut nous rafraîchir, avec la tâche qui nous attend demain. »

Le chef envoûteur émit son rire caverneux. « Demain, le combat principal opposera les démons d'Isak Comandore et ceux d'Andersen Grimes. Nous autres n'aurons à accomplir que des besognes secondaires. »

Enterlin parut se livrer à une inspection railleuse de Heïn Huss à travers la soie noire voilant son visage. « Comandore se réjouira de cette opportunité. Sa véhémence me gêne. Son pouvoir se nourrit de succès. C'est un homme de feu, vous êtes un homme de glace.

— La glace éteint le feu.

— Le feu fait parfois fondre la glace. »

Heïn Huss haussa les épaules. « Peu importe. Je suis de plus en plus las. Le temps nous a tous durement marqués. Il y a un instant, un jeune apprenti m'a révélé à moi-même.

— En tant que puissant envoûteur, que chef envoûteur des Faïde, vous avez le droit d'être fier. »

Heïn Huss vida sa coupe d'un trait et la reposa. « Non. De mon point de vue, je trône au sommet de ma profession et je n'ai nulle part où aller. Seul l'apprenti Sam Salazar envisage des recherches plus générales. Il vient me demander conseil, et je ne sais que lui répondre.

— Étrange discours, étrange discours ! souffla Enterlin qui se dirigea vers l'abattant. Je vous laisse. »

Il ajouta dans un murmure : « Je vais sur la lande. Je verrai peut-être le futur.

— Il y a de nombreux futurs. »

Enterlin disparut dans un froissement d'étoffe au sein des ténèbres. Grognant, soufflant, Heïn Huss s'allongea sur sa couche et s'endormit aussitôt.

II

La nuit s'écoula. Le ciel blanchit. Le soleil voilé de rose et de vert surgit au-dessus de l'horizon. La silhouette de la nouvelle plantation du Premier Peuple, un chaume de jeunes arbres, se découpa contre le ciel vert et lavande. La troupe leva le camp avec l'efficacité née d'une longue pratique. Lord Faïde se dirigea vers son char qui ploya sous son poids quand il bondit à l'intérieur. Puis il pressa un bouton et le véhicule s'ébranla, aussi lourd qu'un tronc gorgé d'eau.

À un kilomètre de la lisière, il arrêta l'engin et dépêcha une estafette vers les chariots des envoûteurs. Suivi d'Isak Comandore, Adam McAdam et Enterlin, Heïn Huss, d'un pas lourd, remonta la colonne. « Dépêchez un envoyé auprès des indigènes, lui ordonna Lord Faïde. Il les informera que nous désirons passer, que nous ne leur voulons aucun mal, mais que tout acte hostile entraînera de vives représailles.

— J'irai en personne. » Heïn Huss se tourna vers

Comandore. « Voulez-vous me prêter votre jeune insolent d'apprenti ? Il pourra me servir.

— S'il découvre une fosse à pieux en dégringolant dedans, ce sera le premier travail utile qu'il aura jamais accompli », grommela l'autre. Il adressa un signe impératif à Sam Salazar qui approcha des envoûteurs à contrecœur. « Marche devant le chef envoûteur Heïn Huss. Prends un bâton afin de sonder la mousse. »

Sans enthousiasme, Sam Salazar emprunta sa pique à l'un des fantassins. Précédant Huss, il longea la crête basse qui, jadis, séparait le Bois-Sauvage du Nord et du Sud. Çà et là, des affleurements rocheux crevaient la mousse. Des lauriers-sauces, des goudronniers, du gingembre poivré et des orpins roses poussaient au hasard sur la lande.

À mi-chemin de la nouvelle plantation, Huss s'immobilisa. « Prends garde, les pièges vont commencer. Passe au large des tertres : ils cachent souvent des pendules à lame. Évite de marcher là où la mousse prend une coloration bleu pâle : elle végète et peut dissimuler une basse-fosse ou une planche à aiguilles.

— Pourquoi ne pas localiser les traquenards avec votre don de clairvoyance ? demanda Sam Salazar d'une voix morne. L'occasion paraît excellente.

— La question est naturelle, dit Heïn Huss avec assurance, mais, ne l'oublie pas, quand la sécurité de l'envoûteur ou son profit personnel entre en jeu, ses émotions se jouent de lui. Je verrais des pièges partout et je ne saurais jamais si c'est la clairvoyance ou la peur qui m'inspire. Dans le cas présent, ta lance est un instrument plus fiable que mon esprit. »

Sam Salazar enregistra l'explication avec un petit salut. Il se remit en marche, Heïn Huss clopinant sur ses talons. Tout d'abord, il sonda la mousse avec soin, découvrant ainsi deux pièges, puis il força l'allure, au point que son compagnon, exaspéré, finit par lui crier : « Eh quoi ! Tu cherches la mort ? »

Obligeamment, l'autre ralentit le pas. « Il y a des pièges tout autour de nous, mais je crois discerner un motif.

— Ah bon ? Éclaire-moi, s'il te plaît. Je ne suis que le chef envoûteur de Fort-Faïde, un ignorant.

— Observez bien. Si on passe là où les indigènes viennent de cueillir des cosses à spores, on ne risque rien.

— Alors va. Pourquoi flânes-tu ? Nous devons attaquer Fort-Ballant aujourd'hui même. »

Deux cents mètres plus loin, Sam Salazar s'arrêta net. « Avance, avance ! gronda Heïn Huss.

— Les sauvages nous menacent. Regardez-les, à l'orée de la plantation. Ils pointent des tubes sur nous. »

Le chef envoûteur plissa les paupières, mit ses mains en porte-voix et cria une phrase dans le langage sibilant du Premier Peuple.

Au bout d'un moment, l'un des autochtones s'avança vers eux. C'était un humanoïde à la peau livide, entièrement nu, nanti d'énormes mains aux doigts en lame de ciseaux, aussi laid qu'un démon. Des poches à écume s'enflaient sous ses aisselles, évents aux lèvres orange pointés vers l'avant. La peau de son dos, lâche, ridée, servait de soufflet et propulsait l'air par les poches à écume. De chaque côté de sa tête ronde caparaçonnée pivotait un gros œil protubérant à un million de facettes, opale noire fondue dans la chitine. Jusqu'à l'arrivée de l'homme, les indigènes habitaient la lande, creusaient des terriers sous la mousse et se protégeaient derrière les masses d'écume qu'exsudaient leurs poches.

La créature fit halte tout près d'eux. « Je parle au nom de Lord Faïde de Fort-Faïde, déclara Heïn Huss. Votre nouvelle plantation lui barre le chemin. Il désire que vous le guidiez à travers pour éviter que ses troupes n'abîment les arbres ou ne déclenchent les pièges que vous avez placés à l'intention de vos ennemis.

— Les hommes sont nos ennemis, répondit l'autochtone. Déclenchez autant de pièges qu'il vous plaira ; c'est à cela qu'ils servent. » Il recula.

« Un moment, dit sèchement Heïn Huss. Lord Faïde doit passer. Il va combattre Lord Ballant. Il n'a aucune intention hostile envers le Premier Peuple, mais la prudence exige que vous consentiez à le guider. »

L'indigène s'accorda quelques secondes de réflexion. « Je le guiderai. » Il partit avec raideur vers le détachement, suivi de Heïn Huss et de Sam Salazar. Campé sur des jambes d'une flexibilité inhumaine, il changea plusieurs fois de direction, s'arrêtant ici et là pour étudier la mousse.

« Je suis intrigué, dit Sam Salazar à Heïn Huss. Je

n'arrive pas à comprendre les agissements de cette créature.

— Rien que de très normal, grommela le chef envoûteur. Tu es humain, et il appartient au Premier Peuple. Il n'existe aucune base de compréhension entre vous.

— Je ne suis pas d'accord, dit l'autre d'une voix grave.

— Pardon ? » Heïn Huss riva sur lui un regard noir. « Tu contredis le chef envoûteur de Fort-Faïde ?

— En quelque sorte. Je vois une base de compréhension entre le Premier Peuple et nous : un commun désir de survie.

— Truisme ! gronda Heïn Huss en haussant les épaules. Cette communauté d'intérêt avec le Premier Peuple admise, qu'est-ce qui te rend perplexe ?

— Qu'il ait d'abord refusé, puis finalement accepté de nous guider.

— De toute évidence, il a changé d'avis lorsque je l'ai informé que nous comptions attaquer Fort-Ballant.

— Oui, c'est clair, dit Sam Salazar. Mais pensez...

— Tu m'exhortes à penser ? rugit le chef envoûteur.

— ... que nous avons là un représentant semble-t-il banal du Premier Peuple qui prend une importante décision dans l'immédiat, et sans en référer à quiconque. S'agit-il d'un de leurs chefs ? Vivent-ils dans l'anarchie ?

— Il est facile de poser des questions, dit Heïn

Huss d'un ton bourru. Il n'est pas si facile d'y répondre.

— Bref...

— Bref, je ne sais pas. En tout état de cause, ils sont ravis de nous voir nous entretuer. »

III

Le franchissement de la nouvelle plantation s'effectua sans incident. À un kilomètre de sa lisière est, l'indigène s'écarta de la colonne et, sans autre forme de procès, rejoignit ses congénères. Le détachement, qui avait traversé la jeune forêt en file indienne, reprit sa formation normale. Lord Faïde appela Heïn Huss et, de façon inhabituelle, l'invita à prendre place près de lui dans son char ancestral. Le vieux véhicule s'inclina, son mécanisme grinça et gémit. Lord Faïde, d'excellente humeur, ignora le bruit. « Je craignais que nous ne soyons obligés de négocier sans fin. Des nouvelles de Lord Ballant ? Pouvez-vous lire dans ses pensées ? »

Heïn Huss projeta son esprit. « Pas clairement. Il est averti de notre progression. Cela l'inquiète. »

Lord Faïde eut un rire sardonique. « À bon droit ! Écoutez-moi, maintenant. Je vais vous exposer mon plan, de manière que vous puissiez tous coordonner vos efforts en vue de l'attaque.

— Je vous écoute, Lord Faïde.

— Nous approcherons de Fort-Ballant en nous déployant sur un large front. L'arme principale de Lord Ballant est bien entendu Volcan. Un figurant revêtira mon armure et avancera en tête. L'apprenti à cheveux paille est sans doute le membre le moins utile de la troupe. Ainsi, nous pourrons jauger des potentialités de Volcan. Comme notre vieux Gueule d'enfer, il a été conçu pour repousser les attaquants venus de l'espace, et il ne couvre pas le terrain à proximité de la forteresse. Nous avancerons donc en formation dispersée jusqu'à deux cents mètres des murailles. Là, nous nous regrouperons, puis les envoûteurs obligeront Lord Ballant et ses troupes à sortir. Je suppose que vous avez dressé des plans dans ce sens ? »

Heïn Huss admit d'un ton bourru que tel était le cas. Comme tout envoûteur, il tenait pour acquit que son pouvoir suffisait à contrôler n'importe quelle situation.

Lord Faïde n'étant pas d'humeur à rester dans le vague, il le pressa de lui fournir de plus amples détails. Afin de lui dévoiler sa tactique, Heïn Huss dut s'arracher chaque mot de la gorge. « J'ai prévu certaines influences pour déconfire les défenseurs de Fort-Ballant. L'envoûteur Enterlin s'installera devant son coffre, prêt à riposter si Lord Ballant ordonne de vous envoûter. Anderson Grimes lancera sans aucun doute un démon, Éverid, je pense, au milieu des fantassins de Ballant. En retour, l'envoûteur Comandore fera posséder un nombre au moins égal de nos propres guerriers par son démon Keyril, un monstre encore plus horrible et effrayant qu'Éverid.

— Parfait. Quoi d'autre ?

— Il n'y aura besoin de rien d'autre si vos hommes se battent bien.

— Pouvez-vous discerner le futur ? Comment la journée s'achève-t-elle ?

— Il y a de nombreux futurs. Certains envoûteurs, Enterlin par exemple, se prétendent capables de suivre le fil au travers du labyrinthe. Leurs prédictions se révèlent rarement exactes.

— Qu'Enterlin vienne ici.

— C'est imprudent, si vous désirez vaincre », gronda Heïn Huss d'un ton désapprobateur.

Lord Faïde plissa ses sourcils d'un noir de jais pour toiser l'impossant envoûteur. « Et pourquoi donc ?

— Enterlin prédit la défaite : découragé, vous combattez sans conviction. Il vous annonce la victoire : téméraire, vous combattez tout aussi mal. »

Lord Faïde eut un geste irrité. « Les envoûteurs assènent volontiers leurs prédictions, mais après l'épreuve des faits ils trouvent toujours d'excellentes raisons pour se justifier.

— Haha ! aboya Heïn Huss. Vous attendez des miracles, et non les résultats d'une honnête sorcellerie. Je crache... » Il cracha. « ... et je prédis que mon crachat atteindra la mousse. Les probabilités sont élevées. Mais le vol d'un insecte peut le placer sur la trajectoire du crachat. Un indigène peut émerger d'un piège dissimulé sous la mousse et le recevoir sur la tête. Là, les probabilités sont presque inexistantes.

Dans l'instant à venir, il n'existe qu'un futur possible. Dans une minute d'ici, il y en aura quatre. Dans cinq minutes, vingt. Un milliard de futurs n'épuiseraient pas les possibilités de demain. Dans ce milliard, certains futurs sont plus probables que d'autres. Ils exercent parfois, de fait, une légère influence sur l'esprit de l'envoûteur, influence qui n'est rien comparée à celle de ses propres désirs, à moins qu'il ne soit dénué de personnalité ou totalement désintéressé. Enterlin est un homme étrange. Il vit retiré, il n'a pas d'appétits. Parfois ses augures se révèlent exacts. Malgré tout, je vous déconseille de le consulter. Vous feriez mieux de vous en tenir à la pratique et à l'utilisation réelle de la sorcellerie. »

L'autre ne dit mot. La colonne atteignit le bas d'une pente douce. Le char avait glissé sans encombre jusqu'au fond de la cuvette mais, au moment d'attaquer le versant opposé, le mécanisme se plaignit tant et si bien que Lord Faïde arrêta le véhicule et débarqua le chef envoûteur. Il réfléchit, puis dit : « Une fois au sommet de la crête, nous serons en vue de Fort-Ballant. Il faut nous disperser. Envoyez-moi le moins valable de vos hommes, l'apprenti qui a sondé la mousse. Il revêtira mon armure, coiffera mon heaume et pilotera mon char. »

Heïn Huss retourna vers l'arrière et bientôt Sam Salazar remonta la colonne en direction du char. Lord Faïde scruta sa figure ronde aux joues vermeilles d'un air dégoûté. « Viens là », dit-il d'un ton sec. L'apprenti obéit. « Tu vas prendre ma place. Écoute bien. Ce levier commande la marche avant. Celui-ci permet de virer... à droite... à gauche. Pour arrêter le véhicule, ramène le premier levier à son point de départ. »

Sam Salazar désigna les autres touches, boutons, leviers et interrupteurs constellant le tableau de bord. « Et ceux-là ?

— On ne les utilise jamais.

— Et tous ces cadrans, à quoi servent-ils ? »

Lord Faïde pinça les lèvres, tout près d'entrer dans une de ses colères subites. « Puisque leur fonction est pour moi sans importance, elle l'est vingt fois moins pour toi. Maintenant, mets cette calotte et ce heaume. Retiens-toi de transpirer. »

Avec précaution, Sam Salazar se coiffa de la calotte noire et du heaume surmonté du magnifique cimier des Faïde, noir et vert.

« À présent, ce corselet. »

Le plastron, un splendide assemblage de sequins de métal vert et noir, s'ornait de deux têtes de dragon écarlates.

« La cape. » Lord Faïde jeta le long pan d'étoffe noire sur les épaules de l'apprenti, puis recula de deux pas pour juger de l'effet obtenu. « Ne t'approche pas trop de Fort-Ballant. Ta mission consiste à attirer le feu de Volcan. Déplace-toi latéralement, hors de portée d'arbalète. Si tu étais tué par un carreau, la supercherie n'aurait plus aucun sens.

— Vous préférez me voir tué par Volcan ?

— Non. Je désire préserver le char et le cimier des Faïde. Ce sont des reliques de grande valeur. Évite la destruction par tous les moyens possibles. La ruse n'abusera sans doute personne, mais si elle réussit et attire le feu de Volcan, je sacrifierai notre char ancestral. Installe-toi aux commandes. »

Sam Salazar grimpa dans le véhicule et s'assit sur le siège.

« Tiens-toi droit ! vociféra Lord Faïde. Relève le menton ! Un Faïde ne se tient pas dans cette attitude honteuse ! »

Sam Salazar se redressa sur le siège. « Pour simuler Lord Faïde efficacement, je devrais marcher parmi les fantassins. Quelqu'un d'autre piloterait le char à ma place. »

Lord Faïde le fusilla du regard, puis il eut un sourire aigre. « Peu importe. Fais ce que je t'ordonne. »

IV

Seize siècles auparavant, tandis que dans l'espace la guerre faisait rage, plusieurs capitaines de vaisseaux, leurs bases anéanties, avait trouvé refuge sur Pangborn. Pour se protéger de leurs ennemis, ils avaient érigé de puissantes forteresses équipées des armes récupérées sur leurs navires démantelés.

La guerre s'éloigna. On oublia Pangborn. Les nouveaux arrivants chassèrent le Premier Peuple dans les forêts, puis ils cultivèrent et ensemencèrent les vallées. Fort-Ballant, comme Fort-Faïde, le Palais des Nuages, Boghoten et les autres forts, dominait une de ces vallées. Quatre tours trapues faites d'un matériau noir et dense, reliées par des murs massifs dont la hauteur atteignait les deux tiers de la leur, soutenaient un immense toit en parasol. À son point culminant, une coupole abritait Volcan, l'équivalent du Gueule d'enfer de Fort-Faïde.

Fort-Ballant apparut aux regards des attaquants dès que le détachement atteignit la crête. Les grandes portes d'accès à la forteresse étaient déjà condamnées, et des archers occupaient chaque créneau au sommet des murailles. Conformément au plan de Lord Faïde, la troupe rompit les rangs et se déploya sur un large front. Au centre, resplendissant dans l'armure de Lord Faïde, Sam Salazar avançait aux commandes du char. Il ne consentait guère d'efforts pour ressembler à l'original. Au lieu de trôner fièrement, il se tassait sur un accoudoir et son cimier penchait. Lord Faïde le suivait d'un regard dégoûté. Il comprenait la répugnance de l'apprenti à mourir ; au moins, si le subterfuge échouait, le char ancestral survivrait. Volcan était paré à tirer : son canonnier se tenait sous la coupole et son affût pointait selon un angle menaçant.

De toute évidence, la tactique de dispersion, qui permettait de n'offrir aucune cible privilégiée, fonctionnait. Les troupes de Faïde atteignirent vite une ligne située à deux cents mètres du bastion, en deçà du champ d'action de Volcan, sans que la pièce crache le feu. Le char ancestral qui se traînait se trouva distancé. La ruse ne pouvait maintenant qu'être éventée.

Sam Salazar, que cet isolement apeurait, voulut accroître la vitesse du véhicule. Il bascula un premier interrupteur, un second. Sous ses pieds naquit un petit bruit aigu ; le véhicule frémit et s'éleva. L'apprenti jeta un regard vers le sol et lança une jambe par-dessus la lisse. Lord Faïde se précipita vers lui en gesticulant et en criant. Sam Salazar ramena vivement sa jambe, rebascula les interrupteurs. Le char tomba comme une pierre. Deux chiquenaudes précipitées et la chute s'arrêta.

« Descends ! » rugit Lord Faïde. Il arracha le heaume de la tête de l'apprenti qu'une gifle envoya rouler cul par-dessus tête dans la mousse. « Ôte cette armure ! Hors de ma vue ! »

Sam Salazar rejoignit à la hâte les chariots des envoûteurs. Il aida à dresser la tente noire d'Isak Comandore. Dedans, on déroula un tapis noir à motifs rouges et jaunes sur lequel on disposa le cabinet, le fauteuil et le coffre de l'envoûteur. Puis on garnit et on alluma un encensoir. De son côté, Heïn Huss, posté face aux portes du fort, supervisait l'assemblage d'un échafaudage roulant de dix mètres de haut et quinze de large. Une bâche le dissimulait aux défenseurs.

Pendant ce temps, Lord Faïde avait dépêché un émissaire au pied des remparts pour enjoindre à Lord Ballant de se rendre. L'autre différait sa réponse dans l'espoir de retarder l'attaque aussi longtemps que possible. S'il tenait un jour et demi, les renforts attendus de Fort-Gisborne et du Palais des Nuages risquaient d'obliger Lord Faïde à battre en retraite.

Ce dernier attendit que les envoûteurs aient terminé leurs préparatifs, puis il envoya un second messager qui offrit deux minutes de sursis.

Une minute s'écoula, puis une deuxième. Les émissaires tournèrent les talons et rejoignirent le camp.

« Vous êtes prêt ? demanda Lord Faïde à Heïn Huss.

— Je suis prêt, gronda Huss.

— Alors, contraignez-les à sortir. »

Huss leva le bras. La bâche glissa le long de l'échafaudage et démasqua une représentation peinte de Fort-Ballant.

Le chef envoûteur se retira sous sa tente dont il baissa les pans de toile. Des braseros flambaient, illuminant les visages d'Adam McAdam, de huit cabalistes et de six jeteurs de sorts choisis parmi les plus compétents. Chacun d'eux était installé derrière une table qui portait des douzaines de figurines et un petit brasero. Les cabalistes se servaient de poupées figurant les soldats de Fort-Ballant ; Heïn Huss et Adam McAdam usaient de simulacres de chevaliers. Quant à Lord Ballant, on ne l'envoûterait que s'il ordonnait de charmer Lord Faïde — il s'agissait d'une courtoisie traditionnelle entre seigneurs.

« Sebastian ! » lança Huss.

L'intéressé, un de ses jeteurs de sorts, attendait à côté de l'abattant. « Prêt, monsieur, dit-il.

— Commence la démonstration. »

Sebastian courut à l'échafaudage et alluma une mèche. Les spectateurs de Fort-Ballant virent la représentation peinte de leur forteresse prendre feu. Les flammes jaillissaient par les fenêtres ; le toit rougissait, se délitait. Sous la tente, les deux envoûteurs, les cabalistes et les jeteurs de sorts saisissaient les figurines l'une après l'autre, les soumettaient à la chaleur des braseros et se concentraient afin de pénétrer l'esprit de l'homme dont ils brûlaient la figurine. Le malaise s'instaura parmi les défenseurs du bastion. De nombreux chevaliers et fantassins commencèrent à imaginer qu'ils ressentaient des brûlures, qui devinrent plus douloureuses à mesure que leur esprit se sensibilisait à l'idée du feu. Lord Ballant nota leur trouble. Il adressa un geste à son chef envoûteur Anderson Grimes et ordonna : « Préparez le contre-sort. »

Du haut de la façade de Fort-Ballant se déroula, encore plus vaste que celle de Heïn Huss, une toile qui dépeignait un monstre hideux. Il se dressait sur quatre pattes et tenait entre les griffes de chacun de ses antérieurs deux soldats dont il dévorait la tête. Au même moment, les assistants d'Anderson Grimes saisirent des figurines représentant des fantassins de Lord Faïde et les introduisirent entre les mâchoires articulées de modèles réduits de l'horrible animal tout en projetant des idées de peur et de dégoût. Les soldats de Lord Faïde, qui regardaient le monstre peint, se sentirent soudain envahis par un sentiment d'effroi et de faiblesse.

Sous la tente de Huss, les braseros dégageaient une fumée qui empuantissait l'air ; les figurines grésillaient, les fronts luisaient, les regards étincelaient. De temps en temps un des envoûteurs haletait — il signalait ainsi que sa projection venait de pénétrer l'esprit d'un ennemi. Dans le bastion, les soldats murmuraient, tapotaient leur peau douloureuse, échangeaient des regards craintifs, notaient les symptômes de leurs voisins. Enfin l'un d'eux poussa un cri et entreprit d'arracher les pièces de son armure. « Je brûle ! hurla-t-il. Ces abominables sorciers me brûlent ! » Sa souffrance aggrava l'inconfort de ses camarades ; la rumeur enfla dans toute la forteresse.

Le fils aîné de Lord Ballant, l'esprit pénétré par Heïn Huss en personne, tapa son écu de son poing ganté de mailles. « Ils me brûlent ! Ils nous brûlent tous ! Mieux vaut se battre que périr brûlé !

— Oui ! Battons-nous ! » crièrent les hommes tourmentés.

Lord Ballant considéra ces faces tordues, dont plusieurs présentaient des cloques et des marques de brûlures. « Notre propre sortilège les terrifie ; attendez encore un moment ! plaida-t-il.

— Ce n'est pas ton ventre que Heïn Huss rôtit, lui cria son frère d'une voix rauque, c'est le mien ! Nous ne pouvons pas gagner par l'envoûtement. Il nous faut vaincre par les armes !

— Attendez, nos contresorts agissent ! cria désespérément Lord Ballant. Ils vont fuir, terrifiés ! Attendez ! Attendez ! »

Son cousin arracha sa cotte de mailles et son corselet de métal. « C'est Heïn Huss ! Je le sens ! Ma jambe brûle, et ce démon me rit au nez ! Il dit qu'ensuite ce sera le tour de ma tête ! Attaquons, ou je les charge à moi seul !

— Très bien, dit Lord Ballant avec fatalisme. Sortons nous battre, la bête d'abord. Nous profiterons de leur terreur. »

Soudain les portes du bastion s'ouvrirent à la volée devant, selon toute apparence, le monstre de la peinture : ses pattes bougeaient, ses bras fouettaient l'air, ses yeux roulaient dans ses orbites et il émettait des sons horrifiants. D'ordinaire, les assiégeants auraient pris le monstre pour ce qu'il était, une effigie portée par trois chevaux. Mais leur esprit subissait une influence extérieure ; la terreur les contaminait ; les muscles flasques, ils reculèrent. De part et d'autre de la bête surgirent les chevaliers de Ballant qui galopaient, suivis des fantassins. La charge s'enfonça tel un coin au centre des assiégeants. Lord Faïde rugit des ordres ; la discipline se rétablit. Ses chevaliers se divisèrent en trois pelotons qui engloutirent la charge, tandis que les fantassins criblaient de traits la masse qui se déversait hors de la forteresse.

Le fracas et le chaos régnaient sur le champ de bataille ; constatant que sa sortie avait échoué, désireux de conserver l'essentiel de ses forces, Lord Ballant ordonna la retraite. Ses troupes refluèrent en bon ordre vers le bastion. Les chevaliers de Lord Faïde s'efforcèrent de maintenir le contact, espérant forcer le passage et gagner la cour. Derrière eux s'avança un lourd chariot mu par des chevaux caparaçonnés de métal et destiné à enfoncer les portes.

Lord Faïde cria un ordre ; un peloton de dix chevaliers tenu en réserve chargea de côté, derrière les chevaliers de Ballant, s'enfonça parmi les fantassins, franchit les portes et massacra leurs servants.

Lord Ballant hurla à Anderson Grimes : « Ils sont entrés ! Appelez votre maudit démon ! S'il peut nous aider, c'est le moment ou jamais !

— La possession démoniaque ne s'improvise pas, grinça l'envoûteur. J'ai besoin de temps.

— Dans dix minutes, il sera trop tard ! Nous serons tous morts !

— Je ferai de mon mieux. Éverid ! Éverid, hâte-toi ! »

Anderson Grimes se rua dans sa salle de travail, mit son masque de démon et lança de l'encens à pleines poignées dans le brasero qui brûla plus fort. Une grande silhouette se découpa contre un mur : noire, le nez plat, les yeux bridés, de longs crocs blancs saillant de sa mâchoire supérieure, elle se tenait sur de lourdes pattes torses, les bras tendus prêts à agripper ses adversaires. Anderson Grimes avala une coupe de sirop et marcha lentement de long en large. Un moment passa.

« Grimes ! appela Ballant depuis l'extérieur. Grimes !

— Entrez sans crainte », répondit une voix.

Lord Ballant, son arme ancestrale au côté, pénétra dans la pièce. Il recula avec un cri sourd. « Grimes ! murmura-t-il.

— Grimes n'est pas ici, dit la voix. J'y suis, moi. Entrez. »

Lord Ballant avança d'un pas raide. La pièce était sombre, à part la lueur du brasero. Anderson Grimes restait accroupi dans un coin, la tête courbée sous son masque de démon. Sur les murs, des ombres se tordaient et se brouillaient, visages et silhouettes qui donnaient l'impression de lutter pour devenir matériels. La forme noire paraissait vibrer de vie.

« Amenez vos guerriers, dit la voix. Amenez-les

cinq par cinq et priez-les de regarder le sol jusqu'à ce que je leur dise de lever les yeux. »

Lord Ballant se retira ; le silence envahit la pièce.

Un instant s'écoula ; puis cinq soldats exténués entrèrent l'un derrière l'autre en titubant, les yeux baissés.

« Levez lentement les yeux, dit la voix. Regardez le feu. Respirez profondément. Puis tournez la tête vers moi. Je suis Éverid, le Démon de la Haine. Regardez-moi. Qui suis-je ?

— Éverid, le Démon de la Haine, balbutièrent les soldats.

— J'emplis l'espace sous une dizaine de formes différentes. Je m'approche. Où suis-je ?

— Vous êtes partout.

— À présent, je suis vous. Nous ne formons qu'un. »

Un mouvement confus et subit se produisit. Les soldats se redressèrent, le visage convulsé.

« Allez, leur dit la voix. Rejoignez la cour en silence. D'ici quelques minutes, nous marcherons sus à l'ennemi pour tuer. »

Ils sortirent à grands pas. Cinq autres hommes les remplacèrent.

Au pied des remparts, les chevaliers de Ballant avaient battu en retraite jusqu'aux portes ; dans la cour, sept chevaliers de Faïde qui avaient réussi à forcer l'entrée combattaient encore. Le dos au mur, ils empêchaient les défenseurs de s'approcher du mécanisme des portes.

Dans le camp des assiégeants, Huss héla Comandore. « Éverid foule le sol. Invoquez Keyril.

— Envoyez les hommes », dit la voix d'Isak Comandore, grave et rude. « Envoyez-les-moi. Je suis Keyril. »

Dans la cour du bastion, vingt soldats s'ébranlèrent à pas lents, prudents, hésitants. Leurs visages, tordus et convulsés, curieusement semblables, avaient perdu toute individualité.

« Charmés ! » murmuraient leurs compagnons d'armes qui reculèrent. Les sept chevaliers de Faïde les regardèrent avec un soudain effroi. Sans leur prêter la moindre attention, les vingt soldats franchirent les portes. Les chevaliers de Ballant leur ouvrirent leurs rangs ; le combat connut un bref répit. Puis les vingt soldats possédés bondirent comme des tigres. Leurs épées dessinèrent des arcs étincelants. Ils virevoltèrent, s'accroupirent, sautèrent. Des têtes, des bras et des jambes de Faïde volèrent. Les vingt soldats reçurent nombre de coups, mais les blessures ne semblaient avoir aucun effet sur eux.

La troupe assiégeante hésita, se débanda. Les chevaliers, dont l'armure n'offrait aucune protection face aux épées démoniaques, battirent en retraite. Les vingt soldats fendirent les rangs des fantassins, frappant furieusement d'estoc et de taille. Les guerriers de Lord Faïde résistèrent un instant, puis ils cédèrent aussi et se retournèrent pour fuir.

De derrière la tente de Comandore surgirent trente soldats qui marchaient lentement, d'un pas raide. Tels les possédés de Ballant, ils avaient les traits convulsés, identiques — mais là s'arrêtait la ressemblance, car le visage du possédé reflétait celui du démon qui l'avait envahi.

Keyril et Éverid s'affrontèrent, utilisant les hommes comme armes, sans peur ni merci. Les épées tranchaient têtes, bras et torses. Des corps décapités combattaient un moment avant de s'écrouler. Il fallait qu'un corps soit haché, réduit en pièces pour que sa vitalité démoniaque le déserte. Bientôt, il n'y eut plus un seul soldat d'Éverid debout. Les quinze survivants de Keyril se dirigèrent, qui clopinant, qui sautillant, qui boitant, vers l'entrée du bastion que les chevaliers de Faïde tenaient toujours. Les chevaliers de Ballant, sentant l'instant décisif, se précipitèrent sur eux en une charge désespérée. Le regard empreint de haine dans leurs faces ensanglantées, les possédés bondissants taillèrent dans le fer des armures. Les chevaliers de Faïde, poussant des cris victorieux, s'enfoncèrent à leur suite. La bataille s'engagea dans la cour, mais son issue ne faisait plus aucun doute. Fort-Ballant était pris.

Sous sa tente, Isak Comandore inspira profondément, frissonna et jeta au sol son masque de démon. Dans la cour, les douze possédés restants s'effondrèrent au sol, entrèrent en convulsions, haletèrent, crachèrent du sang et moururent.

Lord Ballant, dans le dernier acte de bravoure d'une vie pleine de bravoure, brandit son arme de poing ancestrale et s'avança. Par-dessus le champ de cadavres rougis, il visa son vainqueur, appuya sur la gâchette. Un éclair lumineux jaillit. Lord Faïde sentit sa peau le picoter, ses cheveux se hérisser. L'arme crépita, vira au rouge cerise et fondit. Lord Ballant la jeta à ses pieds, dégaina son épée et marcha sur Lord Faïde.

Celui-ci, peu enclin à accepter un inutile combat singulier, fit un geste à l'adresse de ses hommes d'armes. Une volée de traits mit fin à l'existence de Lord Ballant, lui épargnant les affres d'une exécution dans les formes.

Toute résistance cessa. Les défenseurs de Ballant jetèrent leurs armes et, le visage fermé, vinrent l'un derrière l'autre ployer le genou devant Lord Faïde, tandis que les femmes de la forteresse s'abandonnaient au chagrin et au deuil.

V

Lord Faïde n'avait nulle envie de s'attarder à Fort-Ballant, ses victoires ne lui procurant aucun plaisir car il s'ensuivait mille décisions à prendre. Six des plus proches parents de Lord Ballant furent poignardés et le titre déclaré éteint. Aux autres membres du clan, il fut offert un choix : un serment d'allégeance assorti d'une rançon raisonnable ou la mort. Seuls deux d'entre eux, les yeux luisants de haine, choisirent la seconde option ; ils furent exécutés sans délai.

Lord Faïde avait atteint son but. Depuis plus de mille ans, les seigneurs se disputaient le pouvoir. L'un ou l'autre avait parfois réussi à prendre l'ascendant pour un temps, mais aucun jusqu'alors n'était parvenu à étendre son autorité sur le continent — soit sur la planète tout entière, le reste des terres n'étant que cailloutis brûlés par le soleil ou glaces éternelles. Longtemps Fort-Ballant avait privé Lord Faïde du pouvoir, et c'était à présent le succès, total et absolu. Il restait à châtier les seigneurs du Palais des Nuages et de Fort-Gisborne qui tous deux, entrevoyant la possibilité d'écraser Faïde, s'étaient rangés sous la bannière de Ballant, mais c'était là une tâche qui incombait à Heïn Huss.

Lord Faïde, pour la première fois de sa vie, éprouva un sentiment d'incertitude. Et maintenant ? Il ne lui restait plus aucun adversaire digne de ce nom. Il fallait mettre le Premier Peuple hors d'état de nuire, mais c'était là un problème facile à résoudre ; quoique nombreux, les autochtones n'étaient que des sauvages. Il savait que l'insatisfaction et la controverse finiraient par s'instaurer chez ses proches et alliés. L'inaction engendrerait l'irritabilité ; des esprits désœuvrés étudieraient le pour et le contre d'une action violente et nuisible. Même le plus loyal de ses sujets se rappellerait avec nostalgie ses campagnes d'antan et la licence des temps de guerre. D'une façon ou d'une autre, il lui faudrait trouver le moyen d'absorber le surplus d'énergie de chacun : où et de quelle façon, là résidait le nœud du problème. Construction de routes ? Nouvelles fermes dans la plaine ? Organisation de tournois périodiques ? Lord Faïde fronça les sourcils face à l'insuffisance de ces solutions, mais le manque d'expérience handicapait son imagination. Guerriers, les premiers colons n'avaient guère amené sur Pangborn qu'un certain nombre de connaissances pratiques. Si les récits transmis de génération en génération décrivaient les grands navires de l'espace qui se déplaçaient magiquement à une vitesse inimaginable, les armes prodigieuses, les combats de titans dans le vide, ils ne faisaient aucune allusion à l'histoire humaine et à l'influence civilisatrice. Auréolé de succès au faîte de sa puissance, mais sans but vers lequel diriger sa force, Lord Faïde se sentait donc plus morose et plus taciturne que jamais.

Il inspecta d'un air sombre le butin récolté dans le bastion, lequel ne présentait pas grand intérêt à ses yeux. Hors d'état de marche depuis longtemps, le char ancestral des Ballant était exposé dans une vitrine. Il alla examiner Volcan, mais l'arme ne pouvait être déplacée. De toute manière, sa magie perdue à jamais, elle était devenue inutile. Il avait appris que Lord Ballant avait ordonné de tourner le canon vers son char ancestral et que Volcan avait refusé de vomir son feu tant vanté. Il constata avec un dédain amusé qu'on avait négligé son entretien. La corrosion en criblait le métal, certaines pièces du délicat mécanisme extérieur avaient été faussées, diminuant sans nul doute la puissance de sa magie. Ce n'était pas à Fort-Faïde que l'on aurait constaté pareille négligence ! Jambart, le servant de Gueule d'enfer, éprouvait envers son arme un sentiment de dévotion absolu. Lord Faïde continua son inspection. Ailleurs s'empilaient d'antiques dispositifs, aussi intéressants qu'inutiles, des curiosités comme celles qui remplissaient étagères et caisses à Fort-Faïde. (Bizarres, ces hommes d'autrefois ! se dit-il. Intelligents, mais primitifs et dénués de sens pratique. Quels progrès on avait réalisés en seize siècles, depuis l'âge des ténèbres ! Ainsi, les anciens usaient, pour communiquer à distance, de fétiches complexes de verre et de métal. Lord Faïde, lui, exprimait ses désirs, et Heïn Huss, projetant son esprit à des centaines de kilomètres, pouvait voir et entendre, ou relayer ses paroles.) Les anciens avaient inventé des douzaines d'objets similaires, mais la vieille magie les avait quittés et ils ne fonctionnaient jamais. L'arme ancestrale des Ballant l'avait à peine chatouillé, puis elle avait fondu. Il eut un petit rire en imaginant une troupe armée de tels ustensiles s'attaquant à des guerriers possédés du démon. Le massacre des innocents !

Dans le trésor personnel de Ballant, Lord Faïde remarqua une dizaine de vieux livres et des bobines de microfilm. Les livres, page après page de jargon incompréhensible, n'avaient aucune valeur ; les microfilms se révélèrent indéchiffrables, eux aussi. À nouveau, il s'interrogea avec scepticisme sur les anciens : des êtres intelligents, certes, mais si on regardait les choses en face, à peine plus avancés que les indigènes. Ni les uns ni les autres ne savaient communiquer par télépathie, user de clairvoyance, maîtriser les démons. Quant à la magie des anciens, il pouvait y avoir beaucoup d'exagération dans les légendes. Volcan ? Une plaisanterie. Lord Faïde songea à Gueule d'enfer. Mais non, Gueule d'enfer était sûrement plus digne de confiance. Jambart le polissait et le nettoyait chaque jour avec amour ; chaque mois il lavait la coupole entière au bon vin. Si l'homme peut s'attirer par ses soins la loyauté de la matière, Gueule d'enfer était prêt à défendre Fort-Faïde !

De toute façon, Lord Faïde ayant acquis la suprématie, les problèmes de défense devenaient secondaires. Considérant le futur, il prit sa décision : il n'y aurait plus d'autres seigneurs que lui sur Pangborn. Il abolirait la fonction. On transférerait la direction des bastions à des baillis, hommes de confiance au mandat renouvelable chaque année. Les anciens lords se verraient assigner des manoirs confortables mais indéfendables, et interdire d'entretenir des troupes privées. Bien entendu, ils auraient le droit de garder des envoûteurs, mais ces derniers dépendraient de lui, peut-être en fonction d'une autorisation temporaire ; il lui faudrait discuter cette question avec Heïn Huss. Mais cela attendrait. Pour l'heure, avant de regagner Fort-Faïde, il lui suffisait de régler ses affaires ici.

La tâche serait vite expédiée. Il renvoya les Ballant survivants à leurs manoirs après qu'Heïn Huss eut imprégné de nouveaux simulacres de leur essence. S'ils négligeaient de verser leurs rançons, une brûlure ou une crampe d'estomac les rappellerait à leurs devoirs. Lord Faïde aurait voulu brûler Fort-Ballant, mais les anciens usaient d'un matériau ignifugé. Pour prévenir toute prétention ultérieure à l'héritage Ballant, il ordonna cependant de descendre tous les biens et toutes les reliques de la famille dans la cour. Là, il invita ses hommes, l'un après l'autre dans l'ordre de la hiérarchie, à choisir un souvenir. Les envoûteurs auraient pu se servir aussi, mais ils déclinèrent l'invitation en haussant les épaules avec mépris devant ces vestiges d'une superstition imbécile. Les jeteurs de sorts de rang inférieur et les apprentis fouillèrent dans ce qui restait, prenant quelquefois une babiole négligée par les soldats ou un outil bizarre. Isak Comandore sentit l'irritation le gagner en voyant Sam Salazar ployé sous le fardeau d'une pile de vieux livres. « Que comptes-tu faire de ça ? aboya-t-il. Pourquoi te charger d'objets de rebut ? »

Sam Salazar baissa la tête. « Sans raison définie. Il ne fait aucun doute que les anciens possédaient une certaine sagesse, ou un certain savoir. Je pourrai peut-être user des symboles de ce savoir pour aiguiser ma propre compréhension. »

Comandore leva les bras au ciel d'un air dégoûté, puis il se tourna vers Heïn Huss debout non loin de là. « D'abord, il se plante dans la terre et s'imagine être un arbre ; maintenant, il pense apprendre l'envoûtement des symboles des anciens. »

Huss haussa les épaules. « C'étaient des hommes comme nous. Malgré leur intellect limité, ils n'étaient pas tout à fait obtus. Fabriquer ces objets nécessite une certaine intelligence simiesque.

— Laquelle n'est pas le substitut d'un bon envoûtement. Je ne saurais trop souligner la distinction. J'ai tenté cent fois de l'enfoncer dans le crâne de Salazar. Et regardez-le ! »

Heïn Huss émit un grognement qui ne l'engageait pas. « Je renonce à comprendre ce à quoi il espère aboutir. »

Sam Salazar tenta de s'expliquer, cherchant des mots pour formuler une idée qui n'existait pas. « Je comptais déchiffrer cette écriture, pour découvrir ce que pensaient les anciens, et peut-être parvenir à imiter un ou deux de leurs tours. »

Comandore leva les yeux au ciel. « Quel ennemi m'a donc envoûté le jour où j'ai consenti à te prendre pour apprenti ? Je suis capable de lancer vingt sorts à l'heure, plus que les anciens ne pouvaient le faire au cours d'une vie !

— Je remarque que Lord Faïde se déplace dans son char ancestral et que Lord Ballant espérait nous anéantir à l'aide de Volcan.

— Je remarque, dit Comandore avec une douceur sauvage, que mon démon Keyril a vaincu Volcan et que mon chariot distancera le char de Lord Faïde en toute occasion. »

Sam Salazar renonça à argumenter. « C'est vrai, envoûteur Comandore, c'est tout à fait vrai. Je reconnais mon erreur.

— Alors laisse donc cette camelote et rends-toi utile. Nous reprenons le chemin de Fort-Faïde demain à l'aube.

— À vos ordres, envoûteur Comandore. » Sam Salazar jeta les livres sur le tas de détritus dont il les avait extraits.

VI

Le clan Ballant avait été dispersé, le bastion dépouillé. Lord Faïde et ses hommes festoyaient sans joie dans la salle d'apparat, entourés de serviteurs de la forteresse silencieux.

Fort-Ballant était bâti à la même échelle que Fort-Faïde : grandiose. La salle d'apparat mesurait trente mètres de long, quinze de large, autant de haut. Les murs étaient entièrement recouverts de lambris d'un bois dur indigène dont la pâleur naturelle s'était muée après traitement à la cire en une riche couleur de miel. D'énormes poutres noires soutenaient le plafond auxquels pendaient des lustres monumentaux, assemblages complexes de verre pourpre, vert et bleu parsemés de pépites de lumière séculaires mais toujours fonctionnelles. Le mur du fond montrait les portraits des seigneurs de Fort-Ballant, cent cinq individus austères dans une infinie variété de costumes. Au-dessous, un arbre généalogique de trois mètres de haut représentait la lignée des Ballant et ses liens avec les autres clans nobles. Il régnait à présent dans la salle une atmosphère lugubre et les cent cinq visages morts étaient dénués de sens.

Lord Faïde mangeait sans plaisir et jetait de temps à autre des regards courroucés à ceux de ses parents qui fêtaient trop la victoire. Lord Ballant, à son avis, s'était conduit comme lui-même l'aurait fait en de telles circonstances ; l'exultation grossière lui paraissait de mauvais goût : presque une marque d'irrespect envers sa propre personne. Ses proches ne tardèrent pas à le comprendre et le banquet se poursuivit dans une ambiance beaucoup plus digne.

Les envoûteurs étaient attablés à part, dans une petite salle contiguë. Assis à côté de Heïn Huss, Anderson Grimes, jadis chef envoûteur de Ballant, tâchait de faire bonne figure dans la défaite. Il avait lutté plus qu'honorablement contre quatre adversaires puissants et n'avait aucune raison de sentir sa *mana* diminuée. Les cinq envoûteurs analysaient la bataille, jeteurs de sorts et cabalistes écoutaient religieusement. La discussion s'anima lorsqu'on évoqua la conduite des soldats possédés. Anderson Grimes admit volontiers qu'Éverid était une force brutale et obtuse, terrifiante dans sa vigueur indomptable. Les autres convinrent qu'il réussissait sans conteste à projeter ces caractéristiques. Heïn Huss fit toutefois remarquer que Keyril, le démon d'Isak Comandore, possédait, outre sa force brute, une certaine dose de malice et de ruse, ce qui tendait à faire du possédé une arme plus efficace.

Anderson Grimes le reconnut et avoua qu'il avait

étudié la possibilité d'augmenter de même la puissance de son démon.

« À mon sens, dit Heïn Huss, le démon idéal devrait être assez vif pour éviter les attaques de brutes comme Keyril et Éverid. Permettez-moi de citer mon Dant en exemple : sa seule agilité permet au possédé de Dant de détruire aisément le possédé de Keyril ou d'Éverid. Dans une telle rencontre, les Keyril et les Éverid perdent leur capacité de terreur et l'effet obtenu diminue de moitié. »

Isak Comandore le couva d'un regard de braise. « Vous avancez une présomption avec autant d'assurance qu'un fait établi. J'ai formulé Keyril avec assez d'habileté et de métier pour qu'il puisse contrer n'importe quelle démonstration de vitesse. J'ai la conviction que Keyril est le plus fort et le plus terrifiant des démons.

— Possible », murmura Heïn Huss d'une voix pensive. Il appela d'un geste un serviteur et lui donna des instructions. L'homme tamisa l'éclairage de la salle. « Regardez, dit Heïn Huss, voici Dant. Il vient se joindre au banquet. » Sur l'un des murs de la pièce se profila la silhouette vague du démon Dant, monstrueuse créature de métal articulé, rayée comme un tigre, avec quatre bras puissants et une tête noire massive qui semblait n'être que mâchoires.

« Regardez, dit la voix rauque d'Isak Comandore, voici Keyril. » Keyril, plus humanoïde, arborait un coutelas. Dant l'aperçut. Ses terribles mâchoires claquèrent et il bondit dans une attaque fulgurante.

En un horrible combat, les deux démons se roulaient et se tordaient, se griffaient, se déchiraient, se mordaient l'écume à la bouche, en poussant des hurlements muets. Dant fit soudain un écart et se mit à tourner autour de Keyril à une allure vertigineuse, de plus en plus vite. Au bout de quelques secondes, il n'était plus qu'un anneau de couleurs indistinctes émettant une plainte aiguë allant crescendo. Keyril frappait à grands coups de coutelas, puis il pâlit et son bras armé retomba sans force. L'anneau coloré qui avait été Dant devint d'un blanc aveuglant et explosa dans un cri mental. Keyril disparut et Isak Comandore s'affala en gémissant.

Heïn Huss prit une profonde inspiration, essuya la sueur qui ruisselait sur son visage et regarda autour de lui avec une grimace de satisfaction. Toute l'assistance restait figée, les yeux écarquillés, hormis Sam Salazar qui croisa le regard du chef envoûteur avec un sourire éclatant.

« Ainsi, gronda le chef envoûteur, que l'effort fourni faisait panteler, tu te considères supérieur à l'illusion. Tu te moques de l'une des meilleures démonstrations de Heïn Huss.

— Oh ! non, s'écria l'apprenti. Ne voyez là aucun manque de respect. Assoiffé de savoir, je vous ai regardé, vous, plutôt que les démons. Que m'auraient-ils enseigné ? Rien.

— Ah ! dit Huss, radouci. Et qu'as-tu appris ?

— Rien, mais au moins je ne reste pas là les yeux ronds tel un poisson.

— Tu me trouves quelque ressemblance avec un

poisson ? demanda Comandore, la voix basse mais crépitante de colère.

— La comparaison ne s'applique naturellement pas à vous, envoûteur Comandore, dit Sam Salazar.

— Je te prie d'aller à mon cabinet, apprenti Salazar, et d'en ramener la figurine à ton image. Un serviteur m'apportera un bassin rempli d'eau puis nous nous amuserons. Nous verrons si ta connaissance des poissons te permet de respirer sous l'eau. Dans le cas contraire... eh bien ! tu suffoqueras.

— Je préfère m'abstenir, envoûteur Comandore. En fait, avec votre permission, j'aimerais quitter votre service. »

Comandore fit un geste à l'adresse d'un de ses cabalistes. « Allez me chercher le simulacre de Salazar. Puisqu'il n'est plus mon apprenti, rien ne s'oppose à ce qu'il suffoque.

— Allons, Comandore, intervint Huss d'un ton bourru, ne tourmentez pas ce garçon. Il est naïf, voire un peu simplet. Sachons dans une telle occasion montrer calme et tolérance.

— Bien parlé, Heïn Huss. Pourquoi ne pas nous divertir, en effet ? Il reste tout le temps nécessaire pour discipliner cet individu arrogant.

— Chef envoûteur Huss, dit l'apprenti, puisque me voici relevé de mes fonctions auprès de l'envoûteur Comandore, peut-être consentirez-vous à me prendre à votre service ? »

Heïn Huss émit un bruit écœuré. « Tu n'es pas sous ma responsabilité.

— Il y a de nombreux futurs, dit Sam Salazar. Vous l'avez dit vous-même. »

Heïn Huss posa sur lui le regard de ses yeux limpides. « Oui, il y a de nombreux futurs. Je pense qu'ici, ce soir, se trouvent accumulés toute la richesse et toute la puissance de la sorcellerie ; je pense aussi que jamais plus on ne reverra une telle somme de pouvoirs et de talents réunie autour d'une même table. Nous mourrons tous l'un après l'autre et il n'y aura personne pour assurer la relève... Oui, Sam Salazar, je te prends comme apprenti. Isak Comandore, entendez-vous ? Ce jeune homme appartient dorénavant à ma suite.

— J'ai droit à une compensation, grommela Comandore.

— Vous convoitiez le simulacre de Tharon Faïde que je possède, le seul qui existe. Je vous le donne.

— Ah ! s'écria Isak Comandore en sautant sur ses pieds. Heïn Huss, je vous salue. Vous êtes un homme généreux. J'accepte et je vous remercie. »

Le chef envoûteur fit signe à Sam Salazar. « Va chercher tes affaires et mets-les dans mon chariot. Qu'on ne te revoie pas ici ce soir. »

L'apprenti s'inclina avec dignité et quitta la pièce.

Si le banquet se poursuivit, une certaine mélancolie affectait désormais les convives. Bientôt Lord Faïde donna le signal du coucher, car le départ était fixé à l'aube.

VII

Les troupes victorieuses se rassemblèrent sur le glacis, devant l'entrée de Fort-Ballant. Afin que le libre accès ne lui soit plus jamais dénié, Lord Faïde ordonna que les grandes portes soient abattues. Mais il s'avéra qu'après seize siècles les gonds étaient encore à l'épreuve de la force développée par cent chevaux, et les portes demeurèrent en place.

Lord Faïde accepta le fait de bonne grâce et fit ses adieux à son cousin Renfroy, qu'il avait nommé bailli du bastion. Il grimpa dans son char, s'installa aux commandes et bascula l'interrupteur. Le mécanisme gronda et le véhicule s'ébranla, suivi des chevaliers, des fantassins et des fourgons chargés de butin. Les chariots des envoûteurs fermaient la marche.

La colonne progressa durant trois heures sur la lande moussue. Fort-Ballant s'amenuisa, puis disparut aux regards derrière une ondulation de terrain. Devant, le Bois-Sauvage du Nord et du Sud apparurent, longue bande sombre s'étirant sur presque tout l'horizon oriental. Là où s'ouvrait naguère un passage entre les deux forêts, la nouvelle plantation du Premier Peuple se profilait, moins haute et plus claire.

À deux kilomètres de la lisière, Lord Faïde ordonna une halte et réunit ses chevaliers. Heïn Huss descendit de son chariot tant bien que mal et s'approcha.

« Dans l'éventualité d'une résistance, dit Lord Faïde aux chevaliers, ne vous laissez pas entraîner dans la forêt. Restez au sein de la colonne. Et prenez toujours garde aux pièges.

— Voulez-vous que je parlemente encore avec le Premier Peuple ? demanda Heïn Huss.

— Non, dit Lord Faïde d'un ton catégorique. Il me déplaît de demander à ces sauvages la permission de circuler sur mes propres terres. Nous emprunterons le chemin que nous avons suivi à l'aller. S'ils interviennent, tant pis pour eux.

— Vous êtes imprudent », dit Heïn Huss avec franchise.

Lord Faïde le toisa du regard, les sourcils haussés. « Que peuvent-ils faire, si nous déjouons leurs pièges ? Nous jeter de l'écume ?

— Mon rôle n'est pas de conseiller ni d'avertir. Mais je me permets de souligner que les indigènes manifestent une confiance en eux qui n'est certes pas l'effet d'une déraison consciente ; en outre, ils sont armés de tubes semblables à des sarbacanes, ce qui implique des projectiles. »

L'autre hocha la tête. « Sans doute, mais les chevaliers ont une armure et les fantassins un bouclier. Ce n'est pas à Lord Faïde de Fort-Faïde d'obéir aux caprices du Premier Peuple. Je désire établir ce fait, même si cela implique des cadavres d'indigènes.

— Comme je n'ai rien d'un combattant, dit Heïn Huss, je me tiendrai à l'arrière et je ne m'engagerai dans la nouvelle plantation qu'une fois que la voie sera libre.

— À votre guise. » Lord Faïde rabattit la visière de son heaume. « En avant ! »

La colonne s'ébranla en direction de la forêt, suivant le chemin qu'elle avait emprunté à l'aller et qui louvoyait sur la lande sans présenter de difficultés particulières. Lord Faïde avançait en tête, flanqué de son frère Gethwin Faïde et de son cousin Mauve Dermont-Faïde.

Le convoi parcourut cinq cents mètres, puis cinq cents autres. La forêt ne se trouvait qu'à un kilomètre. Le grand soleil au zénith baignait le paysage de lumière et de chaleur ; l'air était chargé du parfum onctueux des ronciers et des arbres à goudron. La colonne avait ralenti l'allure et seuls le cliquetis des armures, les chocs sourds des sabots sur la mousse, les grincements et les craquements des roues venaient perturber le silence.

Lord Faïde se leva dans son char, épiant le moindre signe d'hostilité. Une fois la colonne parvenue à cinq cents mètres de la plantation, les silhouettes des indigènes qui attendaient dans l'ombre des arbres à l'orée de la forêt devinrent visibles. Lord Faïde les ignora et continua d'avancer.

Les cinq cents mètres se réduisirent à deux cent cinquante. Au moment précis où Lord Faïde se retournait pour ordonner au détachement de se mettre en rang par un, la mousse s'ouvrit et son frère Gethwin disparut dans un crissement métallique, un choc sourd et le hennissement de douleur du cheval empalé. Gethwin poussa un hurlement sauvage lorsque sa monture se mit à ruer, l'écrasant sur les pieux dont la fosse était garnie. Mauve Dermont-Faïde, qui chevauchait près de Gethwin, ne put contrôler sa monture qui bondit sur le côté de la fosse et déclencha un piège à ressort. De la mousse jaillit un mince tronc d'arbre hérissé d'épines de trente centimètres, dont le faîte fouetta l'air avec la vivacité d'une queue de scorpion. Les épines transpercèrent l'armure de Mauve Dermont-Faïde, lui trouant la poitrine ; puis le tronc se redressa, l'arracha de sa selle et, tandis qu'il se débattait et hurlait, le tint suspendu en l'air. Son faîte avait heurté au passage le char qui manqua verser. Le mécanisme torturé gémit et Lord Faïde dut se cramponner au pare-brise pour éviter d'être projeté au sol.

La colonne s'immobilisa. Plusieurs soldats se précipitèrent vers la fosse afin d'en extraire Gethwin Faïde, mais il gisait mort six mètres plus bas, écrasé sous sa monture. D'autres dégagèrent Mauve Dermont-Faïde du tronc hérissé d'épines ; lui aussi avait cessé de vivre.

Une bouffée de rage et de haine empourpra Lord Faïde, qui scruta la forêt. Les indigènes restaient figés à la lisière. Il fit signe au sergent des fantassins, Bernard. « Deux lanciers en tête de colonne pour chercher les pièges. Que les autres arment leurs arbalètes. À mon signal, criblez ces démons. »

Deux soldats s'avancèrent et entreprirent de sonder le sol. Lord Faïde se rassit dans le char. « En avant. »

La colonne s'ébranla. Chaque homme épiait les environs, paré à toute éventualité. Presque aussitôt les lances des deux soldats crevèrent la mousse, révélant un piège à amies : une fosse pleine de feuilles dentelées dont l'extrémité comportait une poche d'acide. Ils délimitèrent avec soin l'emplacement du traquenard mortel et toute la colonne le contourna, chaque homme marchant dans les pas de celui qui le précédait.

De part et d'autre du char de Lord Faïde chevauchaient à présent ses deux neveux, Scolford et Edwin. « Ces pièges, dit-il d'une voix rude et tendue, ont été creusés depuis notre dernier passage. C'est un acte de pure malveillance.

— Mais pourquoi nous guider à l'aller ? »

Lord Faïde eut un sourire amer. « Ils espéraient probablement que nous serions tous tués au cours de l'attaque de Fort-Ballant. Nous les avons déçus.

— Regardez, ils portent des tubes, dit Scolford.

— Peut-être des sarbacanes, suggéra Edwin.

— Ils ne pourraient pas souffler dedans avec leurs évents, rétorqua Scolford.

— Nous ne tarderons certes pas à être fixés sur ce point. » Lord Faïde se dressa dans son siège et cria vers l'arrière : « Tenez vos armes prêtes ! »

Les fantassins brandirent leurs arbalètes. Le convoi ralentit encore l'allure. Les hommes de tête se trouvaient à moins de cent mètres de la plantation. Les silhouettes blanches des autochtones se déplaçaient derrière les jeunes arbres d'une manière qui suggérait l'inquiétude. Plusieurs levèrent leurs tubes et parurent viser, puis ils tordirent leurs grandes mains.

D'un tube pointé sur lui, Lord Faïde vit un petit objet noir surgir, puis filer en prenant graduellement de la vitesse. Il entendit un bourdonnement qui s'enfla avant de se muer en un cliquètement. Il plongea derrière le pare-brise du char. Le projectile corrigea sa trajectoire, heurta l'épais panneau de verre avec le bruit d'une pierre lancée et retomba sur le pont avant du véhicule. C'était un insecte noir ressemblant à une grosse guêpe, dont le dard brisé laissa échapper un liquide ocre. Ses ailes cornées battant faiblement, il regardait sa cible de ses yeux noirs protubérants. Lord Faïde se pencha et l'écrasa sous son poing ganté de fer.

D'autres guêpes heurtaient chevaliers et soldats derrière lui. Un dard s'enfonça dans l'œil de Corex Faïde-Battaro par une des fentes de la visière de son heaume, mais les armures des chevaliers se révélèrent un moyen de protection efficace. Par contre, les fantassins restaient désemparés face à ce genre d'attaque ; sous l'impact, les guêpes s'enfouissaient à moitié dans leur chair. Les soldats hurlaient de douleur, arrachaient les insectes et comprimaient leurs blessures avec leurs mains. Corex Faïde-Battaro dégringola de son cheval en hurlant et se rua en aveugle vers la forêt. Après quinze mètres d'une course folle, il disparut dans une fosse. Les hommes atteints par les guêpes commencèrent par se plier en deux et par choir dans la mousse, puis, au bout de quelques secondes d'immobilité, ils bondirent sur leurs pieds et se livrèrent à de sauvages culbutes en tous sens, l'écume aux lèvres.

À l'orée de la forêt, les indigènes levèrent à nouveau leurs tubes. Lord Faïde hurla : « Criblez-les de carreaux ! Tirez ! »

Les arbalètes se détendirent et, par douzaines, les traits allèrent trouer la chair blanche des indigènes. Quelques-uns d'entre eux chancelèrent et s'écartèrent en titubant ; les autres arrachèrent tranquillement les projectiles et les jetèrent au sol, ou les ignorèrent simplement. Fouillant dans de petits sacs qu'ils portaient à la ceinture, ils y prirent des capsules et les insérèrent au bout de leurs tubes.

« Attention aux guêpes ! cria Lord Faïde. Abattez-les avec vos boucliers ! Écrasez ces saletés ! »

L'air s'emplit du crissement des ailes cornées. Certains des soldats retrouvèrent assez de présence d'esprit pour suivre les instructions de Lord Faïde et abattre les insectes. Les autres, saisis par la panique, reculèrent en essayant d'un geste futile de se protéger avec leurs mains. Volée après volée, les guêpes affluaient ; la colonne ne fut bientôt qu'un enchevêtrement confus d'hommes qui sautillaient et se débattaient.

« Les fantassins, battez en retraite ! cria furieusement Lord Faïde. Reculez ! Les chevaliers, à moi ! »

Les fantassins refluèrent le long de la piste, cherchant refuge derrière les fourgons à bagages. Trente hommes gisaient sur la mousse, morts ou mourants.

D'une voix de stentor, Lord Faïde cria à ses chevaliers : « Pied à terre ! Tous derrière moi ! Protégez vos yeux ! Suivez mon char à la file ! Edwin, prenez place près de moi et sondez la mousse avec votre lance. Les pièges cessent à la lisière. Une fois que nous l'aurons atteinte, attaquez ! »

Les chevaliers s'alignèrent derrière le char que Lord Faïde pilota au ralenti tandis qu'Edwin sondait la mousse à l'avant. Les indigènes projetèrent encore une douzaine de guêpes qui vinrent s'écraser en vain contre le métal des armures, puis ils cessèrent soudain toute activité. Impassibles, ils regardaient les chevaliers approcher pas à pas.

La lance d'Edwin mit à jour un piège ; la colonne obliqua. Un autre, et elle s'écarta de la plantation en direction de la forêt. Pas à pas, mètre par mètre, piège après détour, elle se retrouva à trente mètres de la forêt. Un piège à droite, un à gauche : le seul chemin praticable menait droit vers un point à la limite de la forêt et de la plantation, un arbre immense aux branches énormes qui surplombait tous ses congénères. Vingt mètres... quinze... Lord Faïde leva son épée.

« Parés à charger ! Tuez jusqu'à en avoir mal aux bras ! »

Un énorme craquement lui répondit. Les branches du géant frémirent. Pétrifiés, les chevaliers le regardèrent durant une seconde. Le tronc s'inclina et tous tentèrent de se jeter en arrière ou sur les côtés. Des fosses s'ouvrirent ; ils s'empalèrent sur les pieux. L'arbre tomba ; sa ramure broya comme des noix les corps en armure ; les cris rauques des hommes pris sous les branches se mêlaient aux râles d'agonie issus du fond des pièges et aux craquements du bois brisé. Lord Faïde avait été plaqué au sol dans son char, et le char enfoncé dans la mousse. Le mécanisme protestait et son premier acte instinctif fut de le couper. Puis il se redressa et se dégagea avec peine de la masse du feuillage. Il se trouva nez à nez avec une face livide ; il écrasa furieusement sous son poing un œil protubérant à facettes. Tout autour de lui des chevaliers écartaient les branchages afin de se libérer. Un tiers d'entre eux étaient morts empalés ou écrasés.

Armés d'épines aussi longues que des épées, les indigènes se frayèrent un passage vers les survivants, mais Lord Faïde savait qu'il aurait la supériorité dans un combat au corps à corps. Avec un sifflement de joie vindicative, il bondit parmi eux, brandissant son épée à deux mains, comme possédé par un démon. Les chevaliers survivants se ruèrent à sa suite et bientôt des têtes et des membres d'autochtones jonchèrent la mousse. Les indigènes se retirèrent lentement, sans manifester la moindre émotion. Lord Faïde rappela ses chevaliers à contrecœur. « Certains des hommes coincés sous cet arbre sont encore en vie. Il faut les secourir. »

On coupa autant de branches que possible et on sortit les blessés du feuillage. Pour nombre d'entre eux, l'épais tapis de mousse avait amorti l'impact. Six chevaliers étaient morts, quatre autres ne survivraient pas. Charitable, Lord Faïde leur administra le coup de grâce. Dix minutes supplémentaires d'efforts libérèrent le char de sa prison végétale, sous l'œil placide des autochtones massés dans la forêt. Les chevaliers brûlaient de repasser à l'attaque, mais Lord Faïde ordonna la retraite. Ils rejoignirent sans encombre le train des équipages.

Lord Faïde battit le rappel. Partie en campagne quelques jours auparavant, la troupe avait perdu plus d'un tiers de son effectif. Il secoua la tête, furieux de la facilité avec laquelle on l'avait mené droit dans un piège. Tournant les talons, il se dirigea à grandes enjambées vers les chariots des envoûteurs, à l'arrière du convoi. Assis autour d'un petit feu, ils prenaient le thé. « Lequel d'entre vous envoûtera cette vermine blanche de la forêt ? Je veux les voir tous morts, abattus par les maux les plus épouvantables que vous pourrez imaginer ! »

Les envoûteurs continuèrent à siroter leur thé en silence.

« Alors, demanda Lord Faïde, vous n'avez aucune réponse à me donner ? Me ferais-je mal comprendre ? »

Heïn Huss s'éclaircit la gorge et cracha dans les flammes. « Nous comprenons. Hélas, il nous est impossible d'envoûter le Premier Peuple.

— Et pourquoi ?

— Pour des raisons d'ordre technique. »

Lord Faïde connaissait la futilité de toute argumentation. « Devons-nous regagner Fort-Faïde en contournant la forêt tels des malandrins ? Si vous n'êtes pas capable d'envoûter les indigènes, sortez vos démons ! Je marcherai sur la forêt et je nous ouvrirai un chemin à la pointe de l'épée.

— Ce n'est pas à moi de définir la tactique à employer, grommela Heïn Huss.

— Parlez ! Je vous écoute.

— On m'a fait une suggestion et je vous la transmets. Ni mes collègues envoûteurs ni moi-même ne nous y associons, car elle repose sur les principes physiques les plus grossiers.

— J'attends ladite suggestion, dit Lord Faïde.

— Elle tient en quelques mots. Vous vous rappelez qu'un de mes apprentis a manœuvré inconsidérément votre char.

— Oui, et je veillerai à ce qu'il reçoive la correction qu'il mérite.

— Au hasard de ses manœuvres, il est monté haut. Voici la suggestion : transporter dans le char toute la réserve d'huile des fourgons, envoyer le véhicule en l'air et lui faire franchir la lisière de la plantation. Au moment adéquat, l'occupant du char verse l'huile sur les arbres et lance une torche allumée. La forêt prend feu. Au pire, les indigènes sont déconfits ; au mieux, nombre d'entre eux périssent dans les flammes. »

Lord Faïde tapa dans ses mains. « Excellent ! Exécution immédiate ! » Il appela une douzaine de soldats et donna ses ordres. Quatre tonnelets d'huile de table, trois seaux de poix et six dames-jeannes d'alcool furent extraits des fourgons et hissés dans le véhicule. Le mécanisme grinça puis le char s'affaissa presque à toucher la mousse.

Lord Faïde secoua tristement la tête. « Rude mission pour une relique d'un tel prix, mais le but est noble. Où est donc cet apprenti ? Il doit m'indiquer les leviers et boutons qu'il a manœuvrés.

— Je suggère que ce soit lui qui le pilote », dit Heïn Huss.

Lord Faïde tourna la tête et regarda Sam Salazar, au visage rond et affable. « Nous avons besoin d'un homme capable au jugement sain. Je me demande s'il est judicieux de lui confier cette mission.

— À mon sens, oui, dit Heïn Huss. D'autant que l'idée de cette manœuvre vient de lui.

— Très bien. En voiture, apprenti ! Et traite mon char avec le respect qui lui est dû. Le vent souffle dans la direction de la forêt. Mets le feu aux premiers arbres et il se propagera vers l'intérieur. La torche ? Où est la torche ? »

La torche fut assujettie au flanc du véhicule.

« Une chose encore, dit Sam Salazar. J'aimerais qu'un obligeant chevalier me prête son armure afin de me protéger des guêpes. Autrement...

— Une armure ! tonna Lord Faïde. Qu'on apporte une armure ! »

Sam Salazar s'équipa, abaissa la visière de son heaume et grimpa dans le char. Il s'assit, examina boutons et leviers. En fait, il ne se rappelait pas au juste ceux qu'il avait manipulés la veille. Il réfléchit, tendit le bras, poussa, tourna, tira. Le mécanisme rugit et grinça follement. Le char pivota, s'éleva paresseusement. Il atteignit dix mètres d'altitude, puis vingt, trente, cinquante. Le vent le saisit ; il dériva lentement vers la forêt. À la lisière de la plantation, les indigènes regardaient. Plusieurs levèrent leur tube, en ouvrirent l'obturateur. Depuis le camp de Lord Faïde, on vit les guêpes jaillir et s'écraser contre l'armure de l'apprenti.

Le char franchit les premières rangées d'arbres et Sam Salazar entreprit de déverser l'huile par-dessus bord. En bas, les indigènes s'agitaient. Il s'aperçut que le vent poussait le char trop loin à l'intérieur de la forêt ; après avoir tripoté les commandes, il parvint à le ramener. Il vida les quatre tonnelets d'huile avant de s'attaquer aux seaux de poix. Enfin, il imbiba un chiffon d'alcool, l'alluma à la torche puis le laissa choir sur les arbres avant de jeter le contenu de la dame-jeanne qu'il venait d'ouvrir.

Le chiffon tomba dans le feuillage. Un crépitement, et les branchages s'embrasèrent. Le char voguait à une altitude de cent cinquante mètres. Sam Salazar versa le reste de l'alcool et jeta les dames-jeannes vides, puis guida le char par-dessus la lande en manœuvrant fébrilement les contrôles. Après une série de légers piqués et de balancements latéraux, le véhicule se posa sans heurts sur la mousse près du camp.

Lord Faïde vint lui taper sur l'épaule. « Excellent travail ! La forêt brûle comme du petit bois ! »

Les hommes de Fort-Faïde reculèrent, ravis de regarder les flammes jaillir. Les indigènes détalèrent face aux bouffées de chaleur en agitant les bras. En même temps qu'ils couraient, une écume d'une couleur pourpre, singulière, s'échappait de leurs évents par petits jets apparemment inutiles, comme dus à l'excitation. Le feu ravagea d'abord les premières rangées d'arbres de la forêt, puis s'étendit à la plantation en sautant dans les feuillages.

« Parés au départ ! lança Lord Faïde. Nous passerons juste derrière les flammes, avant le retour des autochtones. »

Plus loin dans la forêt, perchés dans les arbres, les indigènes projetaient de grandes vagues d'écume pour bâtir un rempart protecteur contre l'incendie, qui atteignait désormais le milieu de la plantation en laissant derrière lui une large bande de minces troncs calcinés.

« En avant ! Vite ! »

La colonne repartit. Dans la fumée, toussant, larmoyant, chevaliers et fantassins se faufilèrent entre les jeunes arbres brasillant et ressortirent sans encombre sur la lande orientale.

En terrain découvert, la colonne ralentit et deux hommes armés de lances se placèrent en tête pour sonder la mousse. Lord Faïde s'engagea dans leur sillage aux commandes de son char, suivi des chevaliers, des fantassins et des fourgons à bagages. Les chariots des envoûteurs fermaient la marche.

Un choc sourd, un craquement, un bruit sec. D'un piège caché sous la mousse, une énorme faux jaillit en tournoyant. Les deux soldats se jetèrent au sol ; la faux frôla le visage de Lord Faïde. Presque aussitôt un cri plaintif leur parvint de l'arrière de la colonne : « Ils nous poursuivent ! Le Premier Peuple arrive ! »

Lord Faïde se retourna pour observer la nouvelle menace. Des indigènes, deux cents au moins, émergeaient de la forêt. Ils avançaient en troupe compacte, sans hâte, les uns tenant des tubes à guêpes, les autres armés de longues épines.

Il regarda droit devant. Cent mètres, et sa troupe foulerait un sol exempt de pièges où elle pourrait manœuvrer. « En avant ! »

Le convoi s'ébranla de nouveau, les fourgons à bagages et les chariots des envoûteurs serrant de très près l'arrière-garde des soldats. Les indigènes le suivirent de leur pas tranquille.

Lord Faïde jugea enfin avoir atteint une zone sûre. « Vite ! Rangez les chariots ! ne perdez pas de temps ! »

Les soldats n'avaient aucun besoin qu'on les exhorte : ils débouchèrent au petit trot sur la lande, suivis des véhicules cahotants. Sur les ordres de leur seigneur, ils les disposèrent en double file, placèrent les chevaux en arrière, à l'abri des guêpes, et se postèrent entre les deux rangées. Les chevaliers sautés à terre s'alignèrent devant le premier rang de chariots.

Les formes blanches avançaient nonchalamment, les mains sur leurs tubes à guêpes ou leurs épines. Des traces d'écume pourpre subsistaient aux lèvres de leurs évents latéraux.

Lord Faïde marcha devant le front des chevaliers. « Tirez vos épées. Laissez-les venir au plus près, puis chargez. » Il fit signe aux fantassins. « Choisissez chacun une cible... Feu ! » Une volée de carreaux siffla, cribla les corps livides. De leurs doigts en forme de ciseaux, les indigènes les arrachèrent et les jetèrent sur la mousse sans paraître le moins du monde incommodés. Seuls deux ou trois d'entre eux montrèrent des signes de malaise et s'écartèrent en titubant. Ceux qui étaient armés de tubes levèrent leurs armes, ôtèrent les obturateurs. Une nuée d'insectes jaillit et fonça, dards pointés, en crissant des ailes, droit vers le front de chevaliers. Les corps noirs percutèrent les armures et tombèrent au sol où les hommes les écrasèrent sous leurs semelles. Les fantassins bandèrent de nouveau leurs arbalètes et propulsèrent une autre volée de traits, blessant plusieurs indigènes.

Les attaquants formèrent une longue ligne pour encercler les troupes de Faïde ; le seigneur posta aussitôt la moitié de ses chevaliers de l'autre côté des véhicules.

Le Premier Peuple resserra son cercle. Lord Faïde ordonna la charge. Les chevaliers bondirent, l'épée haute. Quelques pas supplémentaires, puis les indigènes s'immobilisèrent. Dans leur dos, les soufflets de chair se gonflèrent, s'aplatirent ; des flots d'écume blanche jaillirent de leurs évents, formant une masse qui s'éleva devant eux. Les chevaliers hésitèrent, puis s'arrêtèrent, frappant d'estoc et de taille dans l'écume mais ne trouvant que le vide sous leurs coups. La masse continua à enfler et à les repousser vers les fourgons et les chariots. Ils se tournèrent vers leur seigneur.

Lord Faïde agita son épée. « Traversez ! Vite ! »

Tenant son arme à deux mains, il tailla dans l'écume blanche. Il heurta un obstacle qu'il sabra en aveugle, continua. Presque aussitôt, il sentit qu'on lui saisissait la jambe. Déséquilibré, il tomba lourdement, manquant se briser la colonne vertébrale, tandis que la pointe d'une épine fouillait son armure à la recherche de chairs où s'enfoncer. Pris de frénésie, il se mit à quatre pattes et détala à tâtons. D'énormes mains l'agrippèrent ; un poids s'abattit sur ses épaules. L'écume obstruait la visière de son casque et bloquait sa respiration. Bientôt, il suffoqua. Il se releva, chancelant, et, dans un effort désespéré, plongea vers l'air libre, entraînant deux indigènes accrochés à lui. Il avait perdu son épée dans la bataille mais réussit à dégainer sa dague. Ses assaillants le lâchèrent et disparurent dans la masse blanche. Lord Faïde vit que le flot d'écume atteignait une hauteur considérable et entendit des bruits de combat à l'intérieur. Quelques-uns de ses chevaliers émergèrent à l'air libre près de lui. D'autres, engloutis, appelaient à l'aide. Il désigna la masse à ses chevaliers et cria : « Replongez dans l'écume ! Ces démons massacrent nos parents ! Traversez et repliez-vous vers le centre ! »

Il prit une profonde inspiration puis, serrant sa dague, se jeta de nouveau dans la masse. Plusieurs silhouettes confuses se précipitèrent vers lui. Cognant, taillant, trébuchant dans la mêlée, il se fraya un chemin vers les chariots. Il marcha à un moment sur du métal, se baissa, souleva une jambe inerte, la laissa retomber. Les indigènes lui grimpaient sur le dos, une autre épine fouillait son armure. Il se jeta en avant et une fois de plus émergea à l'air libre.

À peine cinquante chevaliers avaient regagné l'espace dégagé au centre de la mer d'écume. Il leur cria : « Tous à cheval ! » Abandonnant son char, il sauta en selle. La masse bouillonnait, se resserrait de plus en plus. Il agita le bras. « En avant ! Au galop ! Chariots et fourgons, suivez-nous ! Il faut traverser ! »

Les chevaliers chargèrent, pressant leurs chevaux effrayés dans l'écume. Ils galopèrent, aveuglés de blancheur. Autour d'eux des formes inhumaines se mouvaient sans bruit. L'air libre encore. Les véhicules suivirent de près, et les fantassins qui s'étaient engouffrés dans le tunnel créé devant eux.

À deux cents mètres de l'énorme nuage blanc, Lord Faïde arrêta sa monture, regarda en arrière, brandit le poing et le secoua avec rage. « Mes chevaliers, mon char, mon honneur ! Je brûlerai vos forêts, je vous refoulerai jusqu'à la mer et je vous exterminerai ! Je ne connaîtrais pas la paix tant que vous n'aurez pas totalement disparu de cette planète ! » Il se tourna vers ce qui lui restait d'armée. « Venez, dit-il avec amertume. Nous avons été vaincus. Rentrons à Fort-Faïde. »

VIII

Comme Fort-Ballant, Fort-Faïde était bâti en un matériau noir luisant, mi-pierre mi-métal, imperméable à la chaleur, au froid et aux radiations. Un toit en parasol, conçu pour dévier des énergies hostiles, reposait sur quatre tours massives que reliaient des remparts crénelés presque aussi hauts qu'elles.

Le banquet du retour fut calme et morose. Les hommes mangèrent peu, burent beaucoup, mais, au lieu de se réjouir, sombrèrent dans la mélancolie. Vaincu par l'émotion, Lord Faïde se leva d'un bond. « Chacun reste assis, muet, malade de rage. J'éprouve les mêmes sentiments. Il faut nous venger de ces démons. Nous mettrons le feu aux forêts. Ils périront brûlés, étouffés. Buvez, riez et tenons-nous prêts. Ce soir, je prendrai conseil des envoûteurs pour préparer nos représailles. »

Chevaliers et fantassins se dressèrent, levant leurs coupes pour porter un toast avec gravité. Lord Faïde les salua d'une inclinaison de tête et quitta les lieux.

Il se dirigea vers sa salle des trophées, aux murs

couverts d'écus, d'objets commémoratifs, de masques mortuaires et de collections d'épées qui évoquaient d'énormes fleurs de métal. Un râtelier était garni d'armes de poing, pistolets à énergie et stylets électriques. Au milieu d'un mur trônait le portrait du premier Faïde dans son uniforme de spationaute antique ; dessous était épinglé un trésor inestimable, une pièce unique, la photographie de l'immense vaisseau qui avait amené le premier Faïde sur Pangborn.

Lord Faïde étudia les traits de son ancêtre, puis appela un serviteur. « Dites au chef envoûteur de venir me rejoindre. »

Heïn Huss finit par arriver d'un pas lourd. Tournant le dos au portrait, Lord Faïde s'assit et invita d'un geste le chef envoûteur à l'imiter. « Avez-vous des nouvelles des autres seigneurs ? demanda-t-il. Comment jugent-ils la défaite que le Premier Peuple vient de nous infliger ?

— Leurs réactions varient. À Boghoten, Blanchandelle et Havve règnent détresse et colère. »

Lord Faïde hocha la tête. « Des parents, tous.

— À Gisborne, Grismare, Aulne et au Palais des Nuages, ce sont la satisfaction et le calcul qui l'emportent.

— Il fallait s'y attendre, marmonna Lord Faïde. Nous devrons les mâter. En dépit des serments et des promesses, ils n'ont qu'une idée en tête, se rebeller.

— À la Maison des Étoiles, Julian-Dourey et la Chênaie, on s'étonne des capacités du Premier Peuple. Les sentiments dominants restent toutefois l'indifférence et le désintérêt. »

Lord Faïde hocha la tête avec acrimonie. « Bon. Je doute qu'il faille attendre une rébellion dans les prochains jours. Nous pouvons donc nous concentrer sur les indigènes. Je vais vous dire ce que j'ai en tête. Vous m'avez annoncé, il y a peu, que le Premier Peuple pouvait envisager d'établir des plantations entre le Bois-Sauvage, la Vieille Futaie et le Bosquet Chagrin afin d'encercler Fort-Faïde. » Il scruta Heïn Huss d'un air inquisiteur ; l'autre n'émit aucun commentaire. « Il se peut que nous ayons sous-estimé la ruse et l'habileté des sauvages. Ils paraissent susceptibles d'élaborer des plans et d'agir avec une obstination presque humaine, puisqu'il apparaît qu'après seize siècles ils nous considèrent toujours comme des envahisseurs et espèrent nous exterminer.

— J'en arrive aux même conclusions, dit Heïn Huss.

— Nous devons frapper les premiers et je considère que c'est du ressort des envoûteurs. Il n'y a pas d'honneur à subir l'attaque des guêpes, à tomber dans des pièges ou à tâtonner dans l'écume. C'est un gaspillage inutile de vies humaines. Par conséquent, vous allez réunir envoûteurs, cabalistes et jeteurs de sorts pour formuler les plus puissants de vos...

— Impossible. »

Lord Faïde haussa ses sourcils de jais. « Impossible ? »

Heïn Huss parut mal à l'aise. « Je lis l'étonnement dans votre esprit. Vous me suspectez d'éluder les responsabilités qui m'incombent, de me désintéresser de la situation. C'est faux. Si le Premier Peuple nous défait, nous souffrirons aussi.

— Exact, dit Lord Faïde d'un ton sec. Vous mourrez de faim.

— Les envoûteurs ne peuvent néanmoins pas vous aider. » Heïn Huss se leva avec peine et se tourna vers la porte.

« Asseyez-vous, ordonna Lord Faïde. Il importe que nous allions au fond des choses. »

L'autre promena sur les murs de la salle le regard de ses yeux limpides, puis il soupira profondément. « Je vois qu'il me faut oublier les préceptes de mon métier, rompre avec les habitudes de toute une vie. Je vais m'expliquer. » Il appuya son corps massif contre le mur, effleura la crosse des armes de poing rangées dans leur râtelier, examina le portrait du premier Lord Faïde. « Ces faiseurs de miracles d'autrefois... hélas, nous ne pouvons recourir à leur magie ! Observez les dimensions de ce navire spatial : aussi gros que Fort-Faïde. » Il se tourna vers la table et téléporta un des chandeliers massifs qui y reposaient sur une distance de dix centimètres. « Avec bien moins d'efforts que je viens d'en déployer, ils ont donné à cet énorme vaisseau une incroyable vélocité, à l'aide de forces qu'ils savaient imaginaires et irrationnelles. Nous avons progressé depuis lors, bien sûr, et renoncé aux arcanes, aux constructions occultes, aux forces incontrôlées non humaines. Nous sommes devenus des êtres rationnels et pratiques... pourtant nous sommes incapables de reproduire les effets de l'ancienne magie. »

Lord Faïde regardait d'un air sombre Heïn Huss, qui émit son rire caverneux. « Vous croyez que je veux vous égarer. Détrompez-vous : je m'apprête à vous éclairer. » Il regagna son siège dans lequel il se laissa tomber avec un grognement. « À présent je vais m'expliquer en détail, ce dont je n'ai pas coutume. Mais vous devez comprendre qu'il y a des choses que, nous autres envoûteurs, nous pouvons réaliser et qu'il y en a d'autres qui nous sont impossibles.

» Tout d'abord, à l'inverse des magiciens d'autrefois, nous sommes des gens pratiques. Bien sûr, nos possibilités sont différentes. Un envoûteur digne de ce nom allie à une grande aisance télépathique une force personnelle implacable et une connaissance approfondie de ses semblables. Il sait tout de leurs actes, leurs motifs, leurs désirs et leurs peurs, et connaît les symboles qui les incarnent au mieux. Pour l'essentiel, la tâche de l'envoûteur est ingrate, car difficile, dangereuse et dépourvue de romantisme. Ses seuls mystères sont ceux dont nous usons pour égarer nos ennemis. » Il croisa le regard de Lord Faïde, toujours sombre. « Ah ! je ne vous ai encore rien dit. Ma logorrhée n'explique pas pourquoi je suis incapable de confondre le Premier Peuple. Patience.

— Poursuivez.

— Écoutez-moi bien. Que se passe-t-il quand j'envoûte un homme ? D'abord, je pénètre dans son esprit par télépathie. Il y a trois niveaux actifs, conscient, inconscient et cellulaire. L'envoûtement le plus efficace opère sur les trois niveaux. Je m'introduis dans l'esprit de ma victime, j'en apprends le plus possible sur son compte, ajoutant à la connaissance que j'ai de lui, et qui constitue mon fonds de commerce. User d'un simulacre facilite le processus, mais n'a rien d'indispensable. Il me sert en fait à focaliser mon attention ; il agit comme un modèle ou comme un guide tandis que je perce l'esprit de la victime, liée à sa figurine par sa propre capacité télépathique.

» L'homme et son simulacre se trouvent alors identifiés dans mon esprit, et à un ou plusieurs niveaux dans celui de la victime. Tout ce qui peut arriver au simulacre, l'homme le ressent. Du point de vue de l'envoûteur, le sortilège se résume à cela. Mais il en va tout autrement pour sa victime. C'est la suggestibilité, l'idée-force. Certains sont plus sensibles à la suggestion que d'autres. L'anxiété, la conviction augmentent la suggestibilité. Au fur et à mesure que l'envoûteur réussit son entreprise de persuasion, l'inquiétude du sujet grandit et par voie de conséquence l'envoûteur devient de plus en plus efficace. Le processus se nourrit de lui-même.

» Le phénomène de possession démoniaque procède d'une technique similaire. La suggestibilité reste l'élément clé, et là aussi la conviction accroît la suggestibilité. La possession est plus facile, plus dramatique, lorsqu'elle recourt à des démons bien connus, comme le Keyril de Comandore. C'est ainsi que les envoûteurs peuvent acheter ou échanger des démons sans inconvénient. Ce qui se négocie, c'est l'image du démon, la familiarité du public avec ses caractéristiques.

— Et ces démons n'existent pas ? » demanda Lord Faïde avec une certaine incrédulité.

Heïn Huss eut un large sourire qui découvrit ses grandes dents jaunes. « La télépathie agit dans une strate supérieure. Qui sait ce qui s'y crée ? Peut-être les démons vivent-ils après avoir été formulés : peut-être sont-ils maintenant réels. Pure spéculation de ma part, bien sûr, et la spéculation est une fantaisie que les envoûteurs évitent soigneusement.

» Il en va de même pour les techniques mineures de la sorcellerie que pour les démons. Ce que je vous ai expliqué s'applique donc à la situation présente.

— Excellent, dit Lord Faïde. Continuez.

— Comment envoûter une victime de race étrangère, là est la question. » Heïn Huss toisa l'autre d'un air interrogateur. « Pouvez-vous me le dire ?

— Moi ? demanda Lord Faïde d'un air surpris. Non.

— Au fond, la méthode ressemble à celle employée pour envoûter un humain. Il faut obliger la créature à croire, de chaque cellule de son être, qu'elle souffre ou qu'elle meurt. C'est là que le problème surgit. La créature pense-t-elle ? Je veux dire : son processus de pensée est-il le même que celui de l'homme ? Il y a là une importante distinction. Certaines créatures de l'univers emploient des méthodes différentes de celles des êtres humains pour contrôler leur environnement. Nous appelons le système humain "intelligence", un vocable qu'il faut restreindre à l'activité humaine. D'autres créatures, en utilisant d'autres systèmes et agencements, obtiennent ici et là des résultats similaires. Bref, il n'est pas possible que mon esprit fusionne avec le système indigène analogue. La clef n'ouvre pas la serrure. Du moins pas tout à fait. Il m'est arrivé, alors que je regardais le Premier Peuple commercer avec les hommes à La-Foire-en-Forêt, de ressentir de vagues concordances fugitives. Autrement dit, la mentalité indigène génère un équivalent aux impulsions télépathiques humaines. Mais il n'y a pas d'accord mental réel entre les deux races.

» Ceci est la première difficulté, et non la moindre. Dans l'hypothèse où je serais capable d'obtenir avec ces créatures un contact télépathique total, que se passerait-il ? Elles sont différentes de nous. Leur langue ne traduit pas nos termes “peur”, “haine”, “colère”, “douleur”, “bravoure” et “lâcheté”. On pourra en déduire qu'elles n'éprouvent pas ces émotions. Elles connaissent indubitablement d'autres sensations, peut-être aussi significatives. Quoi qu'il en soit, ces sensations me demeurent inconnues, et il m'est par conséquent impossible de formuler et de projeter des symboles correspondant. »

Lord Faïde s'agita sur son siège. « En bref, vous me dites que vous ne pouvez pas pénétrer efficacement dans l'esprit de ces créatures et que, si vous le pouviez, vous ne sauriez quelles influences y implanter pour les combattre.

— En substance, oui », dit Heïn Huss.

Lord Faïde se leva. « Dans ce cas, il vous faut corriger ces déficiences. Apprendre à entrer en contact télépathique avec le Premier Peuple. Vous devez trouver, et au plus vite, les influences nécessaires pour les détruire. »

Heïn Huss posa sur Lord Faïde un regard lourd de reproche.

« Je viens de vous exposer en détail les difficultés auxquelles je suis confronté ! Envoûter le Premier Peuple est une tâche presque insurmontable ! Il faudrait aller dans la forêt, vivre à l'instar des indigènes, essayer de devenir l'un d'eux comme mon apprenti essayait de devenir un arbre. Même ensuite, un envoûtement efficace resterait improbable. Il faudrait que le Premier Peuple soit sensible à la suggestion. Je vous garantis l'échec absolu de toute tentative. Aucun autre envoûteur ne risquerait sa *mana* en vous disant cela ; je me le permets parce que je suis Heïn Huss et que j'ai ma vie derrière moi.

— Néanmoins, nous devons tout tenter, utiliser toute arme à notre portée, dit Lord Faïde d'une voix sèche. Quelle belle mort, en vérité, que celle qui résulte de la piqûre d'un insecte empoisonné ! Je ne veux pas risquer la vie des miens, de mes chevaliers, de mes fantassins en luttant contre ces sous-êtres blêmes. Vous devez aller dans le Bois-Sauvage. Vous devez découvrir comment envoûter le Premier Peuple. »

Heïn Huss se leva à son tour. Dans sa grande face ronde durcie par la colère, ses yeux évoquaient deux cristaux incolores et glacés. « Ce serait m'engager dans une aventure idiote. Je ne suis pas un idiot et je refuse de procéder à une tentative futile et vouée par avance à l'échec.

— Alors, dit Lord Faïde, je trouverai quelqu'un

d'autre. » Il alla à la porte héler un serviteur. « Dites à Isak Comandore de venir me trouver. »

Heïn Huss se laissa retomber sur son siège. « Avec votre permission, j'aimerais assister à l'entretien.

— À votre guise. »

Isak Comandore, maigre et dégingandé, la tête penchée en avant, apparut sur le seuil. Il lança un regard calculateur sur les deux hommes, puis entra dans la pièce.

Lord Faïde exprima sèchement ses désirs. « Heïn Huss refuse d'entreprendre cette mission ; c'est la raison pour laquelle je vous ai fait appeler. »

L'autre jaugea le problème. On suivait sans mal le fil de ses pensées. S'il pouvait acquérir dans l'aventure un surcroît de *mana*, il risquait aussi d'en perdre — le chef envoûteur n'avait-il pas décliné la mission ? Il hocha la tête. « Heïn Huss a exposé les difficultés ; seul un envoûteur chanceux et très habile peut réussir. Mais je relève le défi. J'irai.

— J'irai avec vous. » Voyant le regard brûlant qu'il s'attirait, Heïn Huss ajouta : « À titre de simple observateur, bien sûr. C'est à l'envoûteur Comandore qu'est confiée la responsabilité du projet, et c'est lui seul qui bénéficiera de tout le crédit qui pourra en résulter.

— Très bien, répondit Comandore. Je serai ravi de votre compagnie. Nous partirons à l'aube. Je nous fais préparer un chariot. »

Un peu plus tard dans la soirée, Sam Salazar vint trouver Heïn Huss dans sa salle de travail. Le chef envoûteur était assis, absorbé dans ses pensées. « Qu'est-ce que tu veux ? grommela-t-il.

— J'ai une requête à vous présenter, chef envoûteur Huss.

— Chef envoûteur en passe de ne plus l'être... Isak Comandore pourrait bien devenir le nouveau chef envoûteur. »

Les yeux de l'apprenti papillotèrent, puis il émit un petit rire incertain. L'autre posa sur lui son regard pâle et glacé : « Que veux-tu ?

— J'ai ouï dire que vous alliez partir en expédition dans la forêt afin d'étudier les indigènes.

— Et alors ?

— Ils comptent sans doute attaquer tous les hommes. »

Heïn Huss haussa les épaules. « Ils commercent avec les hommes. Les hommes se sont toujours rendus librement à La-Foire-en-Forêt pour faire du troc avec le Premier Peuple. Peut-être les choses ont-elles changé, peut-être pas.

— J'aimerais vous accompagner, dit Sam Salazar.

— Ce n'est pas une mission pour les apprentis.

— Un apprenti doit saisir toute occasion d'apprendre. Et il vous faut quelqu'un pour monter et démonter la tente, charger et décharger les cabinets à simulacres, cuisiner, aller chercher de l'eau et exécuter les autres tâches ménagères.

— Tes arguments sont convaincants, dit Heïn Huss. Nous partons à l'aube. Prends tes dispositions en conséquence. »

IX

Le soleil se levait sur la lande lorsque les envoûteurs quittèrent Fort-Faïde. Le chariot à grandes roues roulait vers le nord dans un concert de craquements, Heïn Huss et Isak Comandore assis sur le siège avant, Sam Salazar à l'arrière, les jambes pendantes. Oscillant au gré des ondulations de la mousse, le chariot disparut bientôt derrière la colline des Guetteurs du ciel, une éminence qui dominait la plaine vallonnée.

Cinq jours plus tard, une heure avant le coucher du soleil, il reparut. Comme à l'aller, les deux envoûteurs se tenaient assis à l'avant et l'apprenti à l'arrière. Ils approchèrent de la forteresse ; sans un mot ni un geste, ils franchirent la grande porte et s'arrêtèrent au milieu de la cour.

Isak Comandore déplia ses longues jambes et descendit de la banquette telle une grande araignée, Heïn Huss se laissa choir de l'autre côté dans un grognement. Ils rejoignirent leurs quartiers respectifs tandis que Sam Salazar menait l'équipage jusqu'aux écuries.

Un peu plus tard, Isak Comandore se présenta dans la salle des trophées où patientait Lord Faïde, que des considérations de position, de dignité et de protocole obligeaient à feindre l'indifférence. Heïn Huss aurait pu demeurer un jour entier le regard fixé sur le seigneur, attendant qu'il parle le premier ; Isak Comandore ne possédait pas cette sérénité absolue. Il se campa sur le seuil avec un sourire de loup, puis entra dans la pièce. « Je reviens du Bois-Sauvage, dit-il.

— Avec quels résultats ?

— Je crois possible d'envoûter le Premier peuple. »

Heïn Huss, entré à la suite de Comandore, déclara : « J'estime qu'une telle entreprise, en admettant qu'elle soit possible, est inutile et peut-être dangereuse. »

Les yeux rouge-brun de l'autre envoûteur brasillèrent. Il le toisa puis se tourna vers Lord Faïde. « Vous m'avez confié une mission : je viens vous faire mon rapport.

— Asseyez-vous, tous les deux. Je vous écoute. »

En tant que chef nominal de l'expédition, Isak Comandore prit la parole. « Nous avons suivi la rivière jusqu'à La-Foire-en-Forêt sans rencontrer le moindre signe d'hostilité. À La-Foire-en-Forêt, une centaine d'indigènes troquaient du bois en fût, des planches et des piquets contre des couteaux, du fil de fer et des marmites en cuivre. Lorsqu'ils ont eu terminé leurs transactions, nous les avons suivis jusqu'à leur barge et sommes montés à bord derrière eux, avec chevaux et chariot. Ils n'ont pas manifesté la moindre surprise...

— La surprise, intervint Heïn Huss, est une émotion qu'ils ne sont pas capables de ressentir. »

Isak Comandore le fusilla du regard. « À l'équipage, nous avons déclaré vouloir visiter l'intérieur du Bois-Sauvage, nous avons demandé à recevoir l'assurance que notre vie ne serait pas menacée. Dans le cas contraire, nous n'aurions pas pénétré dans la forêt. Les indigènes nous ont signifié que le fait que nous restions en vie ou que nous mourions leur était indifférent. Cela ne constituait en aucun cas un sauf-conduit, même si nous l'avons considéré comme tel et sommes restés à bord de la barge. »

Isak Comandore poursuivit son récit, auquel Heïn Huss ne se priva pas d'apporter des rectifications occasionnelles.

S'enfonçant dans la forêt, la barge avait remonté la rivière, manœuvrée par les indigènes munis de longues perches. Bientôt ils cessèrent de pousser ; la barge continua d'avancer à contre-courant. Les envoûteurs, étonnés, envisagèrent l'usage de la téléportation ou d'une force symbolique et se demandèrent si le Premier Peuple avait pu développer une technique de sorcellerie inconnue des hommes. Sam Salazar, toutefois, remarqua que quatre énormes scarabées d'eau surgis du fond de la rivière, longs de quatre mètres, dotés d'une carapace noire huileuse et d'une tête obtuse, poussaient la barge — apparemment de leur propre chef. Les indigènes se tenaient à l'avant ; certains d'entre eux orientaient la proue de l'embarcation à droite ou à gauche selon les méandres de la rivière. Ils ne prêtaient pas la moindre attention aux envoûteurs ni à l'apprenti.

Les scarabées nageaient et poussaient, infatigables. Durant quatre heures, la barge remonta le courant à l'allure d'un homme au pas. Parfois, des groupes d'indigènes surgissaient dans l'ombre de la forêt, mais aucun d'entre eux ne paraissait concerné par les passagers inhabituels de la barge. Vers le milieu de l'après-midi, la rivière s'élargit et se divisa en plusieurs canaux. Peu après, l'embarcation s'engagea sur un petit lac. Derrière les premières rangées d'arbres qui bordaient la rive apparut un vaste village, dont la simple existence surprit et fascina les envoûteurs : on avait toujours prétendu que le Premier Peuple menait une vie nomade dans la forêt, comme il le faisait à l'origine sur la lande.

La barge accosta ; les indigènes débarquèrent et les trois hommes les suivirent avec chevaux et chariot. Ils notèrent en premier lieu la présence d'une multitude d'autochtones, une activité lente mais incessante et une odeur accablante.

Ignorant la puanteur, ils conduisirent le chariot à l'écart et s'arrêtèrent en chemin pour analyser ce qu'ils voyaient. Le village était industrieux. Certains arbres avaient été élagués de leurs branches basses. Ils supportaient des barres d'écume solidifiée longues de cent mètres, hautes de quinze et épaisses de six, sous lesquelles un homme serait passé sans se baisser. Il y avait une douzaine de blocs, de structure cellulaire. Certaines des cellules, restées ouvertes, laissaient voir un grouillement de petites créatures blanches semblables à des poissons : la progéniture du Premier Peuple.

Sous les barres, des centaines d'indigènes se livraient à diverses occupations dont la nature échappait aux humains. Laissant le chariot sous la garde de Sam Salazar, Heïn Huss et Isak Comandore allèrent, poussés par la curiosité en dépit de l'odeur infecte et du grouillement répugnant des petites créatures pisciformes, se mêler aux autochtones. Nul ne leur prêta attention, ni ne tenta de les arrêter ; ils se promenèrent librement dans toute l'installation, dont une partie évoquait un immense zoo divisé en plusieurs sections. L'usage de l'une d'entre elles, une sorte de parc d'une soixantaine de mètres de long, était très claire. Une poigné d'indigènes se tenaient à une extrémité, armés de tubes à guêpes. De l'autre côté, un cadavre humain pendait au bout d'une corde — un des soldats de Lord Faïde tué pendant la bataille de la plantation. Certaines des guêpes piquaient droit sur le cadavre ; à l'instant de l'impact, elles étaient arrêtées par un filet et récupérées. D'autres, qui voletaient de-ci de-là, viraient parfois de bord pour attaquer les indigènes postés de part et d'autre du champ de tir. On les capturait également dans un filet, mais pour les mettre à mort aussitôt.

Le but de cet entraînement était clair. À la lumière de cet exercice, les envoûteurs interprétèrent ce qui les intriguait jusque-là.

Ils virent des scarabées gros comme des chiens,

munis de puissantes mâchoires dentelées, qui attaquaient des répliques de chevaux. Ils virent des monstres encore plus massifs, au corps segmenté, aux douzaines de pattes puissantes et à tête hideuse. Ces créatures — guêpes, scarabées, mille-pattes — provenaient de la forêt, où elles revêtaient des formes plus petites et inoffensives. De toute évidence, le Premier Peuple pratiquait l'élevage sélectif de cette faune depuis des années, des siècles peut-être.

Mais l'activité du camp ne tournait pas qu'autour de la guerre. On entraînait des phalènes à cueillir des noix, des vers à forer des trous rectilignes dans des pièces de bois ; des chenilles mâchaient une substance jaune et la modelaient en sphères de calibre identique. L'odeur pestilentielle du village émanait surtout de ce zoo. Les envoûteurs s'écartèrent sans regret et revinrent au chariot. Pendant que Heïn Huss et Isak Comandore discutaient de ce qu'ils avaient vu, Sam Salazar alluma un feu et entreprit de monter la tente.

La nuit tomba ; les blocs d'écume luisaient, éclairés de l'intérieur ; au-dessous, l'activité diminua sans cesser tout à fait. Les envoûteurs se retirèrent sous la tente pour dormir tandis que Sam Salazar montait la garde.

Le lendemain, Heïn Huss parvint à engager la discussion avec un indigène. C'était la première fois depuis leur arrivée qu'on leur accordait une quelconque attention.

La conversation fut longue ; Heïn Huss n'en rapporta donc que l'essentiel à Lord Faïde. (Durant tout le temps que dura ce compte rendu, Isak Comandore tourna le dos, se dissociant ostensiblement de son collègue.)

D'abord, Heïn Huss s'était enquis du but de ces sinistres préparatifs, guêpes, coléoptères, mille-pattes et ainsi de suite.

« Nous comptons exterminer les hommes, avait répondu ingénument la créature. Revenir habiter la mousse d'où ils nous ont chassés. C'est notre but depuis leur apparition sur cette planète. »

Huss avait fait remarquer que cette ambition était à courte vue, et qu'il y avait assez de place sur Pangborn pour que les indigènes et les hommes vivent en paix. « Le Premier Peuple devrait ôter ses pièges et renoncer à cerner les forteresses de forêts.

— Non, lui avait-on répondu, les hommes sont des intrus. Ils souillent la mousse merveilleuse. Ils seront tous tués. »

Isak Comandore intervint alors. « J'ai noté à cet instant un fait significatif. Tous les indigènes visibles avaient cessé leur travail pour regarder vers nous, comme s'ils participaient à la discussion. J'en tire l'importante conclusion que le Premier Peuple n'est pas composé d'individus, mais d'éléments d'un ensemble plus vaste qu'une phase télépathique analogue à la nôtre réunit peu ou prou. »

Heïn Huss reprit, imperturbable : « J'ai fait observer que, s'ils nous attaquaient, beaucoup d'indigènes périraient. Cela a paru laisser la créature complètement indifférente, ce qui, en fait, confirme ce que l'envoûteur Comandore avait déjà induit. Elle a répondu : “Il y a beaucoup de jeunes dans les cellules, et ils remplaceront ceux qui mourront. Mais si la communauté tombe malade, tous ses éléments souffrent. Nous avons été refoulés à l’intérieur des forêts et contraints d’y mener une existence anormale. Nous devons nous armer et chasser les hommes, et pour cela nous avons adapté les méthodes humaines à nos propres objectifs !”

— Inutile de préciser, dit Isak Comandore, que ce grief s’applique aux hommes d’autrefois, et non à nous.

— En tout cas, dit Lord Faïde, ils ne laissent aucun doute sur leurs intentions. Il serait idiot de ne pas attaquer tout de suite, avec toutes nos armes. »

Heïn Huss reprit la parole : « Cet indigène avait encore beaucoup à dire. Par exemple : “Nous avons appris la valeur de l’irrationalité.” Bien sûr, il n’a pas employé ce terme, qui n’exprime même pas sa pensée. Il a parlé en réalité d’une “série d’essais vaguement motivés.” Là encore, je traduis de mon mieux. Il a ajouté : “Nous avons appris à modifier notre environnement. Nous avons acquis la maîtrise génétique des plantes, des arbres, des insectes. C’est un effort considérable pour nous, qui préférerions poursuivre une vie paisible sur la mousse. C’est vous, les hommes, qui nous avez contraints à mener cette existence, et il vous faut maintenant en supporter les conséquences.” J’ai fait remarquer une fois de plus que les hommes étaient loin d’être impuissants, que de nombreux indigènes mourraient. Cette idée n’a pas paru le perturber le moins du monde. Il a répliqué : “La communauté continuera à vivre.” Alors j’ai hasardé une question délicate : “Si votre intention est d’exterminer tous les hommes, pourquoi nous laisser, nous, en vie parmi vous ?” Sa réponse : “Toute la communauté humaine sera détruite.” Apparemment, ils sont persuadés que la société humaine fonctionne comme la leur, et que le meurtre de trois unités isolées représentait donc un effort inutile. »

Lord Faïde eut un petit rire amusé. « Pour nous détruire, il faudrait d’abord qu’ils échappent au feu de Gueule d’enfer, et ensuite qu’ils pénètrent dans l’enceinte de Fort-Faïde. Ils en sont incapables. »

Isak Comandore reprit son rapport · « À ce moment-là, j’étais déjà convaincu que le problème consistait à envoûter, non des individus, mais une race tout entière. En théorie, cela ne devrait pas poser plus de difficulté qu’envoûter un seul indigène. Parler à vingt personnes ne demande pas plus d’efforts que s’adresser à une seule. J’ai ordonné à l’apprenti de collecter des substances associées aux créatures : écailles de peau, écume, déjections. Pendant qu’il s’attelait à la tâche, j’ai tenté un contact télépathique... difficile. Leur télépathie agit en effet à une strate différente de la nôtre. Néanmoins, j’ai réussi, dans une certaine mesure.

— Ainsi, vous pourriez envoûter les indigènes ? demanda Lord Faïde.

— Je ne garantis rien à l’avance. Je dois effectuer certains préparatifs.

— Eh bien, faites. »

Comandore se leva, glissa un regard entendu à

Heïn Huss et sortit. Le chef envoûteur demeura immobile et se pinça le menton de ses gros doigts. Lord Faïde le toisa d'un regard froid. « Vous avez quelque chose à ajouter ? »

Huss grommela puis se hissa sur ses pieds. « Oui, sans doute, mais j'ai l'esprit confus. Tous les futurs me semblent inquiétants et menaçants. »

Le seigneur le regarda d'un air surpris. Jamais le massif envoûteur ne s'était exprimé de manière aussi mélancolique et pessimiste. « Parlez, je vous écoute.

— Si j'avais la moindre certitude, je parlerais volontiers, dit l'autre avec brusquerie. Mais je suis assailli de doutes, tout simplement. J'ai peur que nous ne puissions plus nous fier à la sorcellerie logique, orthodoxe. Nos ancêtres étaient des faiseurs de miracles, des thaumaturges. Ils ont chassé le Premier Peuple de la lande et l'ont obligé à se réfugier dans les forêts. Pour nous chasser à notre tour, les autochtones ont adopté l'antique méthode de l'empirisme. Je reste indécis. Peut-être devrions-nous tourner le dos à la logique, au bon sens, et revenir au mysticisme de nos ancêtres. »

Lord Faïde haussa les épaules. « Si Isak Comandore peut envoûter les indigènes, un tel retour en arrière sera inutile.

— Le monde change. Au moins, je suis sûr d'une chose : le temps du savoir ordonné est révolu. Le futur appartient à des hommes ingénieux et intuitifs, qui ne se laisseront pas circonscrire par la discipline. L'hétérodoxe Sam Salazar sera peut-être plus efficace que moi. Le monde change. »

Lord Faïde produisit son petit sourire de dyspeptique. « Quand ce jour viendra, je nommerai Sam Salazar chef envoûteur et je lui conférerai également le titre de Lord Faïde. Puis, vous et moi, nous nous retirerons dans une hutte sur la lande. »

Heïn Huss, avec un geste fataliste, quitta la pièce.

X

Deux jours plus tard Lord Faïde, croisant Isak Comandore, s'enquit de ses progrès. L'envoûteur se réfugia derrière des généralités. Quand deux autres jours se furent écoulés, Lord Faïde renouvela sa question et, cette fois, exigea des détails. À contrecœur, Comandore l'admit dans sa salle de travail où une douzaine de cabalistes, de jeteurs de sorts et d'apprentis, assis autour d'une grande table, travaillaient à une maquette représentant le village autochtone du Bois-Sauvage.

« Sur la rive, je placerai un grand nombre de simulacres d'indigènes enduits de leurs essences, précisa Comandore. Ceci fait, je procéderai à leur envoûtement collectif.

— Parfait. Travaillez bien. »

Lord Faïde quitta la salle, traversa la cour et, empruntant un escalier étroit, monta au dernier étage de la forteresse. Il prit pied au sommet du toit en parasol sous la coupole qui abritait l'arme ancestrale Gueule d'enfer. « Jambart ! Où es-tu ? »

Le canonnier, un petit homme bedonnant au menton bleu et au nez rouge, apparut. « Seigneur ?

— Je viens inspecter Gueule d'enfer. Est-il prêt à fonctionner ?

— Prêt et paré à la manœuvre, monseigneur. Voyez vous-même : il est graissé, gratté, poli... chaque pièce aussi lisse qu'un œuf. »

Sourcils froncés, Lord Faïde procéda à un examen attentif de l'arme, un lourd cylindre de métal de deux mètres de diamètre et quatre de long, ponctué de dômes reliés par des tubes de cuivre lissé. De toute évidence, Jambart l'entretenait avec soin. On ne voyait nulle trace de poussière ni de rouille. Tout n'était que métal étincelant. Une lourde plaque d'acier recouverte de toile goudronnée protégeait la gueule de la pièce ; le socle sur lequel l'arme pivotait était bien graissé.

Lord Faïde observa les quatre points cardinaux. Au sud s'étirait la vallée de Faïde, vaste étendue fertile ; à l'ouest moutonnait la lande ; au nord et à l'est se déroulait la masse sombre et menaçante du Bois-Sauvage.

Il se retourna vers Gueule d'enfer et prétendit découvrir une tache de graisse. Jambart se confondit en excuses. Lord Faïde exprima un sévère avertissement l'exhortant à moins de laxisme, puis descendit dans la cour et se dirigea vers la salle de travail de Heïn Huss. Il trouva le chef envoûteur allongé sur sa couche et contemplant les solives du plafond. Sam Salazar se tenait derrière un établi au fond de la pièce, entouré de pots, de fioles et de récipients divers.

Lord Faïde contempla le désordre d'un œil noir. « Que fais-tu ? » demanda-t-il à l'apprenti.

Sam Salazar leva vers lui un regard coupable. « Rien de particulier, monseigneur.

— Si tu es désœuvré, va aider Isak Comandore.

— Je ne suis pas désœuvré, Lord Faïde.

— Alors, dis-moi ce que tu fais. »

Sam Salazar regarda son établi avec une moue boudeuse. « Je ne sais pas.

— Donc tu ne fais rien.

— Si, je suis occupé. J'ai là un peu d'écume du Premier Peuple sur laquelle je verse divers liquides. Rien ne l'attaque et rien ne la dissout, ni l'eau ni les alcools. Sur la flamme, elle se carbonise peu à peu en émettant une fumée infecte. »

Lord Faïde se détourna avec un sourire méprisant. « Ce sont là des jeux puérils. Crois-tu que c'est en barbotant comme un bébé que tu apprendras le métier d'envoûteur ? Va voir Isak Comandore ; il te trouvera un travail utile. »

Heïn Huss émit un bruit de gorge qui tenait à la fois de la toux, du soupir et du grognement. « Il ne fait aucun mal, et Isak Comandore a assez d'aides. Sam Salazar ne deviendra jamais envoûteur, c'est clair, et depuis longtemps. »

Lord Faïde haussa les épaules. « C'est votre apprenti et ce qu'il fait vous regarde. Bon, quelles nouvelles avez-vous des forteresses ? »

Grognant, soufflant, Heïn Huss se redressa sur sa

couche et posa les pieds par terre. « Les seigneurs partagent plus ou moins votre souci. Vos proches alliés mettront volontiers des troupes à votre disposition ; les autres agiront de même si la situation l'exige. »

Lord Faïde hocha la tête avec une froide satisfaction. « Pour l'heure, il n'y a pas urgence. Le Premier Peuple ne quitte pas le couvert de la forêt. Fort-Faïde est imprenable, bien sûr, mais ils pourraient ravager la vallée... » Il marqua une pause, pensif. « Laissons Isak Comandore procéder à leur envoûtement. Ensuite, nous aviserons. »

Du coin où se tenait Sam Salazar provint un sifflement, une petite détonation et une bouffée de gaz âcre. L'apprenti les regarda d'un air coupable sous ses sourcils roussis. Lord Faïde ricana et se dirigea à grands pas vers la porte.

« Qu'est-ce que tu as fait ? demanda Heïn Huss d'une voix indifférente.

— Je ne sais pas. »

Heïn Huss émit à son tour un ricanement écœuré. « Tu es ridicule. Si tu veux réussir des miracles, il faut te rappeler tes procédés. La thaumaturgie n'est en rien compatible avec l'envoûtement, qui possède des guides et des règles établies. C'est quelque chose de très complexe, et il est indispensable que tu prennes des notes si tu veux répéter les miracles. »

Sam Salazar hocha la tête et retourna vers son établi.

XI

Tard dans la soirée, des nouvelles alarmantes parvinrent à Fort-Faïde. Sur la colline de la Lune de miel, non loin de La-Foire-en-Forêt, un groupe d'indigènes avait pénétré dans un camp de bergers et entrepris de tuer les moutons à l'aide d'épines. Les bergers s'étant avisés de protester, ils avaient été attaqués et férocement massacrés avec ce qui restait du troupeau.

Le jour suivant amena d'autres nouvelles : quatre enfants qui se baignaient dans la Brastoque, au gué de Gilbert, avaient été saisis et mis en pièces par d'énormes scarabées d'eau. De l'autre côté du Bois-Sauvage, dans les collines basses situées juste derrière le Palais des Nuages, les paysans avaient défriché le flanc du coteau et planté de la vigne ; tôt dans la matinée, ils avaient découvert d'horribles trématodes géants en train de dévorer les plantations — ceps, racines, branches et feuilles. Ils avaient bien essayé de tuer les monstres avec leurs bêches, mais tous avaient péri sous une attaque de guêpes.

Ce fut Adam McAdam qui rapporta ces incidents à Lord Faïde, lequel, enragé, alla aussitôt trouver Isak Comandore. « Combien de temps encore pour achever vos préparatifs ?

— Je suis prêt, mais je dois me reposer et me fortifier. Je procéderai à l'envoûtement demain matin.

— Le plus tôt sera le mieux ! Les créatures ont quitté leurs forêts et commencé à tuer des hommes. »

Isak Comandore caressa son long menton. « Il fallait s'y attendre. Nous étions prévenus. »

L'autre ignora la remarque. « Montrez-moi la maquette. »

Isak Comandore le conduisit dans son atelier. Le modèle comportait une foule de simulacres convenablement enduits et sensibilisés, liés au moyen d'un petit fragment d'écume. Isak Comandore désigna un récipient rempli d'un liquide sombre. « Je m'en vais vous expliquer le principe de cet envoûtement. Lorsque j'ai visité le camp du Premier Peuple, j'ai regardé partout afin de trouver des symboles puissants. S'il y en avait sans aucun doute une certaine quantité, je n'arrivais pas à les discerner. Mais je me suis rappelé un détail que j'avais observé au cours de la bataille dans la plantation : lorsque les créatures s'étaient trouvées menacées par nos troupes et par le feu, et toutes prêtes à mourir, elles avaient projeté une écume d'un pourpre terne. De toute évidence, cette écume est associée à la mort. Mon envoûtement se base sur ce symbole.

— Reposez-vous bien, alors, et soyez au faîte de vos capacités pour les envoûter », dit Lord Faïde.

Le lendemain matin, Isak Comandore revêtit une longue robe noire, enfila le masque du démon Nard pour se fortifier puis pénétra dans sa salle de travail dont il referma la porte.

Une heure passa, puis deux. Lord Faïde, attablé pour le petit déjeuner avec les membres de sa famille, s'efforçait de maintenir un masque d'indifférence cynique. Finalement, incapable de se contenir davantage, il se rua dans la cour de la forteresse où les subalternes de Comandore attendaient, fébriles. « Où est Heïn Huss ? demanda-t-il. Qu'il vienne. »

Heïn Huss sortit de ses quartiers de son pas pesant. Lord Faïde désigna la porte de Comandore. « Que se passe-t-il ? A-t-il réussi ? »

Heïn Huss regarda vers l'atelier. « Il formule un puissant envoûtement. Je perçois de l'agitation, de la colère...

— Chez Comandore ou les indigènes ?

— Je l'ignore. Je pense qu'il leur a projeté un message. Une tâche très difficile, comme je vous l'ai expliqué. Dans cette phase préliminaire, il a réussi.

—“Préliminaire” ? Que lui reste-t-il à accomplir ?

— Les deux stades les plus importants de l'envoûtement : rendre la victime réceptive et utiliser le symbole approprié. »

Lord Faïde fronça les sourcils. « Vous ne semblez pas très optimiste.

— J'hésite. Il se peut que ses suppositions soient fondées. Dans ce cas, et pourvu que le Premier Peuple soit hautement suggestible, ce jour marque une grande victoire et Comandore sortira de l'épreuve avec une *mana* immense ! »

Lord Faïde scruta la porte de l'atelier. « Et maintenant ? »

Sous l'effet de la concentration, le regard de Heïn Huss perdit toute expression. « Comandore est au seuil de la mort. Il ne pourra pas poursuivre son envoûtement aujourd'hui. »

Lord Faïde se retourna et, d'un geste, appela les cabalistes. « Entrez dans la pièce ! Assistez votre maître ! »

Les subalternes d'Isak Comandore se précipitèrent vers la porte, l'ouvrirent à la volée. Ils passèrent dans l'atelier et en ressortirent bientôt, portant le corps flasque de l'envoûteur, sa robe noire constellée d'écume pourpre. Lord Faïde se pencha sur lui. « Qu'avez-vous obtenu ? Parlez ! »

Isak Comandore avait les yeux mi-clos, la bouche molle et baveuse. « J'ai parlé au Premier Peuple, la race tout entière. J'ai projeté le symbole dans leurs esprits... » Sa tête retomba sur le côté.

Lord Faïde se recula. « Portez-le dans ses quartiers. Allongez-le sur sa couche. » Il fit demi-tour et demeura un instant immobile ; indécis, il se mordillait la lèvre. « Nous ne savons toujours pas dans quelle mesure il a réussi.

— Bien sûr que si ! rétorqua Heïn Huss.

— Que voulez-vous dire ?

— J'ai lu dans son esprit. Du fait d'un effort considérable, il a projeté le symbole de l'écume pourpre dans l'esprit des indigènes et apprit qu'elle ne signifie pas la mort, mais la crainte pour la sécurité de la communauté et une fureur désespérée.

— De toute manière, dit Lord Faïde au bout d'un moment, le Premier Peuple ne peut guère devenir plus hostile qu'il ne l'est déjà. »

Trois heures plus tard, un éclaireur pénétra au galop dans la cour de la forteresse. Il sauta à terre d'un bond et se rua vers Lord Faïde. « Le Premier Peuple a quitté la forêt ! Les indigènes marchent sur Fort-Faïde ! Ils sont des milliers !

— Qu'ils approchent ! dit Lord Faïde. Plus ils seront près, mieux cela vaudra. Jambart, où es-tu ?

— Ici, monseigneur.

— À ton poste ! Que Gueule d'enfer soit prêt à tirer !

— Gueule d'enfer est toujours prêt, monseigneur. »

Lord Faïde lui tapa sur l'épaule. « Parfait. Bernard ! »

Le sergent des fantassins de Fort-Faïde s'approcha. « À vos ordres, Lord Faïde.

— Le Premier Peuple attaque. Que vos hommes fassent un bon repas. Équipez-les d'armures, nous allons avoir besoin de toute notre force. »

Il se tourna vers Heïn Huss. « Entrez en contact avec les forteresses et les manoirs, ordonnez à mes parents de rallier Fort-Faïde avec l'ensemble de leurs troupes en armes. Entrez aussi en communication avec Bellegarde, Boghoten, Camber et Blanchandelle. Vite, vite ! Il n'y a que quelques heures de marche du Bois-Sauvage à Fort-Faïde. »

Huss leva une main. « C'est déjà fait. Les forteresses sont averties. Elles connaissent notre situation.

— Et les indigènes ? Pouvez-vous sonder leurs esprits ?

— Non. »

Lord Faïde s'éloigna. Heïn Huss se dirigea vers la grande porte, la franchit et entreprit de faire le tour de la forteresse. Il évalua du regard les murs noirs des quatre tours d'angle, sans ouverture et à l'épreuve de toute attaque, même de celle des antiques armes miraculeuses. Au faîte du toit en parasol, Jambart s'affairait sous la coupole abritant Gueule d'enfer, polissant ce qui étincelait et lubrifiant des surfaces enduites d'une épaisse couche de graisse.

Heïn Huss acheva sa tournée d'inspection et rentra dans la Forteresse. Lord Faïde approcha, les lèvres serrées, les yeux brillants. « Qu'avez-vous observé ?

— Les tours, les murailles, le toit et Gueule d'enfer.

— Et qu'est-ce que cela vous inspire ?

— Bien des réflexions.

— Vous ne vous compromettez pas. Vous en savez plus que vous ne le laissez paraître. Il vaut mieux que vous disiez le fond de votre pensée, car si Fort-Faïde tombe aux mains des sauvages, nous périrons tous, vous compris. »

Limpide, le regard du chef envoûteur croisa celui, sombre, de Lord Faïde. « Je n'en sais pas plus que vous. Le Premier Peuple attaque. Les indigènes ont prouvé qu'ils n'étaient pas stupides et leur intention est de nous exterminer. Ce ne sont pas des envoûteurs ; ils ne peuvent nous contraindre à sortir par la suggestion. Briser les murailles de Fort-Faïde est une entreprise impossible. Pour passer dessous, il leur faudrait percer des mètres et des mètres de roc. Quels sont leurs plans ? Je l'ignore. Réussiront-ils ? Je l'ignore aussi. De toute façon, l'ère de l'envoûteur et de l'utilisation ordonnée de ses connaissances est révolue. Mon opinion est que nous devons essayer de réaliser des miracles, à tâtons, comme Sam Salazar quand il déverse des liquides sur l'écume pour essayer de la dissoudre. »

Une troupe de chevaliers en armure franchit la porte de Fort-Faïde : des guerriers en provenance de Bellegarde, la forteresse voisine. Au fil des heures, d'autres contingents vinrent grossir les rangs des défenseurs du bastion, dont la cour grouilla bientôt d'hommes et de chevaux.

Deux heures avant le crépuscule, on aperçut l'avant-garde des indigènes sur la lande. Il semblait y avoir un fort contingent d'attaquants, avançant en une masse disciplinée avec de nombreux traînards en queue et sur les flancs.

Vindicatifs, les renforts venus des autres forteresses réclamèrent à grands cris une charge immédiate, un enthousiasme qui ne trouva aucun écho parmi les vétérans de la bataille de la plantation. Lord Faïde, cependant, se réjouit de la densité de la troupe indigène. « Encore un kilomètre et Gueule d'enfer se chargera d'eux. Jambart !

— À vos ordres, Lord Faïde.

— Suis-moi, Gueule d'enfer va parler ! » Le canonnier sur les talons, ils montèrent à la coupole. « Fais pivoter Gueule d'enfer, braque-le droit sur ces sauvages ! »

Jambart bondit vers une rangée de leviers et de volants. Il hésita, perplexe, puis manœuvra un volant. Le canon pivota sur son axe dans un grincement de paliers et d'engrenages figés depuis belle lurette. Lord Faïde haussa des sourcils, menaçants. « J'entends la preuve d'une négligence.

— Oh ! Non, monseigneur ! Trouvez une trace de rouille, l'ombre d'une poussière, et vous pourrez me faire fouetter !

— Et ce bruit ?

— Il est interne et invisible. Il ne me concerne pas. »

Lord Faïde resta muet. Gueule d'enfer pointait maintenant sur la marée blanche venue du Bois-Sauvage. Jambart tourna un autre volant et le canon s'avança avec quelques sursauts.

D'une voix chargée de colère, Lord Faïde cria : « Le capot de gueule, imbécile !

— Un oubli vite réparé, monseigneur. » Jambart se hissa sur Gueule d'enfer et rampa jusqu'à son extrémité, accroché à ses protubérances pour ne pas chuter. Surplombant la longue courbe lisse du toit, il arracha non sans mal le tampon obturateur puis revint jusqu'au centre de la coupole, se traînant à reculons sur les genoux avec force jurons étouffés.

Les indigènes avaient un peu ralenti l'allure. Le gros de la troupe se trouvait à moins de cinq cents mètres.

« Maintenant, avant qu'ils ne se dispersent, nous

allons les exterminer », dit Lord Faïde avec excitation. Il s'approcha de l'oculaire d'un tube télémétrique, louchant sur les fils et les symboles noyés dans le verre, et indiqua à Jambart quelques corrections. « Feu ! »

Jambart abaissa le levier de mise à feu. Gueule d'enfer émit une série de cliquetis métalliques puis son énorme masse gémit et grinça. Le fût vira au rouge, à l'orange, au blanc, avant que de son extrémité ne jaillisse un rayonnement pourpre aveuglant... qui s'éteignit aussitôt. Gueule d'enfer frémit tout entier et son canon se mit à bouillonner, à siffler et à fumer. Puis il y eut un claquement sec et ce fut le silence.

Là où sa foudre avait frappé, cent pas devant le gros des assaillants, quelques mètres carrés de mousse noircirent. Le dispositif de pointage était faussé : le rayon avait à peine tué une vingtaine des membres de l'avant-garde.

Lord Faïde adressa des signes fiévreux à Jambart. « Vite ! Corrige la hausse. Là ! Feu ! »

Jambart rabaissa le levier mais rien ne se passa. Il essaya encore, toujours en vain. « Gueule d'enfer est fatigué, dit-il.

— Gueule d'enfer est mort ! cria Lord Faïde. Tu as failli à ton devoir. Gueule d'enfer n'est plus.

— Non, non ! protesta Jambart. Gueule d'enfer est fatigué, il se repose. Je le soigne comme mon propre enfant ! Il est poli comme du verre ! Quand une de ses pièces est usée ou cassée, je ne prends aucun repos tant que la réparation n'est pas effectuée ! »

Lord Faïde leva les bras au ciel, poussa un cri de chagrin inarticulé et dévala l'escalier. « Huss ! Heïn Huss ! »

Le chef envoûteur s'approcha. « Oui, Lord Faïde ?

— Gueule d'enfer a perdu sa flamme. Faites un sortilège afin qu'il retrouve toute sa force, vite !

— Impossible.

— Impossible ! vociféra Lord Faïde. C'est tout ce que vous savez dire : impossible, inutile, irréalisable ! Vous avez perdu votre pouvoir. Je vais consulter Isak Comandore.

— Isak Comandore ne sera pas plus capable que moi de raviver les feux de Gueule d'enfer.

— Sophisme ! Il possède les hommes avec ses démons. Il saura posséder Gueule d'enfer et lui rendre son énergie.

— Lord Faïde, votre surexcitation vous fait déraisonner. Vous savez aussi bien que moi que l'envoûtement n'a rien de commun avec la thaumaturgie. »

Lord Faïde héla un serviteur. « Qu'on m'amène Isak Comandore ! »

Les yeux hagards, la peau cireuse, Isak Comandore sortit de ses quartiers d'un pas mal assuré. Lord Faïde fit un geste péremptoire. « J'ai besoin de vos talents. Il faut que vous ranimiez Gueule d'enfer. »

Après un bref regard à Heïn Huss qui se tenait immobile, massif et glacial, Comandore préféra s'abstenir de promettre ce qu'il ne pourrait obtenir. « Impossible, monseigneur.

— Quoi ! Vous aussi ?

— Il existe une différence fondamentale entre

l'humain et le métal. La condition normale de l'homme est un état voisin de la folie ; il oscille en permanence entre l'excitation morbide et l'apathie, et ses sens lui en apprennent beaucoup moins qu'il l'imagine. C'est un envoûtement élémentaire que d'abuser un homme, de le posséder, de le tuer. Mais le métal, lui, est insensible. Il réagit seulement en fonction de sa forme et de sa nature ou sous l'influence de la thaumaturgie.

— Alors, faites un miracle !

— Impossible. »

Lord Faïde prit une profonde inspiration et recouvra son sang-froid. Il traversa la cour à grands pas. « Mon armure, mon cheval. Nous attaquons. »

La colonne se forma, les chevaliers suivis des fantassins en armure. L'armée franchit la porte, Lord Faïde en tête.

« Gare à l'écume ! cria-t-il. Attaquez, frappez, repliez-vous. Gardez vos visières baissées pour vous protéger des guêpes ! Chacun doit tuer cent ennemis ! En avant ! »

L'armée s'ébranla. Sur la mousse épaisse, les sabots des chevaux ne faisaient presque aucun bruit : à l'ouest, le grand soleil pâle touchait presque l'horizon.

Parvenus à deux cents mètres des indigènes, les chevaliers éperonnèrent leurs montures à tête massive qui prirent le trot. Puis, tirant l'épée, poussant force cris de guerre, ils s'élancèrent, chacun d'eux voulant arriver le premier. La masse confuse des autochtones s'ouvrit alors, dévoilant plusieurs douzaines de scarabées noirs géants et d'énormes mille-pattes au corps segmenté. Ils se jetèrent mandibules ouvertes et cliquetantes parmi les chevaux qui hennirent, se cabrèrent, ruèrent et tombèrent sur leur arrière-train ; les scarabées découpaient les armures comme un chien broie un os. La monture de Lord Faïde le désarçonna et détala. Son cavalier se releva et, d'un coup de taille, trancha une des pattes avant du scarabée le plus proche. Au moment où le monstre chargeait, il fit un bond de côté et lui trancha la patte opposée. La lourde tête cuirassée s'abaissa et déchira la mousse. Lord Faïde cisailla les pattes restantes et le scarabée s'effondra.

« Retraite ! hurla-t-il. Retraite ! »

Les chevaliers reculèrent, frappant d'estoc et de taille, tuant ou estropiant tout ce qui les attaquait.

« Chevaliers, fantassins, formez les rangs. Allez lentement et couvrez-vous mutuellement. »

La colonne s'ébranla. Les indigènes se dispersèrent pour la recevoir. Armés de longues épines, ils portaient de petits sacs. À une dizaine de mètres des hommes, ils fouillèrent dans leurs sacs et projetèrent sur les combattants de petites boules noires qui éclataient au contact des armures en les éclaboussant.

« Chargez ! » hurla Lord Faïde. Les hommes bondirent sur les indigènes, frappant, taillant, hachant. « Tuez-les ! s'écriait Lord Faïde en exultant. N'en laissez pas un vivant ! »

Il ressentit une piqûre douloureuse sous son armure, puis bientôt deux, trois... De minuscules bestioles rampaient sous le métal, le mordant et le piquant. Il jeta un regard alentour. Tous ses hommes avaient l'air tourmenté, les traits tordus d'angoisse. Les bras se levaient mollement et retombaient sans énergie, les doigts maillés se crispaient sur les armures pour essayer en vain de gratter, de frictionner. Deux hommes d'armes commencèrent soudain à arracher les éléments de leur corselet.

« Retraite ! glapit Lord Faïde. Ralliez la forteresse ! »

La retraite se changea en débandade, presque en déroute. En courant vers la porte de Fort-Faïde, les soldats semaient des pièces d'armures derrière eux. De la troupe indigène jaillirent des douzaines de guêpes. Cinq ou six hommes hurlèrent lorsque les dards venimeux s'enfoncèrent dans leur dos.

L'armée atteignit la cour dans un désordre indescriptible, chacun achevant de se débarrasser de son armure puis se grattant furieusement afin d'essayer d'arracher à sa peau les féroces mites rouges qui l'infestaient.

« Fermez la porte ! » rugit Lord Faïde.

Les deux panneaux coulissèrent. Fort-Faïde était assiégé.

XII

À la faveur de la nuit, les indigènes encerclèrent le bastion à une distance de cinquante mètres des remparts, en un mouvement incessant de formes fantomatiques luisant sous les étoiles.

Jusqu'à minuit, Lord Faïde les observa depuis un créneau, Heïn Huss à ses côtés. Sans cesse, il demandait : « Quelles nouvelles des autres forteresses ? Où sont les renforts ? » Heïn Huss lui donnait chaque fois la même réponse : « La confusion et le doute règnent dans l'esprit des seigneurs. Ils désirent vous aider mais craignent d'épuiser leurs forces. Pour l'heure, ils réfléchissent et étudient la situation. »

Enfin Lord Faïde quitta le rempart en faisant signe au chef envoûteur de le suivre. Il descendit à sa salle des trophées, se laissa tomber sur un siège et invita Heïn Huss à l'imiter. Un long moment, il le fixa d'un regard froid, calculateur. L'autre subit l'examen sans sourciller.

« Vous êtes chef envoûteur, dit enfin Lord Faïde.

Depuis vingt ans, vous formulez des sortilèges, des envoûtements, des augures, avec plus d'efficacité que n'importe quel autre envoûteur sur Pangborn. Or vous semblez à présent inepte et insouciant. Pourquoi ?

— Je ne suis pas plus inepte qu'insouciant. Je me trouve simplement dans l'incapacité de dépasser mes capacités. Je ne sais pas faire de miracles. Pour cela, il vous faut consulter mon apprenti, Sam Salazar. Il ne le sait pas davantage, mais il essaie avec ardeur toutes les possibilités et même plus.

— Et vous croyez à cette insanité ! Sous mes yeux, voilà que vous virez au mysticisme ! »

Heïn Huss haussa les épaules. « Mon savoir a ses limites. Les miracles existent... de cela nous sommes certains. Les reliques de nos ancêtres le proclament tout autour de nous. Leurs méthodes nous paraissent surnaturelles et répugnantes, mais réfléchissez ! En usant des mêmes méthodes, le Premier Peuple menace de nous détruire. Si, en lieu et place de métal, ils emploient des créatures vivantes, le résultat est le même. Les hommes de Pangborn, s'ils s'unissent et acceptent des pertes énormes, réussiront sans doute à rejeter les indigènes dans le Bois-Sauvage... mais pour combien de temps ? Un an ? Dix ? Le Premier Peuple plantera de nouveaux arbres, creusera de nouveaux pièges et reviendra nanti d'armes plus formidables encore : des scarabées volants gros comme des chevaux, des guêpes au dard assez puissant pour trouer une armure, des lézards géants capables d'escalader les murailles de Fort-Faïde. »

Lord Faïde tirailla la peau de son menton. « Sans que les envoûteurs y puissent rien ?

— Vous l'avez constaté par vous-même. Isak Comandore a pénétré dans leur esprit au prix d'un effort épuisant avec pour seul résultat d'avoir décuplé leur rage.

— Alors, que devons-nous faire ? »

Heïn Huss haussa les épaules. « Je l'ignore. Je suis Heïn Huss, envoûteur. J'observe Sam Salazar, captivé. Même s'il n'apprend rien, il est soit trop stupide, soit trop intelligent pour qu'on le décourage. Si la voie qu'il suit conduit aux miracles, alors il en fera. »

Lord Faïde se mit debout. « Je meurs de fatigue. Il faut que je dorme : je n'arrive même plus à penser. Demain nous en saurons davantage. »

Heïn Huss quitta la salle des trophées et revint au créneau. Les indigènes semblaient avoir resserré leur cercle presque à portée de trait. Derrière, sur la lande, une longue colonne de pâles créatures s'étirait à l'infini. Non loin de la forteresse, un tas de matière blanche s'élevait, montant de plus en plus haut à mesure que la nuit s'avançait.

Des heures s'écoulèrent, puis le ciel pâlit et le disque du soleil parut à l'est. Les indigènes qui grouillaient sur la lande apportaient de longues barres d'écume durcie qu'ils posaient sur la mousse avant de retourner vers le nord.

Lord Faïde surgit sur le rempart, hagard, mal rasé. « Que se passe-t-il ? Que font-ils ?

— Nul n'en sait rien, monseigneur, dit le sergent Bernard.

— Heïn Huss ! Quelles sont les nouvelles des forteresses ?

— Elles ont armé leurs troupes qui approchent avec prudence.

— Pouvez-vous leur transmettre que la situation est grave et nécessite leur présence d'urgence ?

— Je le puis, et je l'ai fait. Cela a eu pour seul résultat d'accroître encore leur prudence.

— Bah ! se récria Lord Faïde, dégoûté. Et ils se prétendent guerriers ! Des alliés loyaux et fidèles !

— Ils sont au courant de notre amère expérience, dit Heïn Huss. Ils se demandent raisonnablement ce qu'ils pourraient faire que vous, qui êtes ici, ne pouvez accomplir. »

Lord Faïde eut un sourire froid. « À cela, je n'ai rien à leur répondre. Entre-temps, il nous faut trouver à nous protéger des guêpes, et aussi de ces mites rouges contre lesquelles les armures sont inefficaces. Bernard !

— À vos ordres, Lord Faïde.

— Que chacun de vos hommes fabrique un cadre de bois de cinquante centimètres de côté, garni de grillage et muni d'une poignée centrale comme un bouclier. Quand ils auront fini, nous tenterons une sortie, deux fantassins pour garder chaque chevalier qui ira à pied, en armure légère.

— En attendant, dit le chef envoûteur, le Premier Peuple suit un plan qui m'échappe. »

Lord Faïde se retourna. Les indigènes s'étaient

rapprochés des murailles et continuaient à empiler sans désemparer des barres d'écume solidifiée de toutes longueurs et de toutes tailles. Il se redressa. « Bernard ! Placez des arbalétriers à chaque créneau. Qu'ils tirent et visent la tête ! »

Le long des murailles, les soldats visèrent avec soin. Une pluie de carreaux s'abattit sur les indigènes. Quelques-uns d'entre eux, affectés, s'écartèrent ; les autres arrachèrent les traits sans paraître incommodés. Nouvelle volée ; quelques indigènes mis hors de combat. Le reste planta les barres dans le sol tout en projetant des flots d'écume, soufflet dorsal pompant vigoureusement. On apportait d'autres barres qu'on planta dans l'écume. Une épaisse couche s'éleva tout autour de la forteresse. Le cercle des indigènes s'approcha alors pour projeter un surcroît d'écume. L'anneau s'élevait vite. À nouveau on apporta d'autres barres, à nouveau on les planta dans l'écume pour la renforcer et la solidifier.

« Tirez ! aboya Lord Faïde. Visez la tête ! Bernard... vos hommes ont-ils achevé leurs écrans anti-guêpes ?

— Pas encore, monseigneur. Ce travail demande quelque temps. »

Haut de trois mètres, l'anneau continuait de s'élever. Lord Faïde se tourna vers Heïn Huss. « Qu'espèrent-ils faire ? »

Le chef envoûteur secoua la tête. « Je me le demande. »

La première couche d'écume avait durci. Les indigènes entreprirent d'en confectionner une seconde en l'étayant de barreaux placés en croix, à l'horizontale ou à la verticale. Un quart d'heure plus tard, la deuxième couche durcie à son tour, le Premier Peuple dressa des échelles grossières afin de réaliser une troisième couche. L'anneau blanc qui cernait la forteresse atteignait désormais une hauteur de dix mètres sur une épaisseur de douze à sa base.

« Regardez. » Heïn Huss pointa son doigt. Le toit en parasol qui surplombait les remparts s'achevait dix mètres à peine au-dessus de l'écume. « Encore quelques couches et ils atteindront le toit...

— Et alors ? répliqua Lord Faïde. Il est aussi solide que les remparts.

— ... Et nous serons murés à l'intérieur. »

Lord Faïde étudia la masse d'écume à la lumière de cette pensée nouvelle. Déjà les indigènes, hissant leurs échelles, s'apprêtaient à poser une quatrième couche. Des barres, des faisceaux entretoisés, puis de grandes projections blanches. Lorsqu'ils eurent terminé, le niveau supérieur de la grande masse blanche n'était plus qu'à six mètres du bord du toit.

Lord Faïde se tourna vers son sergent. « Préparez les hommes à la sortie.

— Et les écrans anti-guêpes, monseigneur ?

— Combien de temps vous faut-il ?

— Encore dix minutes, monseigneur.

— Dans dix minutes, nous suffoquerons tous. Il

faut que nous nous frayions un chemin à travers l'écume. »

Dix minutes s'écoulèrent, puis quinze. Le Premier Peuple créait des plans inclinés derrière la muraille : des douzaines de barres, puis de l'écume et enfin des tapis de roseaux pour répartir le poids.

Bernard s'approcha. « Nous sommes prêts, monseigneur.

— Parfait. »

Lord Faïde descendit dans la cour, fit face aux troupes et donna ses ordres : « Avancez vite, mais restez groupés. Nous ne devons pas nous perdre dans l'écume. En progressant, frappez d'estoc et de taille. N'oubliez pas que les indigènes ont l'avantage sur nous : ils voient dans l'écume. Une fois dehors, protégez-vous derrière vos écrans. Deux soldats pour couvrir chaque chevalier. N'oubliez pas : traversez vite l'écume sous peine de périr asphyxiés. Ouvrez la porte ! »

Les panneaux coulissèrent, les troupes s'ébranlèrent, pour s'arrêter devant un mur blanc ininterrompu. Aucun assaillant n'était en vue.

Lord Faïde brandit son épée. « Allons ! » Il s'avança vers le mur pour se forcer un passage ; la masse blanche, durcie et friable, plus dure qu'il ne l'aurait cru, résista. Avec fureur, il tailla dedans à coups d'épée. Les chevaliers et les soldats se joignirent à lui et, peu à peu, ils percèrent un tunnel. Les indigènes apparurent au-dessus d'eux, qui rampaient avec précaution sur leurs tapis de roseaux. Les soufflets dorsaux se gonflèrent ; de l'écume jaillit de leurs évents, inondant les soldats.

Heïn Huss soupira et dit à l'apprenti Sam Salazar : « Il faut qu'ils rentrent, sous peine de suffoquer. Pourtant, s'ils ratent leur percée, c'est nous tous qui étoufferons... »

Le mur touchait déjà le bord du toit en plusieurs points. En bas, rugissant et jurant, Lord Faïde émergea à reculons de l'écume fraîche et s'essuya le visage. De nouveau il chargea, au désespoir, pour tester la solidité d'un autre endroit.

Si l'écume, friable, se laissait tailler sans peine, les débris bloquaient le passage. Une nouvelle cascade noya les soldats.

Lord Faïde recula encore et, du geste, rappela ses hommes vers la forteresse. Dès lors, les indigènes, allongés sur leurs tapis en haut du mur d'écume qui avait atteint la hauteur des créneaux, disposèrent des claies contre le rebord du toit. Ils projetèrent des flots d'écume. Le ciel disparut peu à peu aux regards de Heïn Huss et de Sam Salazar.

« Dans une heure, deux tout au plus, nous mourons, dit le chef envoûteur. Ils nous ont emmurés. Nous sommes nombreux dans la forteresse et l'air va bientôt manquer.

— Nous avons peut-être une chance de survivre, dit Sam Salazar avec nervosité. Ou du moins de ne pas suffoquer.

— Ah ? s'enquit Heïn Huss, sarcastique. Tu envisages de faire un miracle ?

— S'il s'agit d'un miracle, il est fort banal. J'ai

observé que l'eau n'a aucun effet sur l'écume, pas plus que le lait, le vin ni l'alcool. Par contre, le vinaigre la dissout aussitôt.

— Tiens donc ! Il faut en informer Lord Faïde.

— Mieux vaut vous en charger. Il ne m'écoutera pas. »

XIII

Une demi-heure s'écoula. La lumière ne parvenait plus à l'intérieur de Fort-Faïde que sous la forme d'une faible lueur grise. L'air était lourd et moite. Par la porte ouverte jaillirent les soldats. Chacun portait une cruche, un broc, une outre ou une fiole contenant du vinaigre fort.

« Vite, mais pas de précipitation ! ordonna Lord Faïde. Ne gaspillez pas le vinaigre. Formez les rangs. En avant ! »

Les soldats s'approchèrent du rempart blanc et se mirent à projeter le vinaigre. L'écume solidifiée crépita, fondit.

« Ne gaspillez pas le vinaigre ! répéta Lord Faïde. Allons, dépêchons ! Derrière, roulez les fûts ! »

Quelques minutes plus tard, ils émergeaient sur la lande. Les indigènes les regardèrent en clignant des yeux.

« Chargez ! croassa Lord Faïde, la gorge irritée par les vapeurs. Utilisez vos écrans ! Deux soldats pour chaque chevalier ! En avant ! Tuez ces vermines blanches ! »

Les hommes se précipitèrent. Devant eux des tubes se levèrent. « Halte ! aboya Lord Faïde. Les guêpes ! »

Les guêpes foncèrent, ailes vrombissantes. Les boucliers grillagés furent levés : les insectes s'y écrasèrent avec un bruit mat avant de finir piétinés sans ménagement par les soldats. Scarabées et mille-pattes surgirent alors, moins nombreux que la veille car beaucoup avaient péri. Ils s'élancèrent, tuèrent une vingtaine d'hommes mais furent vite réduits en bouillie brune. D'autres guêpes jaillirent, quelques-unes atteignirent leur but ; l'agonie des victimes de leur dard empoisonné fut terrible. Mais bientôt leur nombre diminua et en définitive, il n'y en eut plus une seule.

Les hommes firent face aux indigènes armés seulement d'épines et de leur écume que la colère colorait en violet.

Lord Faïde leva son épée ; ses hommes entreprirent de tuer les indigènes par douzaines, par centaines.

Heïn Huss s'approcha du seigneur. « Ordonnez une trêve.

— Une trêve ? Pourquoi ? Nous allons plutôt tuer ces êtres bestiaux jusqu'au dernier.

— Mieux vaudrait nous en abstenir. Nul n'a besoin de tuer l'autre. L'heure est venue de laisser parler la sagesse.

— Ils nous ont assiégés, précipités dans des pièges,

dardés de leurs guêpes ! Et vous demandez une trêve ?

— Ils nourrissent une rancune vieille de seize cents ans. Évitons d'en provoquer une nouvelle. »

Lord Faïde dévisagea Heïn Huss. « Que proposez-vous ?

— La paix entre les deux races... la paix et la coopération.

— Très bien. Qu'il n'y ait plus ni pièges, ni plantations, ni élevages d'insectes mortels.

— Rappelez vos hommes. Je vais essayer.

— En arrière ! cria Lord Faïde. Cessez le combat ! »

À contrecœur, chevaliers et fantassins obéirent, reculèrent. Heïn Huss s'approcha de la masse compacte des indigènes qui projetaient de l'écume violette. Ils l'observèrent. Le chef envoûteur s'adressa à eux dans leur langue.

« Vous avez assailli Fort-Faïde et vous avez été vaincus. Vous êtes de bons stratèges, mais nous restons les plus forts. Si nous le voulons, nous pouvons vous tuer jusqu'au dernier, à cette heure. Puis aller mettre le feu à vos forêts. Allumer mille foyers. Vous en maîtriserez certains. Pas tous. Nous pouvons détruire le Bois-Sauvage. Certains d'entre vous survivront, se cacheront dans les bosquets où ils concevront d'autres plans pour tuer les humains. Nous ne le voulons pas. Lord Faïde propose la paix entre les deux races, les humains et le Premier Peuple. Cela signifie : plus de pièges mortels, et les hommes devront pouvoir accéder librement aux forêts et les traverser à leur guise sans risques. En échange, nous vous accordons de revenir sur la lande sans contrainte. Nulle race ne devra molester l'autre. Que choisissez-vous ? L'extinction ou la paix ? »

L'écume violette cessa de jaillir des évents des indigènes. « Nous choisissons la paix.

— Il ne devra plus y avoir ni guêpes ni scarabées géants. Les pièges seront tous désarmés et les fosses comblées.

— Nous nous y engageons. Mais vous nous garantissez la liberté de la mousse, de la lande.

— Oui. Ramassez vos morts et vos blessés, remportez vos barres d'écume. »

Heïn Huss revint à Lord Faïde. « Ils optent pour la paix. »

Ce dernier hocha la tête. « Parfait. Tout est pour le mieux. » Il se tourna vers ses troupes. « Rengainez vos épées. Nous avons remporté une grande victoire. » Il jeta un regard noir à la forteresse, gainée de blanc à l'exception du toit en parasol. « Cent barils de vinaigre ne suffiront pas. »

Le regard de Heïn Huss se perdit dans le lointain. « Vos alliés approchent en hâte. Leurs envoûteurs leur ont appris votre victoire. »

Lord Faïde émit son petit rire amer. « À mes alliés la tâche de faire disparaître le mur d'écume qui entoure Fort-Faïde. »

XIV

Dans la salle d'apparat où se tenait le banquet de la victoire, Lord Faïde s'adressa jovialement à Heïn Huss. « À dater de ce jour, chef envoûteur, il va nous falloir compter avec votre apprenti, l'oisif et propre à rien Sam Salazar. Où est-il, au fait ?

— Ici, Lord Faïde. Lève-toi, Sam Salazar. Aie conscience de l'honneur qui t'est fait. »

Sam Salazar se leva, s'inclina.

Lord Faïde lui tendit une coupe. « Bois, Sam Salazar. Divertis-toi. J'admets volontiers que ton bricolage d'amateur nous a sauvé la vie. Sam Salazar, nous te saluons et nous te remercions. Mais je pense que, maintenant, le temps est venu pour toi de cesser tes frivolités, de t'intéresser sérieusement à ton travail et de devenir un honnête envoûteur. Le moment venu, je te promets que tu trouveras ici un emploi à vie.

— Merci, monseigneur, dit Sam Salazar avec modestie. Mais je doute fort de devenir envoûteur.

— Pourquoi ? Tu as d'autres projets ? »

Sam Salazar bafouilla, rosit, puis se redressa et

parla aussi clairement et distinctement qu'il le put : « Je préfère continuer ce que vous appelez mes frivolités. J'espère que je persuaderai d'autres personnes de se joindre à moi.

— Les frivolités sont toujours attirantes. Tu trouveras sans aucun doute d'autres têtes de linotte dans ton genre. »

Sam Salazar répondit d'une voix ferme : « Ces frivolités peuvent devenir sérieuses. Certes, nos ancêtres étaient des barbares. Ils contrôlaient des entités au moyen de symboles qu'ils ne pouvaient comprendre. Nous sommes méthodiques, rationnels ; pourquoi n'essaierions-nous pas de systématiser et de comprendre les miracles d'autrefois ?

— Ma foi, pourquoi pas ? dit Lord Faïde. Quelqu'un a-t-il une réponse à donner ? »

Nul ne répondit. Isak Commodore, toutefois, siffla entre ses dents et secoua la tête.

« Il se peut que, pour ma part, je n'arrive jamais à faire un seul miracle, dit Sam Salazar. Je gage que c'est plus difficile que ça en a l'air. Cependant, j'espère que vous consentirez à mettre à ma disposition un atelier où, avec l'aide de ceux qui partageront mes vues, je me livrerai à quelques tentatives. Je dispose en la matière de l'encouragement et de l'appui du chef envoûteur Huss. »

Lord Faïde leva son hanap. « Très bien, apprenti Sam Salazar. Ce soir, je n'ai rien à te refuser. Tu auras ce que tu veux, et bonne chance à toi. Peut-être te verrai-je accomplir un miracle durant les années qui me restent...

— Quelle gabegie ! souffla Isak Comandore à Heïn Huss. Voici venir l'anarchie intellectuelle, la dégradation de la sorcellerie, la prostitution de la logique. La nouveauté attire la jeunesse. Je vois déjà les cabalistes et les apprentis échanger des murmures excités. La sorcellerie des temps à venir sera désolante. Comment ceux-là pratiqueront-ils pour réaliser une possession démoniaque ? Avec une roue dentée, un engrenage, un bouton-poussoir ? Comment s'y prendront-ils pour opérer un envoûtement ? Ils trouveront plus facile d'abattre leur victime à coups de hache.

— Les temps changent, dit Heïn Huss. Il y a maintenant sur Pangborn une autorité unique, celle de Lord Faïde, et les forteresses peuvent se passer du service des envoûteurs. Qui sait, peut être demanderai-je à Sam Salazar de m'accorder une place dans son atelier.

— Le futur que vous dépeignez est affligeant, lâcha Isak Comandore avec un reniflement de dégoût.

— Il y a de nombreux futurs, et certains le sont sans doute. » Lord Faïde leva de nouveau son verre. « Au meilleur de vos nombreux futurs, Heïn Huss. Qui sait ? Sam Salazar invoquera peut-être un vaisseau spatial pour nous ramener sur la planète de nos ancêtres.

— Oui, qui sait ? » dit Heïn Huss. Il leva sa coupe. « Au meilleur des futurs ! »

— [illegible] commandant [illegible]
[illegible] intellectuelle, la dévas-
tation [illegible] de la lecture.
La nouvelle [illegible] des [illegible]
[illegible]

[illegible]

[illegible]

[illegible]

LES MAÎTRES DE MAXUS

I

La station fortifiée du Poste frontière survolait Maxus à quinze kilomètres d'altitude, anneau blanc massif de mille cinq cents mètres de diamètre ponctué de baies panoramiques. Dans l'atmosphère raréfiée, chaque détail apparaissait, précis et distinct.

Toujours pas de sommation. Travec patienta. Courbé sur les commandes de son vaisseau, il étudiait tantôt la station, tantôt sa console. Une minute... deux minutes...

Il jura tout bas, bascula l'interrupteur du communicateur et réitéra sa déclaration initiale devant la grille du microphone. « Permis de visite 11-A-506... Je souhaite me poser... Je réclame des instructions... un signal, un accusé de réception.

— Permis en cours de vérification, dévida une voix métallique. Attendez nos ordres. »

Travec se rencogna dans son siège, puis se leva pour jeter un coup d'œil sur Alambar. La métropole s'étendait jusqu'à l'horizon et au-delà tel un tapis aux couleurs ternes — vert et noir passés, feuille-morte et ocre sombres, gris de fumée, béton et brique.

Juste en dessous de lui, trois fleuves de plomb se jetaient dans un lac de mercure que les immeubles administratifs, les palais et hôtels particuliers des Maîtres entouraient et plongeaient dans l'ombre. Des routes aériennes enjambaient la ville telles des veines mises à nu ; partout, ce n'étaient que reflets métalliques dus à des mouvements incessants.

Il laissa son regard se perdre dans l'espace par la baie. Que faire ? Piquer vers la surface, transpercer le bouclier, tracer un sillon de destruction à travers la ville... Aligner les Maîtres de Maxus, leur écorcher le visage, leur arracher les entrailles...

« 11-A-506, posez-vous dans le Hangar 6 et préparez-vous à accueillir l'équipe d'inspection. »

Il bondit vers son siège et manœuvra. La face intérieure de l'anneau de la station orbitale déroulait ses baies d'accostage. Il atterrit sur un rectangle en béton souillé qui portait le chiffre 6. Trois individus en combinaison spatiale apparurent et vinrent frapper au sas extérieur. Il les fit entrer. Pâles, émaciés, les traits marqués, les cheveux sombres, ils portaient un uniforme noir et une casquette en cuir pointue.

Le caporal, au visage tout en longueur, les joues creuses et le nez crochu, monta sur la passerelle de commandement. « Voyons votre permis. »

Il lut avec une moue dédaigneuse le papier que l'autre lui avait tendu. « Planète d'origine : Exar. Caution : dix mille sils. Durée prévue du séjour : une semaine. Motif... » Il haussa les sourcils. « Tiens... Ma foi, bonne chance », dit-il d'un ton plus indulgent.

Travec resta bouche cousue.

« Vous en avez après la cargaison d'Arman ?

— Oui.

— Vous ne pouviez pas venir plus tôt ? » Le caporal jeta le permis sur la table des cartes. « Tout est en règle. » Il baissa les yeux vers ses hommes qui revenaient de la section arrière. « Résultat de l'inspection ?

— Rien à signaler. »

Il hocha la tête et les deux autres quittèrent le vaisseau.

Alors il se pencha sur la table. « Quelqu'un qui entreprend une mission comme la vôtre a de l'argent sur lui. Et il est pressé. J'aimerais vous aider, mais le responsable du champ de force dort et il met un temps fou à se réveiller... à moins que je ne lui offre un petit bonus. Et vous ne pouvez pas descendre tant qu'il n'abaisse pas le bouclier, bien sûr. »

Son vis-à-vis pinça les lèvres. « Combien ?

— Oh... deux cents sils. »

Travec lui tourna le dos et retira des coupures d'un porte-billets. « Tenez, deux cents.

— Vous vous poserez dans cinq minutes. Derrière le parc, sur le terrain d'atterrissage. Vous cherchez votre femme ?

— Ma mère, deux de mes sœurs, un de mes frères. »

Le caporal siffla entre ses dents. « Vous êtes millionnaire, je suppose. » Il marqua une hésitation et jeta un regard vers la poche qui contenait le porte-billets.

« Pas du tout, dit Travec d'un ton sec. Et je suis pressé.

— S'il s'agit de la cargaison d'Arman, vous arrivez sans doute trop tard. Surveillez cette sphère. Quand elle s'allume, descendez à la verticale jusqu'à neuf mille mètres d'altitude. Ensuite débrouillez-vous. Et ne vous avisez pas de remonter ou le champ vous grillera. »

Travec immobilisa son vaisseau dans un grincement de métal, ouvrit le sas, jaillit dans la puanteur de la pierre brûlée et de la fumée, courut jusqu'à un encadrement de brique noire qui donnait sur une ruelle, le franchit, se figea et sauta en arrière pour éviter un véhicule au moteur bourdonnant. Il hésita une seconde et décida d'observer l'artère sans attrait.

Les passants — grands, le visage en lame de couteau, l'air renfrogné, l'humeur sombre — le scrutaient sans dissimuler leur curiosité. « Regarde l'Orth ! Il n'a pas de marque ! pépia un jeune enfant en veste havane.

— Chut ! siffla une voix sourde. Personne ne l'a encore acheté. »

Il s'approcha d'un vieillard en combinaison noire ajustée. « Où se trouve le Dépôt central des esclaves, s'il vous plaît ? Comment puis-je m'y rendre ? »

L'autre le toisa, puis répondit d'une voix sans timbre : « Prenez la piste. Suivez la bande verte et rouge. Après le deuxième tunnel, vous verrez un bâtiment marron en béton sur votre droite.

— Merci. » Travec se détourna, traversa la rue,

embarqua sur la piste, avisa la bande indiquée et la longea aussi vite que le trafic le permettait.

Elle dévia vers le bord. Il la suivit. La piste se scinda, et sa bande pénétra dans un tunnel étroit qui sentait l'ammoniac et le gaz de houille. Une période de ténèbres remplies d'échos s'ensuivit, après quoi il retrouva le jour.

Des maisons à pignons flanquaient la piste, échafaudages complexes à la façade en colonnes de pierre polie — jaspe, onyx, calcédoine. Un kilomètre, deux, puis la piste laissa derrière elle les résidences, contourna une butte de schiste argileux érodé, escalada une pente ponctuée de marchés de plein air desquels émanaient de fortes odeurs de poisson séché, de vinaigre, de fruits.

Il pressa le pas. La piste franchit un talus abrupt, replongea dans un tunnel. Le temps s'étirait à l'infini. Travec se mit à courir. Dans le noir, il heurta une haute silhouette, ignora ses imprécations, poursuivit sa course.

Un halo de lumière lui apparut et il déboucha sous le ciel voilé de Maxus. À sa droite s'élevait un bloc de béton massif de couleur brune, aux murs aveugles et nus. Tandis qu'il s'en approchait, un aérocar entouré du scintillement de son champ de sustentation décolla du toit, tous volets baissés.

Tenaillé par la frustration, Travec le regarda prendre de l'altitude. Il vit l'entrée en rez-de-chaussée droit devant lui et s'avança, pantelant, à bout de souffle. Un garde en uniforme de cuir noir sortit pour lui barrer le passage.

« Votre laissez-passer.

— Je n'en ai pas. Je viens d'arriver sur cette planète.

— Peu importe. Personne n'entre sans laissez-passer signé du Haut commissaire. »

Travec se tassa sur lui-même, se pencha. Le garde s'adossa au mur avec un petit rire en tapotant l'arme sur sa cuisse gainée de noir.

« La porte est fermée à clé. Vous n'avez qu'à vous casser les ongles dessus, si ça vous amuse.

— Où trouve-t-on le Haut commissaire ? demanda Travec d'une voix rauque.

— À son quartier général, dans l'Arche Guchman, à l'heure qu'il est. » L'autre désigna la piste. « Revenez sur vos pas. Au niveau de la Sente du Bosfor, prenez le ruban orange et brun. Si vous vous dépêchez, vous devriez encore pouvoir obtenir un rendez-vous. » Un sourire cadavérique lui tordit la bouche. « Mais si j'étais vous, je me livrerais, et à quelqu'un dans mon genre. Le Haut commissaire a un esprit des plus inventifs. Il pourrait vous assigner un emploi vraiment déplaisant. Tandis que moi, je vous vendrais comme garçon de cuisine à un seigneur de grande classe. Je vous en donne ma parole. »

Travec sentait la migraine lui battre les tempes. Il dévisagea le garde, se retourna et regagna la piste.

Le Haut commissaire, affalé plus qu'assis dans un fauteuil recouvert d'une fourrure écarlate, roulait entre ses mains un gobelet bleuté. Une mèche noire gominée en accroche-cœur barrait son front haut. Ses paupières mi-closes lui donnaient l'air hautain, son nez partageait son visage telle une lame de faux. Sa peau avait la couleur et la texture d'une coquille d'œuf, sa silhouette émaciée se drapait dans une robe vert gazon et un énorme rubis pendait à son oreille par une chaîne en or.

Il prit tout son temps pour étudier son visiteur avant de lui désigner un siège. Travec s'assit.

« Que désirez-vous ? demanda le Haut commissaire avec courtoisie.

— Un laissez-passer pour le Dépôt central des esclaves. Cela presse. Je dois y retourner tout de suite pour arriver à temps. »

L'officiel hocha la tête. « Bien entendu. Des parents ? Une épouse ?

— Ma mère, mes deux sœurs, mon frère.

— Un coup terrible, terrible, oui. » Il sirota une gorgée de sa boisson. « Je comprends votre hâte ; Surtout s'ils font partie de la cargaison de... voyons, il s'appelle...

— Arman.

— Arman. Tout juste. Un nouveau négociant, qui connaît un succès foudroyant. » Il se rencogna dans son fauteuil. « Je crains que vous n'arriviez trop tard.

— Si l'on me refuse l'entrée, marmonna Travec, cela ne fera aucun doute. »

Le Haut commissaire esquissa un sourire, gribouilla une carte, la lui jeta. « Voilà. Repassez me voir après votre visite. J'aimerais poursuivre cette conversation. »

Dans la nuit qui gouttait telle de l'eau boueuse, les lumières d'Alambar luisaient, blanches et jaunes. Une bise cinglante le gifla tandis qu'il approchait pour la seconde fois du Dépôt central des esclaves.

Le garde haussa des sourcils noirs comme jais à la vue de son laissez-passer et le retourna entre ses doigts.

« Vite, bonhomme ! » s'écria Travec.

L'autre haussa les épaules et murmura quelques mots dans l'alcôve derrière lui.

La porte s'ouvrit. Travec pénétra dans un réduit sans issue visible. Il sentit des rayons chercher sur sa personne la présence d'armes, d'explosifs et de drogues. L'extrémité opposée de la petite pièce s'escamota. Il passa dans un corridor brillamment éclairé et avisa une femme derrière un bureau. « La salle des ventes ?

— Au bout du couloir. Les galeries d'exposition se situent plus loin, sur la droite. »

Il courut le long du couloir, franchit un rideau d'air opaque et déboucha dans une vaste pièce. Un vieil homme en cape couleur abricot le toisa. « Votre laissez-passer, je vous prie. »

Il le lui montra. « Le lot qu'Arman a ramené d'Exar a déjà été vendu ? »

Un haussement d'épaules. « Ça va, ça vient, éructa la voix sifflante. Je crois qu'on l'a traité ce matin. »

Blême, il se pencha. « Il faut que je le sache ! » Il tendit la main vers l'épaule du vieillard et se recula en se remémorant la précarité de son statut de visiteur malgré le laissez-passer. « Où puis-je m'en assurer ? »

L'autre, qui commençait à se lever, agita la main. « Là-bas sur le panneau. Consultez les descriptifs. Le matériau restant à vendre est confiné dans les galeries d'exposition. »

Travec traversa la salle. À sa gauche étaient disposés des canapés de cuir souple dans lesquels plusieurs Maîtres se prélassaient, qui lisant une liste, qui buvant dans un hanap, qui bavardant. L'estrade devant eux était vide, pour l'heure.

Il localisa les listes, suivit du bout du doigt les colonnes de la journée. L'annonce qu'il cherchait apparaissait vers le bas, bariolée de diverses couleurs.

NOUVELLE CARGAISON EN PROVENANCE D'EXAR

Matériau de choix, beau et sain, de la Péninsule Principienne.

N°	Nom	Sexe	Âge	Observation	Mise à prix
1	Vitaly Galwane	F	4	Enjouée, attentive	600
2	Donal Carrius	M	4	Intelligent	400
3	Rabald Retts	M	5	Apprend vite	200
4	Glie Kerlo	F	8	Beauté en puissance	1000
5	Temmi Helva	M	9	Adorable et bien formé	2800
6	Jonalisma Stanisius	F	9	Obéissante, douce	1000

Une croix au crayon bleu précédait la plupart des noms — elle indiquait une vente, présuma Travec. Il parcourut le reste de la liste.

29	Lenni Travec	F	14	Fraîche comme une fleur	5000

Une grosse croix bleue précédait l'entrée. Il sentit sa gorge se serrer. Pâle, le regard fixe, il continua.

64	Thalla Travec	F	18	Exquise et délicate	5000

Aucune indication. Il poursuivit.

115	Gray Travec	M	18	Ingénieur métallurgiste	3000

Une croix bleue. Il s'humecta les lèvres. Ensuite, beaucoup plus bas sur la liste :

427	Iardeth Travec	F	58	Polie, charmante	300

On avait consciencieusement rayé le nom — il avait failli ne pas le voir — et griffonné à sa suite la mention *Morte.*

Pris de vertige, il scrutait la ligne. Il entendit du bruit dans son dos : des voix, des pas, des rires.

« Six mille cinq cents, dit une voix. Est-ce que j'ai une offre à six mille six cents ? Six mille six cents, donc... six mille six cents... six mille sept cents ! Messeigneurs, messeigneurs, allons, admirez ces chairs délicates... Parlez, messieurs, fort et clair ! Ah ! six mille huit cents... six mille huit cents... six mille neuf cents... Oh ! sept mille de la part de Lord Irulite. Sept mille... sept mille... ce sera tout, messeigneurs ? Vous, peut-être, Lord Spangle ? Non ? *Vendu*, à Lord Irulite, pour la somme de sept mille sils. Vendu, dis-je. »

Travec fit volte-face, vit sa sœur allongée nue sur le sol. Son acquéreur, un grand homme corpulent d'âge moyen, à moitié chauve, au nez charnu, au teint violacé, lui tournait autour, visiblement ravi de son acquisition.

« *Thalla !* »

Lord Irulite leva les yeux ; le commissaire-priseur à l'autre bout de la salle posa un regard surpris sur Travec qui courait.

« Dyle ! Ils t'ont capturé, toi aussi ? »

Au passage, Travec bouscula presque Irulite, qui le fusilla du regard. Il prit la jeune fille dans ses bras. Elle tremblait, haletait.

« Je suis venu le plus vite possible pour vous récupérer.

— Dyle, mère est morte ce matin », dit Thalla. Sans bruit, elle se mit à sangloter sur son épaule.

Il se tourna vers l'autre qui fronçait les sourcils. « Voulez-vous me permettre de régler l'enchère et de ramener ma sœur ici présente chez nous, monsieur ? »

Lord Irulite s'empourpra. Puis, au bout d'un moment, il répondit : « Elle m'appartient désormais. Je n'ai aucune envie de m'en séparer. Je l'ai acquise en toute légalité...

— Monsieur, je vous en supplie, ne m'enlevez pas cette pauvre enfant. J'ai parcouru dix-huit années-lumière pour les retrouver, elle et d'autres membres de ma famille. »

Une voix s'éleva derrière lui : « Ne laissez pas l'Orth vous cajoler, Irulite. Vous l'avez achetée et payée. »

Lord Irulite se redressa de toute sa hauteur. « Écartez-vous, étranger. Un peu de retenue. »

La même voix dans la foule lança : « Orth, vous êtes ici par la grâce d'un permis de visite. Si vous violez ne serait-ce que le code de la route, vous pouvez être arrêté et vendu.

— Dyle, ça ne sert à rien, dit Thalla d'une petite voix sans vie.

— Lord Irulite, je vous offre dix mille sils pour ma sœur. »

Irulite fit un pas de côté pour mieux examiner son achat. « Jamais de la vie, dit-il d'une voix suffisante. Même pour quinze mille. Je doute même que je m'en séparerais à vingt.

— Je vous en offre quatorze mille en espèces et sept mille en reconnaissance de dette. »

Pris de colère, Irulite se renfrogna. « Assez de vous et de vos propositions ! »

Thalla se pressa contre Travec. La peau glacée, tous les muscles tendus, elle tremblait. Il sentit ses larmes lui couler le long du cou. « Je suis désolé, Thalla ! » murmura-t-il, au désespoir.

Elle se redressa, prit une profonde inspiration. « Dyle, tu ne peux plus rien pour moi. Fais bien attention à toi. »

Il eut un rire creux.

« Dyle, non, souffla-t-elle. Tu as ta vie devant toi, et... tu peux aider quelqu'un d'autre, peut-être. » Elle déglutit. « Il y a une autre jeune fille... ils la gardent pour la fin. Elle s'est occupée de maman. Elle m'a donné tout ce qu'elle avait à manger. Dyle, si tu pouvais venir à son secours...

— Je vais essayer, Thalla. Où est maman ? »

Elle ferma les yeux. « Ils l'ont emportée. Dans une salle qu'ils appellent l'Abattoir. C'est là qu'ils mettent les morts. Et c'est là qu'ils tuent les gens, aussi. »

Les yeux de Travec n'étaient plus que deux boules de feu. Il resta sans voix.

II

Irulite saisit la jeune fille par l'épaule et la tira à lui. « Il suffit, il suffit, cette scène est pathétique. Restons-en là. » Thalla frissonna sous sa poigne et s'écarta. Il lui jeta un regard dur. « Pas de ça, femme. Tu m'appartiens, désormais. Tu verras que je suis un bon maître si tu prends mes désirs à cœur. À présent, va dans la salle d'attente pendant que j'en termine ici. »

Il se détourna. Travec restait figé. Quelqu'un dans la foule adressa quelques phrases brèves à Irulite, qui déclara d'une voix forte : « Très bien, je l'emmènerai moi-même. » Il cria ensuite à l'adresse du commissaire-priseur : « Quand donc nous proposez-vous cette jolie fleur que vous louangez tant et si bien ?

— Sous peu, monseigneur... vingt minutes.

— Viens, dit-il à Thalla. Allons au registraire. » Il franchit un portail. Elle le suivit en jetant un regard désolé à Travec. Il fit un pas dans sa direction, s'arrêta, puis repartit dans son sillage.

Le couloir longeait les salles d'inspection ; Thalla

marqua une pause près d'une baie d'observation. « La voici, Dyle... dans l'angle. Elle s'appelle Mardiène. »

Travec vit une jeune fille en toge bleue, adossée contre un mur. Elle contemplait ses mains, les frottait l'une contre l'autre avec une expression absorbée, presque absente. Tandis qu'ils l'observaient, elle tourna la tête, et une mèche de cheveux blond cendré lui caressa la joue.

« Viens ici ! lança Irulite plus loin dans le couloir. Je n'ai guère de temps à perdre. »

Ils continuèrent à pas lents.

Thalla s'immobilisa devant une porte en fer. « Voici la salle qu'ils appellent l'Abattoir... C'est là qu'est notre mère. »

La main de Travec se posa sur la poignée comme mue par une force indépendante de sa volonté. Il poussa. Le battant pivota. Une bouffée d'air glacial leur gela les tibias. Thalla poussa un profond soupir et entra dans la salle en titubant, comme une somnambule. Travec la suivit d'un pas raide.

Les murs étaient de brique brune sous un plafond en voûte soutenu par des piliers. À droite s'ouvrait un puisard carré. On venait de le nettoyer ; l'eau n'avait guère que délavé les tâches noires sur la brique. À l'autre bout de la salle s'empilait en désordre un tas de cadavres.

Thalla tomba assise sur le sol en brique et posa son front sur ses genoux. Travec était pétrifié. Dans ce tas de chair morte, il y avait quelque chose qu'il avait aimé. Mieux valait le laisser là, mieux valait se détourner, reporter son attention sur le responsable de leur présence à tous ici : Arman.

Une voix rauque d'impatience lança : « Viens, viens ! Et *tout de suite* ! »

Les lèvres retroussées, Travec se précipita, porta un coup terrible à la face violacée. Irulite sauta en arrière, la bouche molle arrondie de surprise. Le poing de Travec s'abattit sur son épaule et termina sa course contre sa gorge.

« Maudit Orth, je vais te tuer ! » croassa Irulite, enragé. Il plaqua la main sur sa ceinture, dans son dos, et produisit une arme à feu. Alors qu'il tendait le bras, Travec se baissa et lui décocha un crochet au flanc. Le trait d'énergie roussit la brique en plusieurs endroits. Des cadavres tressautèrent.

Travec se redressa, se jeta sur son adversaire, lui écarta le bras et le saisit à la gorge. Le rayon blanc mordit le sol, ricocha le long du plafond.

L'arme échappa aux doigts gourds d'Irulite. Il tressaillit, pris de spasmes. Enfin son corps se détendit. Travec desserra sa prise et se releva, le souffle court. « Thalla... »

Elle était morte. La profonde crevasse noire qui lui barrait le visage en diagonale témoignait de la trajectoire du rayon.

Il resta bras ballants, poings serrés, puis scruta le plafond, les murs. Lentement, laborieusement, tel un vieillard, il se baissa, ramassa l'arme d'Irulite, l'empocha. Des bruits de pas et de voix retentirent dans le couloir. Il redressa la tête dans une posture de bête sauvage avec la vivacité d'un loup.

Les bruits passèrent devant la porte, qui s'était refermée derrière Irulite, et moururent dans le lointain.

« Et pourquoi pas ? demanda-t-il tout d'un coup à la pièce humide, au tas de cadavres. Ce sera une belle vie. Une belle vie, de tuer des monstres... »

Il se retourna, prit dans ses bras le corps de sa jeune sœur, alla le poser avec d'infinies précautions sur les autres.

Irulite, à présent. La veste rouge feu était voyante. Travec la lui retira sans ménagement. Il sentit un objet dur dans une des poches, le sortit : un porte-billets, qui contenait une liasse de coupures de mille sils toutes neuves. Il empocha l'argent, jeta le porte-billets dans une trémie. Les vêtements, veste comprise, suivirent le même chemin.

Il se faufila dans le couloir, regagna la salle des enchères. Nul ne remarqua son entrée. Tous les regards étaient tournés vers l'estrade, rivés sur la fille vendue par le commissaire-priseur.

« Vous êtes trop prudents, messieurs, disait ce dernier. Ces enchères sont ridiculement sous-estimées. Vous allez blesser cette exquise créature. Sept mille, Lord Spangle. Bon... Ah ! Lord Jonas, sept mille cinq cents... Une autre proposition ? Lord Hennex, sept mille six cents. Allons, messeigneurs, qui dira huit mille ?

— Sept mille sept cents », dit une voix rauque que Travec reconnut. Il constata qu'elle appartenait à Lord Spangle, un homme émacié, voûté, brun, le poil rare, les joues flasques, et dont l'énorme nez évoquait un bec.

Travec se rapprocha. La fille, Mardiène, le dévisagea. Elle est très belle, de fait, se dit-il. Et elle a l'air intelligente.

Mardiène, l'expression figée, n'affichait ni peur ni colère. Elle paraissait spectatrice plutôt qu'objet de la vente.

« Sept mille huit cents, dit Lord Jonas.

— Huit mille », surenchérit Lord Spangle.

Le commissaire-priseur se détendit ; son visage reprit son impassibilité. Le schéma habituel se dessinait : d'abord des enchères conservatrices, des clients feignant l'indifférence. Il y avait peu de risques que la marchandise parte à bas prix.

« Huit mille cent, cria une voix flûtée du bout de la pièce.

— Huit mille deux cents, répliqua Lord Jonas.

— Messieurs, messeigneurs, pressons, je vous prie, dit le commissaire-priseur. Est-ce que j'ai une offre à neuf mille ?

— Neuf mille, lança la voix flûtée.

— Neuf mille cent, dit Lord Spangle.

— Qui dira neuf mille cinq cents ? Neuf mille cinq cents ? Allons, neuf mille cinq cents ?

— Dix mille, laissa tomber Travec d'une voix sans timbre.

— Ah ! Bien, monsieur. Dix mille, dix mille, dix mille... »

La fille avait tourné la tête vers Travec en l'entendant. Il croisa son regard, sentit la saveur de sa personnalité — fruits, vin, parfum et pluie. Elle se détourna.

« C'est l'Orth, dit Spangle de sa voix rauque. Quel outrage de le laisser enchérir ici !

— Il serait mieux sur l'estrade, marmonna Lord Jonas. Je l'achèterais, ce sauvage, même si cela devait me coûter mon dernier ana. Je l'enverrais trimer dans les mines de soufre jusqu'à ce qu'il devienne aussi jaune que la cape d'Ollifans.

— Dix mille... dix mille..., aboya le commissaire-priseur.

— Dix mille cinq cents, dit Lord Spangle.

— Bien, monseigneur ! Nous avons une offre à dix mille cinq cents. Et qui paiera ce que cette superbe fleur vaut pour la seule joie qu'elle saura procurer ? Qui dira onze mille ?

— Onze mille, dit Travec.

— Onze mille cinq cents, dit Spangle. Bon sang ! J'aurais dû l'avoir pour huit mille.

— Onze mille six cents », dit Travec.

Jonas donna un coup de coude à Spangle. « Il faiblit, il manque de fonds. Onze mille sept cents et elle sera vôtre.

— Onze mille sept cents, dit Spangle.

— Douze mille, dit Travec.

— Douze mille ! répéta le commissaire-priseur, ravi. J'ai une offre à douze mille !

— Treize mille ! » lança la voix flûtée à l'autre bout de la salle.

Travec réfléchit à toute vitesse. Il avait soldé la propriété familiale sur Exar, il avait fait abattre les troupeaux, il avait vendu les bijoux et les objets d'art qu'il possédait — le tout lui avait rapporté quarante et un mille sils. Onze mille avaient servi à acheter un vaisseau, il avait dû débourser une caution de dix mille sils, consentir maintes dépenses. Il estimait ses liquidités aux alentours de quinze mille sils. Il dit : « Treize mille cent.

— L'Orth gonfle sa valeur, gronda Spangle. Voilà ce qui se passe quand on permet à ses congénères de racheter leurs pareils. J'offre treize mille deux cents, même si je dois gager ma chevalière.

— Quatorze mille ! dit la voix flûtée.

— Quatorze mille cent ! rugit Spangle, au désespoir.

— Quinze mille, annonça Travec.

— Quinze mille, quinze mille ! s'exclama le commissaire-priseur. Qui propose seize mille ? »

Spangle s'assit lourdement sur son siège.

« Quinze mille cent », marmonna-t-il.

Travec avait du mal à organiser ses pensées. Quarante et un mille. Mille pour le permis de visite, cinq cents de pot-de-vin, deux mille de carburant, mille de cartes, deux cents pour le caporal de la station... il devait lui rester quatorze mille sils.

De nouveau, l'échec. Il se détourna du regard inquisiteur du commissaire-priseur. Un étranger qui enchérissait au-delà de ses possibilités se retrouverait sans doute coupable d'un délit qui lui vaudrait d'être arrêté et vendu. Et les enchères montaient déjà trop haut pour ses moyens.

Il pouvait vendre son navire spatial, mais cela ne

l'aiderait guère dans sa situation actuelle. Il s'avisa des regards qu'on lui lançait. Triomphe, mépris, dégoût... Alors qu'il cherchait son porte-billets dans ses poches, il effleura une masse peu familière : la liasse d'Irulite.

« Quinze mille cinq cents », dit-il.

Le silence se fit, puis le commissaire-priseur lança : « J'ai une offre à quinze mille cinq cents... »

Spangle se contenta de jurer tout bas, d'une voix épaisse.

« Quinze mille cinq cents. Qui me proposera seize mille ? Vous, monsieur ? *Vous*, Lord Jonas ? Lord Hennex ? Lord Spangle ? Seize mille ? Non ? Vendu, donc, vendu ! Il est à vous, monsieur, ce beau joyau aux cheveux d'or. »

Travec ne dit pas un mot à la jeune fille. Il paya la somme convenue à Ollifans, le vieillard en cape abricot, et reçut un certificat de propriété.

L'autre feuilleta un dossier. « Sa fréquence pénale est de vingt-six virgule sept cent trente-trois mégacycles. Je vous le note sur le certificat.

— Sa fréquence pénale ? Qu'est-ce que c'est ? »

Ollifans gloussa. « J'oubliais. Vous êtes orth. Un barbare. Elle a, greffé dans la peau de son joli dos, un circuit fait de poussière conductrice qui résonne à cette fréquence. Elle est perdue et vous voulez la retrouver ? Émettez un signal à la bonne fréquence, il vous renverra sa localisation. Elle est insolente, paresseuse, ne se tient pas tranquille quand on la bat ? Augmentez la puissance du signal : la surchauffe du circuit pénal lui apprendra vite qui est le chef. »

Ollifans passa ses doigts dans les boucles qui ornaient sa veste, s'adossa, et ponctua son explication d'un hochement de tête pompeux. Travec ouvrit la bouche pour lui répondre, se ravisa et finit par demander : « Vous pouvez me dire qui a acheté ces deux personnes ? » Il indiqua les numéros vingt-sept et cent quinze sur le panneau — son frère et sa sœur.

Ollifans plissa le front et pinça les lèvres. « Information confidentielle.

— Combien ? » Travec sourit comme un masque de bois sculpté.

Le vieillard hésita. Cinq coupures de cent sils atterrirent sur son comptoir.

« Mille », dit Ollifans.

Travec rajouta cinq cents sils.

« Qu'est-ce qui se passe ici ? » s'enquit une voix rauque. Lord Spangle surgit, son regard embrassa la scène : l'argent, Travec, Ollifans. « Serais-je le témoin de la subornation d'un employé du Dépôt central ? Si jamais c'est le cas, je...

— Non, non, monseigneur, protesta le vieillard en glissant la liasse dans sa sacoche de ceinture. Il s'agit d'un pourboire, voilà tout. Comme vous le savez fort bien, monseigneur, je suis incorruptible. »

Lord Spangle se tourna vers Travec. « Débarrassez donc le plancher, sale Orth flambeur. »

Travec se dirigea vers la porte sans se presser.

« Maintenant, Jonas, entendit-il Spangle grommeler, si cet insouciant d'Irulite voulait bien revenir comme il l'a promis, nous pourrions partir. »

Tandis qu'ils quittaient la salle, Mardiène prit la

parole d'une voix hésitante. « Il vous a traité d'Orth. Vous êtes donc étranger ?

— Vous trouvez que je ressemble à ces Seigneurs ?

— Non, ou très peu.

— Je viens de l'île de Grande-Farize, sur Exar, dit Travec. Pour acheter ma mère, mes deux sœurs et mon frère. J'ai échoué. Ma mère et une de mes sœurs sont mortes. Mon frère et ma sœur cadette ont été vendus... autant dire qu'ils sont morts. Ma sœur morte, Thalla... »

Mardiène lui jeta un regard horrifié. « Thalla... *morte* ?

— Oui. Elle m'a demandé de vous acheter et de vous ramener chez vous. Je le ferai si je le peux. »

La jeune fille se détourna. « Oh ! »

Il l'étudia d'un œil critique. Le ton de sa voix n'avait rien de joyeux. Était-ce de la tristesse due à la mort de Thalla — ou de la déception ?

« Je croyais, dit-elle, que vous m'aviez achetée... parce que vous aviez besoin... d'une esclave.

— Je n'ai pas besoin d'esclaves. Sitôt que nous aurons quitté la planète, ce soir... » Il jeta un regard en arrière. Tout était calme. Le corps d'Irulite gisait toujours dans l'Abattoir. « ... je déchirerai ce certificat. Jusque là, je le garde. On me demandera peut-être de le produire. »

Ils arrivèrent devant la femme assise au bureau. Elle parcourut le papier, pressa un bouton. La cloison s'ouvrit. Ils sortirent dans la nuit froide et humide qui régnait sur Maxus. Travec inspira profondément. Ici, au moins, il pourrait courir.

Trois des cinq lunes s'étaient levées et les bâtiments austères d'Alambar luisaient de gel dans la lumière blanche.

Mardiène frissonna. Sa toge vaporeuse ne la protégeait guère. Travec déboucla sa cape et la lui jeta sur les épaules.

Elle dit, d'une voix lointaine : « Je ne veux pas quitter Maxus.

— *Quoi* ?

— J'ai une mission à accomplir, ici. »

Travec sentit la colère monter en lui.

« Quelle mission ?

— Une affaire personnelle », dit-elle de la même voix distante.

Il se détourna. « Personnelle ou pas, vous venez avec moi. »

Elle lui adressa un long regard froid qui semblait dire : *Vous n'avez pas réussi à sauver votre propre famille, alors vous devez m'entraîner contre mon gré pour racheter votre conscience.*

« Où habitez-vous ? dit-il d'un ton sec.

— Pas sur Exar.

— Mais où ? »

Son masque d'indifférence glissa soudain. L'espace d'un instant, elle révéla un monde intérieur tout de flammes, de couleurs vives et de passion. Puis elle se détourna.

« Je ne peux pas vous le dire. »

III

C'était vraiment le bouquet, se disait Travec. Une citation lui revint à l'esprit : *La femme est la porte de l'enfer.* Que le diable l'emporte, alors ! Il la larguerait sur le premier monde civilisé qui se présenterait, et il aurait fait son devoir.

Ensuite... la vie s'offrait à lui. Comme sa route lui paraissait évidente, désormais ! Plus d'ambiguïté ni d'hésitation, son avenir était tout tracé. Mais d'abord — Travec se fendit d'un sourire carnassier —, Arman. *Arman !*

Il fronça les sourcils. Qui donc était ce monstre ? Mardiène le savait peut-être. Tandis que la piste les entraînait sous le tunnel, à présent éclairé d'une lueur bleutée, il lui demanda : « Vous avez dû voir Arman, l'esclavagiste ? »

Elle sursauta. « Oui.

— À quoi ressemble-t-il ? »

Elle s'exprima d'abord avec circonspection. « C'est un homme magnifique. Aussi jeune que vous, plus grand, et au visage... merveilleux. Un rêve fait chair.

Il a une voix sonore et superbe. Quand il se tient sur la passerelle de son navire, on a l'impression de voir un dieu. »

Une moue amère tordit la bouche de Travec. « On croirait que vous l'admirez. »

Après un instant de silence, elle lui demanda : « Vous ne le connaissez pas ?

— Je compte bien finir par le connaître. Et il me connaîtra, lui aussi. Mon visage sera le dernier qu'il verra jamais. »

Elle se referma sur elle-même. C'est à peine si Travec remarqua son haussement d'épaules dédaigneux. Comment localiser Arman ? Comment fouiller une galaxie peuplée de cinq cents millions d'étoiles ?

Un homme sur Maxus saurait où trouver Arman : le Haut commissaire. Et ledit Haut commissaire lui avait suggéré de repasser discuter.

Travec réfléchit. Ils débouchèrent du tunnel, dévalèrent la pente ponctuée de marchés désormais fermés pour la nuit. Un grand chat noir détala devant eux sur la piste. À travers les arbres, sur leur gauche, filtra la lueur métallique des trois lunes reflétée par une des rivières d'Alambar.

Il tâcha d'analyser la situation. On allait bientôt découvrir le cadavre. La chasse démarrerait. L'exécuter, si on le capturait, eût été gâcher de la ressource. On l'expédierait aux mines de plomb sous la calotte glaciaire de Sraban. Jamais il ne reverrait le ciel. Il fallait quitter Maxus pendant qu'il en était temps.

Il devait pourtant localiser Arman. Le Haut commissaire saurait peut-être où chercher, mais accepterait-il de parler ? Un esclavagiste à succès, c'était un atout pour Maxus et ses Maîtres.

Il y avait aussi Mardiène. D'un regard en coin, il surprit l'éclat de ses yeux qui se détournaient. Elle l'observait. Il sentit sa présence — déroutante, dérangeante. Sa beauté était davantage qu'une conformation idéale des os et de la chair ; c'était un sortilège. Mardiène était une nymphe, une créature de soie, de rêves et de lotus pâle.

Pouvait-il l'emmener dans son vaisseau sans succomber à son charme ? S'il oubliait sa mission, s'il oubliait le serment fait à Thalla... Mardiène, en théorie, était son esclave. Et si elle lui résistait ?

Avec effort, il s'arracha à ses réflexions. Fichue femme ! Que venait-elle faire sur Maxus ? Arman l'avait amenée. On l'avait choisie dans un but bien précis. Sa beauté jouait sans doute un rôle dans sa mission.

Mais les belles espionnes ne servaient à rien ici. Pour une esclave, arriver au Dépôt central équivalait à disparaître de l'univers connu. Fichue femme, vraiment ! Pourquoi tous ces mystères ?

Il se leva et s'étira. D'autres problèmes se posaient, mais il pouvait sans doute compter une nuit avant qu'on ne sonne l'alarme. En fait, si c'étaient des esclaves qui se débarrassaient des corps au Dépôt central, la présence d'Irulite parmi les cadavres ne serait peut-être pas signalée.

Tout bien considéré, il paraissait sans danger d'accepter l'invitation du Haut commissaire. Que faire de

Mardiène, en revanche ? C'était peu pratique de l'avoir avec soi, mais, si elle tenait vraiment à rester sur Maxus, il ne pouvait guère se permettre de la perdre de vue. Elle aurait pu fuir. Et il réalisa tout d'un coup qu'il n'en avait aucune envie.

« Venez, dit-il d'une voix brève. Voici la Sente du Bosfor. On change ici. Le Haut commissaire attend notre visite. »

Son Excellence le Haut commissaire portait un fourreau lamé couleur cannelle orné d'un col de soie vert tendre, ce qui frisait l'affectation. Il se tenait dans une bibliothèque aux murs de panneaux de marbre blanc entre des piliers carrés de brique noire et au sol moquetté de vert vif. Il avait à la main un grand volume recouvert de cuir beige qu'il posa lorsque, Mardiène un pas derrière lui, Travec entra.

Il désigna un siège à sa prétendue esclave. « Restez là. »

Le Haut commissaire agita une main manucurée. « Alors, monsieur Travec, votre quête a-t-elle abouti ?

— Dans une très faible mesure. »

L'officiel s'assit sur un banc de métal et fit signe à Travec de l'imiter. « Vous éprouvez sans doute un vif ressentiment à l'égard du peuple de Maxus ? » Son regard noir scrutait le visage de son visiteur.

« Je ne peux le nier », dit celui-ci.

Le Haut commissaire eut un petit rire contrit. « Tel est le malentendu qui nous accable. Savez-vous, monsieur Travec, combien de Maîtres vivent sur Maxus ?

— Je n'ai jamais entendu de chiffre fiable.

— Un peu plus de quarante millions. Imaginez, Travec ! À peine quarante millions ! Nous concevons et produisons pour la moitié de la galaxie. Nos usines fabriquent les mécanismes compliqués qui vous permettent, à vous tous sur les planètes extérieures, de maîtriser l'environnement. Quarante millions d'hommes possèdent et dirigent le plus vaste complexe industriel de tous les temps ! »

Travec, qui ne souhaitait pas se laisser entraîner dans une controverse sociologique, garda le silence.

« Les Maîtres sont la tête, reprit l'officiel. Nous organisons, nous supervisons. Puis la galaxie nous exploite, *nous*. Partout, nous commerçons. Vos habits sortent de nos métiers à tisser. Votre vaisseau spatial a été construit sur un chantier de Port-Pardis. Mais... » Le Haut commissaire se pencha pour souligner son propos. « ... on a besoin de ces quarante millions de cerveaux au sommet, nous ne pouvons pas nous permettre de gaspiller notre énergie. Nous utilisons donc la force de travail où nous la trouvons et, je le répète, toute la galaxie en bénéficie.

— Vous présentez un aspect de l'existence sur Maxus que je n'avais pas envisagé », dit Travec d'une voix égale.

Son hôte se leva pour arpenter la moquette vert vif. Dans son fourreau couleur de bronze, il évoquait une anguille. Un dandy ridicule, songea Travec. Il n'y a qu'à voir ses boucles brunes, son accroche-cœur et son jabot de dentelle. Cependant, lorsqu'il croisa le regard acéré de ses yeux brillants, il ne put que lui reconnaître intelligence et vivacité.

« Ces quarante millions de Maîtres gèrent une force de travail... considérable, en nombre de travailleurs. Et c'est là toute la précarité de la situation. » Le Haut commissaire rit de l'expression du visage de Travec. « Vous envisagez la possibilité d'une révolte, d'une insurrection ? Des esclaves aux mains rouges de sang qui chanteraient dans les rues ? Absurde. Cette éventualité n'a aucune chance de se réaliser. Nous disposons d'un système de contrôle central qui interdit en théorie, en pratique et dans l'absolu, un tel événement. » Il se passa la langue sur les lèvres et scruta son visiteur en levant un sourcil interrogateur. « Je parle de nos techniques industrielles, qui constituent notre trésor de guerre. Par exemple, donnez-moi quelques grammes de fer, une plaque de mica, un brin de polonium comme catalyseur, et je vous rends une pile qui, exposée à l'air, produira un courant électrique de plusieurs milliers d'ampères des années durant sans faillir.

» Regardez bien. » Il applica un de ses doigts sous un angle de la table. « Du silicone soufflé. Aussi léger que l'air, et plus résistant que le bois. Nos briques, les briques noires que nous utilisons pour construire des maisons, sont solides et bon marché, et elles constituent des isolants efficaces. Or, on les fabrique avec les scories de nos mines, par fournées de vingt millions.

» Les générateurs de force que nous vendons par milliards, les climatiseurs qui rafraîchissent une pièce en expulsant les neutrinos à travers les murs et la réchauffent en absorbant les neutrinos de l'atmosphère, ces secrets et bien d'autres sont notre existence même !

» Nous ne produisons pas notre nourriture : nos mers sont empoisonnées, nos terres ne sont que cendres humides. Une fois apprises les techniques industrielles de Maxus, un travailleur assigné dans une usine ne la quitte plus. Nous ne pouvons pas le lui permettre. »

Il se rassit et regarda Travec comme s'il espérait le voir applaudir. « Votre prudence est compréhensible », répondit celui-ci.

Le Haut commissaire eut un geste désinvolte. « Bien sûr, si quelqu'un dans votre genre arrive sur Maxus et parvient à récupérer un ami ou un parent avant assignation, nous ne voyons aucun inconvénient à laisser repartir la personne en question. D'une part... » Il rit sans se cacher. « ... l'étranger va payer le prix fort au Dépôt central. Plus que la personne qu'il est venue chercher ne vaut comme travailleur. D'autre part, nous ne sommes pas dépourvus d'humanité.

— Je suis ravi de l'apprendre, dit Travec d'un ton sec. Ma jeune sœur et mon frère ont été vendus avant que je puisse intervenir. L'employé a refusé mon pot-de-vin... non, en fait, il l'a accepté, mais il a refusé de me communiquer la moindre information... lorsqu'il s'est aperçu qu'un de vos Lords l'observait.

— Dommage. » L'officiel inclina la tête en direction de Mardiène. « Voici donc, j'imagine, votre autre sœur. »

Travec garda le silence.

« Et votre mère ?

— Morte. »

Le Haut commissaire battit des paupières. « Mes sincères condoléances.

— Accepteriez-vous de localiser mon frère et ma sœur ? demanda soudain Travec. Je vous paierai. »

L'autre secoua la tête. « Je suis navré, c'est impossible. Ce serait créer un fâcheux précédent. Notre Patriarche, en dépit de sa largesse de vue... » Il pinça les lèvres et cligna de l'œil à l'adresse de son visiteur ; le sarcasme était évident. « ... a des idées bien arrêtées sur la question. Il me demanderait des comptes, ce qui me placerait dans une situation délicate.

— Dans ce cas, pourquoi souhaitiez-vous me revoir ?

— À cause de cet Arman, répondit le Haut commissaire tout en polissant ses ongles sur sa manche. Mes espions l'ont identifié.

— Ah bon ? » Travec se pencha vers lui.

« Il n'a rien d'un esclavagiste ordinaire.

— Je veux bien le croire.

— C'est le fils d'un Lord de Maxus et d'une esclave de Fell. D'ordinaire, de tels enfants deviennent gardes, mais le père, dans ce cas précis, s'est pris d'affection pour lui au point de suivre son éducation, puis d'appuyer son entrée dans la caste militaire. » Le Haut commissaire secoua la tête. « Les résultats d'une telle générosité ne pouvaient être que désastreux. Arman est devenu acrobate, gymnaste, presque un voyou. Bientôt, lassé de ce mode de vie, il a créé un culte religieux qui s'est répandu parmi les femmes d'âge mûr de cette planète. Sa nouvelle religion a prospéré, mais, un jour, on l'a accusé d'avoir étranglé certaines de ses bienfaitrices pour faire main basse sur leurs bijoux. »

Mardiène émit un bruit de gorge étouffé. L'officiel lui jeta un coup d'œil, puis reprit son histoire. « Ainsi, il a mené une existence décousue. Bon à rien, acrobate en collant mauve et enfin tueur de vieilles dames.

» C'est ainsi que nous, Maîtres de Maxus, avons eu vent de son existence. Soit il prenait la fuite, soit on le condamnait à l'esclavage. Il a réussi l'impossible : il s'est échappé. Et vous ne devinerez jamais comment.

— Je suis tout ouïe.

— Il a volé le yacht du Patriarche. » Le Haut commissaire eut un petit sourire ironique. « La Première concubine le lui avait offert et c'était un bâtiment magnifique : salles de bains en ivoire massif, tapis en bourre de soie, murs tapissés de lin.

» Naturellement, le Patriarche s'est mis en colère. Il le sera d'autant plus quand il découvrira qu'Arman, sous l'immunité d'un permis de visite, vient de nous vendre une forte cargaison d'esclaves. Il voudra aussi savoir pourquoi je n'ai pas veillé à ce qu'Arman reçoive un châtiment approprié pour ses crimes. Le Patriarche a une mémoire de mastodonte en matière d'insultes. »

Travec sourit avec amertume. « Pourquoi n'envoyez-vous pas un de vos impétueux seigneurs le tuer ? Lord Spangle, par exemple, me paraît être l'exemple même de la bravoure. »

L'autre secoua la tête. « Les Maîtres ne quittent jamais Maxus, sauf à bord d'un navire de guerre. Un homme seul pourrait être capturé et, sous la torture, révéler tous nos secrets. À tout le moins, il serait tué, puisque les peuples de l'extérieur ne prennent pas de gants avec nous. Tous nos agents sont des Orths. Je devrais dire des étrangers.

— Et alors ?

— Arman mort nous réconforterait, le Patriarche et moi. Mais Arman vif nous ravirait. Je vous fais ces confidences, vous vous en doutez, parce que vous verriez volontiers, pour votre part, Arman subir un sort funeste », dit le Haut commissaire.

Son visiteur tressaillit. « Qu'est-ce que vous proposez ?

— Vous parliez d'un frère et d'une sœur ? »

Travec scruta le sol d'un air irrésolu. Tuer Arman était son plus cher désir. Mais devenir un assassin patenté... Bien sûr, il y avait Lenni et Gray. Il serra les mâchoires. Qu'est-ce qui lui prenait d'hésiter ? « Oui. Un frère et une sœur.

— Sitôt confirmée la mort d'Arman de votre main, on les mettra à votre disposition.

— Sains et saufs ? Ma sœur...

— Intacte. En attendant, elle sera placée au service d'une douairière.

— J'accepte vos conditions.

— À présent, dit le Haut commissaire, parlons d'argent. Vous faut-il des fonds supplémentaires, ou le portefeuille de Lord Irulite pourvoit-il à vos besoins ? »

Travec en resta sans voix.

« Un paresseux, un bon à rien, cet Irulite, fit observer l'officiel. Mais vous n'avez pas répondu à mon offre...

— Une rallonge pourrait m'être utile, dit Travec en réprimant son dégoût.

— Excellent. Votre réponse me rassure. Tenez. » Le Haut commissaire lui lança un petit paquet. « Trente mille sils. Votre vaisseau a été révisé et réapprovisionné en carburant. Vous partez sur-le-champ.

— À destination de... ? »

L'autre versa un trait de liquide pourpre dans un gobelet qu'il tendit à Travec, lequel déclina le verre. Il le goûta alors lui-même, plissa les lèvres, émit un claquement de langue.

« Je n'en sais encore rien. Mais nous avons une technique pour découvrir une telle information. Voici : nous notons avec soin les achats effectués sur Maxus par les membres d'équipage. Ainsi, nous savons que l'économe d'Arman a stocké deux semaines de fruits frais. C'est révélateur ; cette réserve ne convient qu'à un trajet limité.

» Arman, toutefois, a fait le plein de carburant. Et son économe a chargé du glyd pour plusieurs mois. Comme vous le savez peut-être, il s'agit d'une pulpe fermentée qui a les faveurs des races d'origine hyarnimmienne, dont les Maîtres, les Clas de Djéna et les Luchistains. »

Il se carra dans son fauteuil et se frotta le menton.

« Tout cela me paraît significatif. De même, le médecin de bord a garni son armoire à pharmacie de parabamine-67, utile dans les atmosphères riches en oxygène, des millions d'unités de sérum de rose à lèvres, des antihistaminiques et des tonifiants cellulaires.

» La cargaison aussi nous offre son lot de renseignements. Peu de robotique miniaturisée, des caisses d'échantillonneurs et de compteurs d'énergie, pas de générateurs de champ, des duplicateurs tridimensionnels et, enfin, des lingots de plomb cristallisé. » Il scruta son visiteur avec une curiosité polie. « Qu'en déduisez-vous ?

— J'imagine que vous avez répertorié toutes les planètes habitées dans un rayon de deux semaines de trajet.

— Exact. Il y en a quarante-six.

— Une atmosphère riche en oxygène implique un monde à la couverture végétale dense. Le rose à lèvres suggère un environnement humide. Une planète de jungles et de marais.

— Continuez.

— Une planète susceptible de fournir des fruits, mais pas de glyd. Peuplée non pas de Hyarnimmiens, mais de Savars, de Gallicrétins ou de Pardusses. Une population dépourvue de laboratoires de recherches ; elle possède des petites usines vouées à la production de biens de consommation courants plutôt qu'à la conception. »

Le Haut commissaire eut un geste désinvolte. « Une seule planète sur les quarante-six satisfait à toutes ces conditions : Fell, la troisième planète du système de Ramus.

— Fell, répéta Travec d'une voix pensive.

— Fell abrite une étrange ethnie, dit l'officiel, mise au ban de la population locale par diverses superstitions : les Oros. La mère d'Arman était oro. On les dit fous à lier, tous sans exception. »

IV

La piste les menait droit dans les ténèbres. Minuit était passé depuis longtemps. Un vent glacial qui puait les déchets industriels et les égouts leur mordait le dos. Les bâtiments se dressaient, mornes, sans vie, des deux côtés de la rue. Leurs fenêtres étaient éteintes, et la suie brillait sur la brique noire dans le rayon lumineux des rares réverbères. On avait du mal à imaginer une présence humaine parmi ces lourdes masses.

Travec et Mardiène se tenaient seuls sur la piste. Les rues restaient désertes à perte de vue. Les ruelles miteuses qui les coupaient ici et là étaient inoccupées, humides, mortes. Une bruine froide se mit à tomber ; le vent agita des draperies spectrales autour des réverbères.

Enfin le portique du terrain principal surgit de la pluie. De part et d'autre de l'arche, deux graissets qui commémoraient un événement du passé jetaient des flammes irrégulières et sifflaient sous les gouttes. Travec et Mardiène quittèrent la piste, passèrent sous l'arche et pénétrèrent sur le terrain. La pluie cessa soudain. Les trois lunes émergèrent d'entre les filoches de nuages argentés, mais les hauts toits découpés qui s'élevaient alentour en arrêtaient la lueur, si bien que les deux humains ne voyaient rien du sol calciné qui crissait et crépitait sous leurs pas.

Travec localisa son vaisseau parmi une douzaine d'autres. Il monta à bord, suivi de Mardiène. Il inspecta la cabine où il avait passé tant de jours et de nuits frénétiques, et soupira de chagrin et de frustration.

Après un tel gaspillage d'émotions, d'énergie et de temps, comment pouvait-il espérer vaincre la puissante inertie de Maxus ? Il poussa un nouveau soupir, se campa devant le tableau de bord, alluma le générateur, prépara le décollage.

Il tourna la tête. Debout au milieu de la cabine, Mardiène, les traits tirés, l'air absent, paraissait aussi bizarre et aussi déplacée dans ce cadre qu'un arbre en fleur. Ses cheveux d'or pâle, trempés, se collaient en mèches. De la voix la plus amicale qu'il put, il lui dit : « Je vous débarque au port de votre choix dans le quadrant que je dois traverser. »

Au lieu de lui répondre, elle inspecta du regard la cabine et demanda : « Où sont mes quartiers ?

— Vos *quartiers* ? répéta-t-il avec un rire las. Estimez-vous heureuse de disposer d'un placard pour vos habits. Je tirerai un rideau dans cet angle : là seront vos quartiers. »

Il la suivit des yeux tandis qu'elle transportait ses maigres bagages de l'autre côté de la cabine et dut consentir un effort pour s'arracher à la contemplation de son dos si souple et de ses jambes fines. Une tristesse douce-amère, lointaine, impersonnelle, l'envahit. Il ne pouvait se laisser distraire par de telles pensées. La dureté, l'austérité devaient devenir ses règles de vie. Il lui fallait se montrer inflexible, rester libre de toute attache.

« Pourquoi me regardez-vous comme ça ? » souffla-t-elle.

Il cilla. « Comme quoi ?

— J'ai fait quelque chose de mal ?

— Pas que je sache. En outre, votre vie vous appartient.

— Vous m'avez achetée. Ma vie vous appartient, selon les lois de Maxus. »

Le témoin lumineux clignotait. Travec pressa la touche de fermeture du sas. Il mit la main dans sa poche, en sortit une feuille de papier qu'il lui tendit. « Dans dix minutes, nous aurons dépassé l'orbite du Poste frontière. À ce moment-là, vous recevrez le seul ordre que je vous donnerai jamais. »

Il se glissa dans le fauteuil de pilotage et manœuvra les commandes. Le vaisseau décolla, s'éleva dans la lueur des trois lunes. Alambar rapetissa sous eux, devint un panorama de mille nuances de noir et de gris.

L'inspection à bord du satellite ne dura guère. « Quel est votre désir, Travec ? lui demanda Mardiène lorsqu'ils eurent quitté la stratosphère.

— Déchirez le certificat de propriété. »

Elle lui obéit, puis se détourna. « Merci.

— Remerciez plutôt le souvenir de ma sœur. Remerciez votre propre gentillesse, qui a fait qu'elle vous a aimée. Vous avez décidé où vous vouliez débarquer ?

— Oui, dit-elle. À Huamalpaï, sur Fell. »

Deux êtres humains dans une coquille de verre et de métal lancée dans l'espace, deux rêves dans l'esprit d'un dormeur : deux personnalités confrontées l'une à l'autre, une intimité forcée.

Mais les circonstances étaient exceptionnelles. Travec, concentré qu'il était, semblait se dépouiller de sa virilité. Il discernait les possibilités à sa portée — son regard s'attardait sur la courbe d'une hanche, sur la longueur d'une cuisse —, mais il ne ressentait aucune envie.

Au bout d'un certain temps, Mardiène, qui s'était préparée à l'abus comme corollaire inévitable de l'esclavage, finit par s'étonner de l'indifférence de son compagnon. Elle en fut même troublée. La trouvait-il déplaisante ? Ou bien avait-il d'autres penchants ? À voir ses traits réguliers, son chaume dru de cheveux bruns, ses gestes maîtrisés, elle en doutait.

Peut-être était-il lié avec une autre femme.

« Travec ? »

Il tourna la tête. « Oui ?

— Vous n'avez plus de famille sur Exar ?

— Non. »

Elle s'assit auprès de lui. « Dans quel domaine est-ce que vous travailliez avant de quitter votre planète ?

— Dans l'architecture, la conception d'usines. » Il la regarda avec une lueur de curiosité. « Et vous ?

— Oh, j'enseignais le maintien à de jeunes enfants.

— Et quelle est votre planète d'origine ? »

Elle hésita un bref instant.

« Fell. Je viens des hautes plaines d'Alam, au-dessus de Huamalpaï. Vous me ramenez chez moi. »

Il la dévisagea, puis jeta un coup d'œil vers l'*Annuaire des mondes habités.*

« C'est là que vivent les Oros. Vous êtes oro ?

— Oui. »

Travec l'étudia un moment. « Vous ne paraissez en rien anormale. Mais l'*Annuaire* dépeint les Oros sous les traits d'une race de déments et... ma foi, voyez vous-même. » Il se leva, localisa la référence et lui tendit le volume. Elle lut sans montrer de réaction tandis qu'il l'observait, perplexe. Puis elle reposa le livre.

« Alors ? Vrai ou faux ? »

Mardiène haussa les épaules. « J'ai donc l'air surnaturelle ou surhumaine ? »

Un bref sourire. « Non. Vous l'êtes ? »

Elle secoua la tête. « Bien sûr que non ! Nous sommes des êtres humains normaux. Nos enfants ne sont pas différents de ceux d'Exar. Mais nous avons reçu un entraînement qui nous octroie certains avantages.

— Lesquels ? »

Elle marqua un temps. « Nous n'aimons guère évoquer ce sujet.

— Très bien. Gardez vos secrets. »

Elle lui jeta un regard préoccupé. « Je ne cherche pas à me montrer mystérieuse. Mais notre peuple... disons qu'il s'agit d'une coutume. » Une hésitation, puis, sur une impulsion : « Vous avez été très bon pour moi et, si vous le souhaitez, je peux faire de vous l'un d'entre nous. Vous en saurez alors bien davantage que je ne pourrai vous en dire. »

Travec eut un large sourire. « Et je deviendrai un dément ?

— Si vous acceptez nos croyances, vous deviendrez un de nos semblables.

— Non, alors. Les religions, les cultes, les rituels... toutes ces formes de folie ne présentent pour moi aucun intérêt.

— À votre guise, dit-elle avec froideur. Je dois souligner cependant qu'une personne à l'esprit fermé n'apprend rien.

— Si votre savoir, ou votre système de croyance, quel que soit le terme que vous vouliez lui appliquer, présente une utilité, pourquoi ne l'avez-vous pas étendu à l'ensemble de la galaxie ?

— Pour diverses raisons. Tout d'abord, nous nous méfions des gens des basses terres et autres... prédateurs humains.

— Vous n'avez pas peur d'Arman ? » demanda-t-il d'une voix crispée.

Elle lui jeta un bref regard. « Arman est un héros... un Évange. »

Il se fendit d'un sourire mauvais. « Le Haut commissaire n'est pas de votre avis. Il me l'a dépeint comme un acrobate, un chef de culte religieux, un tueur de vieilles dames et un esclavagiste. Et vous me dites que c'est un héros ?

— Parfois, énonça Mardiène, les motivations d'un homme sont déformées, ses actes mal rapportés par leurs témoins.

— Dans le village de Farize, j'ai vu des cadavres. J'ai vu le vaisseau d'Arman décoller avec, dans ses cales, six cents de mes congénères. Quel discrédit pourrait entacher un acte déjà si vil ?

— Parfois, bredouilla Mardiène, parfois... quelques-uns doivent souffrir... pour le bien de tous et...

— Et parfois, beaucoup doivent souffrir pour le bien d'un seul.

— Vous avez déjà rencontré Arman ? demanda-t-elle avec ferveur. Vous lui avez déjà parlé ? Vous l'avez déjà regardé droit dans les yeux ?

— Non », dit-il, amer. « Mais cela semble être votre cas.

— En effet. Je révère cet homme.

— Vous êtes donc aussi folle que les autres Oros. »

Leur amitié tournait court. Il y avait dans la cabine une froideur nouvelle, née de l'aliénation de deux esprits repliés sur eux-mêmes. Le temps passa. Un jour, la rumeur muette des générateurs baissa de mille octaves inaudibles, et enfin le vaisseau se coula par le seuil qui ouvrait sur l'espace normal.

Droit devant se trouvaient une étoile rouge géante, Ramus, et, aussi brillante qu'un morceau de charbon, sa planète, Fell.

Elle grossit sous leurs yeux. Travec identifia les continents et les repères répertoriés dans l'*Annuaire*.

La ceinture pêche était le désert du Pôle nord, l'étendue magenta, vert et brun la jungle qui cerclait un des continents, le Kalhua. À l'ouest se trouvait la ville principale, Huamalpaï, derrière laquelle s'élevait le plateau des Hautes Terres d'Alam.

Travec posa le vaisseau sans délai. Le terrain se trouvait dans la plaine, du côté de Huamalpaï tourné vers les marais — une savane qui dansait sous la lumière rosée de Ramus. La ville, pour sa part, s'étendait à quinze kilomètres de là, dans des collines basses lui offrant un embryon de protection face aux raids des esclavagistes.

Mardiène emballa ses rares possessions avec des gestes décidés tout en regardant par le hublot la grande barrière de roc qui délimitait sa terre natale. Travec la vit alors sous un nouveau jour : une jeune femme enthousiaste, volontaire — et très jeune. Il se détourna avec un vague sentiment de culpabilité avant de s'injecter sa dose de parabamine-67 qui faciliterait son adaptation à l'atmosphère riche en oxygène.

On frappa au sas extérieur. Travec déclina son identité devant les représentants du roi Daurobanan, des hommes de petite taille, au visage aplati, qui portaient leur cheveux noirs et lisses réunis en deux nattes dorsales. Leur uniforme, une tenue bleue scintillante au tissu lâche rehaussée d'épaulières qui rappelaient des ailes de libellules, ne devait servir qu'au décorum. Ils restèrent laconiques, efficaces et distants. Travec leur régla la taxe de port et ils s'en furent.

Cape jetée sur son épaule, sacoche agrafée à son baudrier : il était prêt. Mardiène sauta à terre, se retourna, attendit qu'il verrouille le vaisseau.

Le vent qui soulevait des tourbillons de poussière sur le terrain d'atterrissage ébouriffa ses cheveux blond pâle. Par-dessus l'épaule de la jeune fille, Travec avisa, à l'autre bout du terrain, un navire tout noir avec une proue massive en tête de bouledogue et une cale en forme de baril. Il l'avait déjà vu, décollant de la Grande-Farize le ventre plein d'esclaves : le vaisseau d'Arman.

Mardiène nota son tressaillement, la tension soudaine de ses muscles, l'expression de son visage, et suivit son regard.

Elle se détourna. « Au revoir, Travec. Vous avez été très bon pour moi.

— Remerciez ma sœur morte. »

À pas lents, elle traversa le tarmac. Il la vit pénétrer dans une salle d'attente miteuse, sortir, et monter dans un aérocar qui l'emmena vers Huamalpaï à travers le ciel rose pâle.

V

Travec, bien campé sur ses jambes, tourna son regard vers l'horizon avec une sensation de liberté. Aux quatre points cardinaux, de l'espace ; au-dessus, le dôme du ciel. Après des semaines dans le réduit de la cabine, il se sentait comme débarrassé d'un fardeau et débordant d'énergie.

Il longea la file des aérocars de louage, franchit une rotonde découverte et partit à pied.

La route traversait une plaine stérile parsemée de minuscules champignons gris-vert en forme de bouton. De petits diables de poussière, des tourbillons miniatures teintés en rose, en orange, en rouge, se perdaient dans le lointain. Droit devant, un marécage s'étendait tel un doigt noir.

Quand Travec l'atteignit, il trouva le sol boueux et puant. Là, des bouquets de roseaux couleur de rouille bordaient la route. Dans l'air flottaient des toiles d'araignée arrachées à la jungle par le vent. Enfin le marais battit en retraite. La route décrivit un virage et longea une plantation de millet.

Il poursuivit sa route en sifflotant, sous les inflorescences duveteuses qui oscillaient au-dessus de sa tête. Arman et les Oros... Pourquoi une telle relation ? La question l'intriguait. Bien sûr, Arman était à moitié oro.

Il considéra les indices fournis par l'*Annuaire*. « Malgré leurs idiosyncrasies, ils coopèrent magnifiquement en temps de crise, comme ils l'ont montré lorsqu'ils ont chassé de la forêt d'Alam l'armée du roi Vauha. Les habitants des basses terres attribuent aux Oros des facultés surnaturelles — don de double vue, immortalité, et ainsi de suite — et l'on raconte bien des anecdotes étranges sur cette race si particulière... »

Dans un sens, cette association correspondait à ce qu'il savait d'Arman, un mystique sûr de son destin qui, de toute évidence, espérait renforcer le dogme de son culte à l'aide du rituel oro préexistant. L'immortalité ? La double vue ? Toute religion découlait de la peur de la mort chez les humains, se disait Travec : plus l'au-delà apparaissait tapageur, plus le credo connaissait de succès. Il eut un vague sourire. Arman rêvait-il de créer un réseau spirituel dans toute la galaxie ?

Son sourire s'effaça. Une telle entreprise présentait des difficultés que même une crapule comme Arman ne pouvait ignorer. En premier lieu, jamais les Maîtres ne toléreraient une pareille organisation. Leur puissance leur donnait les moyens — réseau d'espions, police secrète — de la détecter. Et ils avaient le pouvoir de l'anéantir — embargo, assassinats et, en dernier recours, intervention militaire.

Travec s'arrêta. Arman devait avoir conscience de ce cercle vicieux. Pour organiser un bloc puissant, il fallait vaincre la richesse, la capacité industrielle et militaire de Maxus. Et pour vaincre Maxus, il fallait un complexe industriel tout aussi vaste, à l'échelle planétaire.

Il regardait sans la voir la route de terre battue. Il devait y avoir un syllogisme, une association d'idées qui permettrait de résoudre le paradoxe. Il secoua la tête. Trop de facteurs inconnus entraient en jeu ; les rares qu'il pouvait identifier étaient des variables.

Il leva les yeux vers le plateau d'Alam. Mardiène avait dû rentrer chez elle, retrouver sa famille, ses amis. Partirait-elle en quête d'Arman ? Il donna de petits coups de pied dans la poussière. De telles pensées ne servaient qu'à le déstabiliser, qu'à interférer avec l'objectif qui donnait sens à sa vie.

D'abord, tuer Arman ou le ramener sur Maxus. Ensuite, localiser d'autres esclavagistes et les tuer. Certains hommes chassaient le loup ; Travec chasserait l'esclavagiste. De leurs têtes, il se ferait une galerie de trophées.

Un concert de bruits métalliques retentit dans son dos. Il sauta sur le bas-côté, se retourna. Un camion chargé de gros animaux gris allait le dépasser. Il leva la main. Le camion s'arrêta dans un crissement de freins. Les bêtes grognèrent, glapirent.

Le chauffeur le toisa du haut de sa cabine. « Où est-ce que vous allez ?

— À Huamalpaï, répondit Travec.

— Montez. »

Travec gravit l'échelle, s'assit sur le siège mal rembourré. Le camion, un antique fardier de fabrication locale, souffla des nuages de fumée et de vapeur. Ses grandes roues se remirent en mouvement avec des gémissements.

Le chauffeur, un individu émacié de son âge ou presque, deux nattes de cheveux noirs, le visage aplati, le noya sous un flot de paroles qu'il écouta avec tolérance.

« ... quinze hectares de rizière pour le solstice, qu'on fera. Ils nous le demandent à Huamalpaï, paraît que les viandaires en raffolent. Paraît que les araignées gardent leurs distances, aussi, comme quoi l'huile rance que donne la feuille du riz les repousse, mais bon, je n'ai jamais vu d'araignée se laisser décourager par une mauvaise odeur.

— Les araignées ? » demanda Travec.

Le chauffeur hocha la tête avec emphase. « Monstrueuses. Certaines, du moins. Elles sortent des marais pour bouffer les viandaires. Y en a d'autres pas plus grosses que mon michequin apprivoisé, pour sûr. Et y a celles à huit pattes et au ventre jaune-vert qui prennent un viandaire sous chacune de leurs deux pattes avant et qui regagnent la jungle comme si de rien n'était... »

Le paysage devenait plus civilisé à mesure que la savane s'éloignait. Vignes et rizières bordaient la route. De petites huttes au toit de chaume bleu brillant apparurent bientôt. Au loin s'étendait la chaîne de collines sur lesquelles les murs en bois de Hualpaï dessinaient, par leurs tours et détours, comme un glaçage de gâteau noir. Derrière la ville s'élevait la Barrière d'Alam, trois mille mètres de roche noire sur fond de ciel rose.

Le chauffeur suivit son regard. « Le Plateau d'Alam », dit-il, avant de marquer une pause expectative et de poser des yeux inquisiteurs sur Travec.

« Ce n'est pas là que vivent les Oros ?

— Si fait.

— Il paraît que ce sont de drôles de numéros. »

Un temps de réflexion. « Plus fous que des scarabées-sacs. Un gars porte une cape rouge avec des demi-lunes bleues, et un autre le croise qui porte la même ? Ils les arrachent tous les deux, ils les brûlent, et ils rentrent s'enfermer chez eux jusqu'à ce que leurs femmes leur en fabriquent d'autres. Ou il y en a un qui chante, ou même qui discute avec ses amis. Il en arrive un autre qui crie : « Taisez-vous ! » Alors...

— Ils se battent ?

— Pas du tout. Ils se serrent la main. Tout le monde rigole et se tape dans le dos.

— Qu'est-ce qui peut les pousser à se battre ? »

Le chauffeur haussa les épaules. « Ils refusent les ordres, déjà. Et c'est une insulte que d'entrer dans la maison d'un autre homme.

— Je me demande bien pourquoi.

— Oh ! Par pure folie, voilà pourquoi.

— Comment traitent-ils les étrangers ?

— Ils les ignorent pendant un jour ou deux, et puis ils les chassent. Ils se plaisent dans leur isolement. »

L'autre secoua la tête. « Nous, les gens de la plaine, c'est rare qu'on monte là-haut. Ce qu'on ne comprend pas ne nous plaît pas. Et c'est de pire en pire, depuis quelque temps.

— Comment ça ? »

Le chauffeur plissa le front. « Difficile à dire. » Il hésita.

« J'ai entendu des rumeurs », murmura son compagnon.

Un petit rire. « Sans doute vraies, quoi qu'elles racontent. C'est un drôle de peuple. Même s'ils étaient normaux, je me passerais bien d'avoir affaire à eux. Ils n'ont pas d'âme, à ce qu'on prétend. »

Travec manifesta sa stupéfaction de la manière attendue.

« Et maintenant, on entend dire qu'un prophète est venu de l'espace, reprit l'autre. Il prêche, il fait des miracles, et ils viennent de tout le plateau l'écouter en soupirant comme des spectres-des-marais. Bien sûr, ajouta-t-il avec modestie, ce ne sont que des potins, mais je viens souvent en ville et je ne me laisse pas abuser comme ça.

— Comment pourrait-on aller voir tout ça de ses propres yeux ? »

Le chauffeur réfléchit. « Il y a plusieurs moyens. On peut gravir la Piste des Braves à pied, au départ de Huamalpaï, ou se faire conduire le long de la Palissade, soixante kilomètres jusqu'à la Trouée de Nuathiole. Il y a une route carrossable, là-bas, encore qu'elle devient presque impraticable une fois sur le plateau, à ce qu'on dit. »

Travec contempla la falaise. « Et par la voie des airs ?

— C'est la troisième façon. Il y a un hangar en ville où on trouve à louer des aérocoptères, construits par des esclaves sur Maxus, je vous préviens. Si vous pouvez payer la location, vous y serez aussi vite qu'un oiseau. »

Lorsque le camion se gara enfin dans Huamalpaï, Ramus, bas et rouge, teintait le ciel de magenta. Travec sauta à terre et prit congé du chauffeur.

Arman était tout près. Pourquoi attendre ? Il inspecta les environs d'un regard.

Au bout de la rue, le palais du roi Daurobanan, un vaste édifice de coupoles, de créneaux, de pilastres, de balcons et de frises rococo. Autour de lui, des magasins, des étals, des ateliers, tous fermés par une façade en bois beige sculpté. Il apprit du premier passant qu'il interpella l'emplacement du hangar de location.

Il suivit la berge d'une rivière couleur de sang, découvrit sur sa route des quais branlants qui semblaient comme sortis de la boue. Le temps qu'il trouve le hangar et loue l'aérocar, la nuit était tombée. Les dernières lueurs lavande ternissaient l'eau.

Les commandes du glisseur étaient aux normes de Maxus. Travec décolla à la verticale dans l'air tiède. Huamalpaï se rétrécit au-dessous de lui tout en égrenant des maisons sur les collines au petit bonheur la chance.

Plus haut, toujours plus haut, jusqu'à atteindre les Hautes Terres d'Alam. Il franchit l'escarpement.

Curieux, il scruta la pénombre. Elle lui dissimulait les détails du paysage, mais il eut la sensation qu'un immense plateau rejoignait l'horizon.

Ici et là brillaient des éclaboussures de lumières colorées, rouges, vertes, bleues, jaunes et violettes, comme si chaque village accueillait une fête foraine.

Quelque part en dessous se trouvait Arman. Où ? Travec fronça les sourcils face à cette débauche de couleurs. L'autre devait mener ses affaires le plus discrètement possible et se méfier de Maxus, sachant que la planète pouvait exercer sa vengeance loin de son territoire. Chez les Oros, la moindre question d'un étranger, aussi innocente qu'elle paraisse, ne manquerait pas d'éveiller les soupçons.

Mardiène savait sans doute où Arman résidait. Elle vivait peut-être même à ses côtés. Comment la retrouver ? Se poser et demander ? Non...

Travec entrevit une solution. Il se pencha sur le tableau de bord. L'aérocar piqua vers Huamalpaï.

Travec survolait de nouveau les Hautes Terres d'Alam. Sur la banquette, à côté de lui, reposait la grosse masse d'un émetteur de fabrication locale.

Trouver Mardiène, c'était trouver Arman. Il bascula un interrupteur, régla la fréquence sur 26,733 mégacycles. La résonance du circuit pénal, à son intensité la plus réduite, le guiderait jusqu'à la jeune fille. Il voulait localiser, certes pas châtier, ni même alerter. Il fit pivoter l'antenne à la ronde, et il écouta.

Un silence absolu.

Il manipula les commandes. Le glisseur prit de l'altitude. Il ajusta le réglage de l'émetteur. Un *bip-bip-bip* ténu naquit. Il augmenta la puissance. La réception gagna en clarté. Avec la boussole et l'antenne, il repéra l'origine du signal — vers le nord-ouest — et vira de bord pour prendre cette direction.

Le signal se renforça. Travec diminua la puissance de l'émission, de peur qu'un fourmillement n'alerte sa proie. Quinze, trente, cinquante kilomètres. Il regarda à l'horizon. Le plateau n'excédait pas quatre-vingt kilomètres de large.

Quinze kilomètres de plus : l'origine du signal se retrouva au-dessous de lui. Il passa en vol stationnaire et jeta un coup d'œil vers le sol. En bas, ce n'étaient que ténèbres, sans une éclaboussure de lumière révélatrice d'un village. L'endroit paraissait inhabité, en rase campagne. Dubitatif, il examina l'émetteur. La fréquence était bien calée, mais le calibrage était-il exact ?

La seule manière de s'en assurer, c'était d'atterrir. Et cette obscurité ne lui plaisait guère. Il songea au noctiscope, mais, comme beaucoup d'instruments de précision des Maîtres, son exportation vers les planètes extérieures était interdite.

Travec plissa les paupières pour discerner les chiffres que l'altimètre indiquait. Six cents mètres par rapport à la surface du plateau. L'aiguille du tactigraphe, qui oscillait entre 6 et 7, mesurait la densité et la texture de la couverture forestière.

Il plongea vers le sol. Six cent mètres... trois cents... deux cents... cent... Il s'arrêta net. Au-dessous de lui se dressait une masse amorphe qui semblait bouillonner : le faîte d'un arbre immense.

Travec s'agita, mal à l'aise. Le moteur n'émettait guère qu'un vague bourdonnement, mais les turbines créaient un déplacement d'air que les bruits de la forêt ne couvriraient peut-être pas.

Il descendit avec prudence. Les ténèbres l'entouraient de toutes parts, maintenant, mais paraissaient un petit peu moins denses sur sa droite. Il vira dans cette direction, puis rétablit l'assise du glisseur et le posa en douceur.

Travec sauta à terre sans bruit, se campa, aux aguets, près du véhicule, et scruta les ténèbres. Il n'y avait pas un souffle de vent. L'air était moite, chargé d'une odeur de résine peu familière. Ce simple détail lui rappela qu'il se trouvait à n'en pas douter sur un autre monde.

Bientôt, il découvrit que l'obscurité n'était pas complète : du bois pourri générait une phosphorescence bleutée au ras du sol.

Il hésita. S'il s'éloignait du glisseur, il ne le retrouverait jamais. Sa vision ne portait qu'à une trentaine de mètres dans l'obscurité. Il risquait d'errer dans la forêt des heures durant.

Il remonta dans l'habitacle, émit un signal minimal, reçut un *bip-bip-bip* clair et ferme. Il orienta l'antenne de manière précise et s'assit pour réfléchir. Son regard se posa sur la boussole du véhicule, un simple dispositif magnétique, de ce fait parfaitement adapté à ses besoins. Il la dégagea de son logement, l'aligna sur l'axe de l'antenne. Nord nord-ouest...

Il partit d'un bon pas que la mousse spongieuse rendait élastique, laissant dans son sillage des empreintes bleutées luisantes.

Travec parcourut une distance difficile à estimer. La lueur bleue lui révélait de tous côtés des troncs noirs dépourvus de branches, dont le bois avait la dureté et la froideur du métal. Ses pieds broyaient des champignons friables, s'enfonçaient dans l'humus. À un moment, il marcha sur une grosse liane qui céda sous sa semelle comme un bras humain.

Une lueur jaune-rose naquit devant lui, au niveau du sol. Il ralentit. Elle parut se déployer pour éclairer les frondaisons vingt mètres plus haut.

La forêt s'achevait au sommet d'une falaise de pierre. Il jeta un coup d'œil par-dessus le bord et vit un amphithéâtre au sol sablonneux. La lumière émanait de sous une tente au tissu rouge terne. Des rangées de bancs s'incurvaient autour d'une estrade de planches noires grossièrement taillées que protégeait une balustrade sculptée. Les bancs étaient occupés aux trois-quarts, d'hommes et de femmes.

Travec étudia l'assistance : des gens de haute taille, bien découplés, aux traits réguliers. Les Oros des Hautes Terres d'Alam. Étaient-ils vraiment fous ? La scène qu'il découvrait ne permettait guère d'en douter, chacun et chacune portant des vêtements à la coupe, aux motifs et aux coloris singuliers.

VI

L'assemblée évoquait un bal costumé, un carnaval. Un des hommes portait un pourpoint de cuir vert pâle et un pantalon de satin vert ; un autre, des braies blanches et une blouse pourpre. Une première femme se drapait en tout et pour tout dans des rubans dorés ; une deuxième arborait une robe de soie bleue damasquinée ; et une troisième, un justaucorps gris aux épaulettes noires, avec des godets jaunes le long des jambes.

Leurs coiffures étaient tout aussi distinctives : bigoudis de bronze, houppettes rouges, plumes, casques métalliques et voiles transparents. Éberlué, Travec étudia les visages qu'il apercevait. L'occasion était peut-être festive ? Non, toutes les expressions étaient graves.

Il s'efforça de les percer, sans rien voir qui indique la folie ou un pouvoir surnaturel. Malgré les vêtements fantaisistes, il constatait une sérénité, un relâchement, une quiétude qui lissaient les traits et leur donnaient une apparence juvénile.

Mardiène se trouvait-elle dans le public ? Il parcourut du regard la circonférence de l'arène. Pas d'huissiers, de gardes, de portiers. Les nouveaux venus n'attiraient pas l'attention, et un étrange costume passerait sans doute inaperçu, se dit-il. Sa tenue grise ne se signalerait que par son austérité. Il entra dans le cercle de lumière jaune-rose, descendit une allée, choisit un siège. Nul ne prit garde à lui. Dans la rangée devant lui, cinq ou six femmes d'âge mûr échangeaient des propos qui l'amusèrent.

« ... si gracieux, à en croire Térésha. Il lui a tenu la main ! Elle dit qu'elle a frissonné à son contact.

— Térésha exagère toujours, tu le sais bien.

— J'ai dans l'idée de l'inviter, lui, à notre nocturne. »

Elles gloussèrent.

« Je doute fort qu'il vienne. Ses études lui prennent tout le temps que ses nombreuses autres activités lui laissent. Il lit couramment huit langues anciennes... »

Les bancs se garnissaient. L'amphithéâtre fut bientôt plein à craquer. Travec se trouva flanqué d'une vieille femme en veste à martingale jaune soufré, qui portait un bouquet de roses dans les cheveux, et d'un jeune garçon d'une quinzaine d'années en surcot vert. Ni l'un ni l'autre ne lui accorda plus qu'un regard distrait.

Un projecteur balaya l'estrade et Arman apparut dans un rond rose. Un soupir vite réprimé monta de la foule.

Travec, fasciné, sentit sa respiration se précipiter. Il vit un homme d'une stature et d'une beauté pareillement divines, qui irradiait l'assurance et l'intelligence. Son visage évoquait mille champions glorieux, les héros de tous les médaillons.

Il avait une voix grave, sonore, mélodieuse, qui donnait à la moindre phrase l'impact d'une déclamation. Il soulignait cet effet en parlant la tête baissée, en croisant les regards des spectateurs. À l'observer, Travec comprit la répugnance de Mardiène à le considérer comme maléfique. Charismatique, dynamique, Arman projetait une aura de *vertu*.

« Hommes et femmes du futur, dit-il, demain, l'aventure commence. Demain, nous quittons les Hautes Terres. »

Il marqua une pause et balaya du regard l'amphithéâtre. Travec sentit le poids de son regard. Arman reprit la parole en détachant bien ses mots.

« Je n'ai pas grand-chose à vous dire. Même ici, dans cette forêt où je vous ai tous convoqués en personne, je redoute les yeux et les oreilles de Maxus. Je dois donc limiter mon intervention aux désirs les plus profonds du Dieu. »

Travec tressaillit. Le Dieu ? Quel Dieu ?

Arman usait de grandes phrases, et de tous les ressorts de l'éloquence, en rhéteur inspiré. Il recourait à une dialectique moins politique que spirituelle, et Travec lui-même se sentait ému. Il aurait été difficile de simuler un tel enthousiasme, une telle flamme. Si le prêcheur croyait en ses prêches...

« Les croyants doivent lancer une croisade, murmurait Arman, et vous viendrez avec moi demain. Son centre, son point focal est ici, en nous. Quel que soit le nom dont vous le baptisez, Dieu, le Sort, le

Destin, la Finalité, il est ici. » Il se toucha la poitrine. « C'est lui qui me donne la parole. C'est lui qui fait de moi ce que je suis, ce que vous voyez devant vous. Ce Dieu, ce Destin, regarde par mes yeux. Ce Dieu, ce Destin, parle par ma bouche. Dépouillez-vous des oripeaux de votre ancienne vie, arborez les soies dorées de l'univers nouveau !

» L'humanité s'enfonce dans la fange. Maxus patauge dans le vin et dans l'orgie. Maxus dévore la graisse de ses victimes. Maxus est la sangsue qui se repaît de l'humanité.

» Les frontières disparaissent. La peste décime un monde. Sur un autre, la civilisation s'éteint et meurt, et les pitoyables ruines de l'humanité restent éparpillées parmi les étoiles. »

La voix rugit et Travec sentit ses poils se hérisser sur sa nuque. Au milieu de l'estrade, la silhouette parut grandir.

« Nous devons forger notre résolution ! Nous purgerons l'univers. Les esclaves seront les maîtres, les maîtres les esclaves ! Ils connaîtront la sueur, le labeur et la mort, ainsi que leurs esclaves les ont connus ! Nous bâtirons une société nouvelle et servirons un Dieu nouveau ! Nos briques seront les esprits humains, notre ciment sera l'esprit oro. La maison que nous bâtirons ensemble sera un nouvel univers ! »

Arman se recula en haletant. Aussitôt, la foule poussa un soupir comme un seul homme — un sifflement aigu, venu du diaphragme. Travec s'agita, irrité par l'abîme entre ses idées et ses émotions. Mardiène d'abord et Arman ensuite avaient conspiré à brouiller la pureté de ses intentions.

« Demain, reprit Arman d'une voix douce et ferme, nous nous embarquons dans notre grande aventure. Vous tous qui venez avec nous, vous verrez un monde étrange. Vous verrez la souillure d'une culture basée sur le mal.

» Tous ensemble, nous accomplirons de grandes choses ! Ce soir, ici, sur les Hautes Terres d'Alam, nous vivons un moment historique. Nous tous qui nous retrouvons dans cette forêt, nous sommes l'étincelle et la semence d'un futur glorieux. »

VII

Travec resta assis, plongé dans l'hébétude. Il vit la lumière du projecteur s'éloigner d'Arman, entendit la foule se lever et partir. Une action était imminente : une croisade, contre Maxus, contre l'état esclavagiste lui-même — mais menée par une petite foule d'hommes et de femmes bizarrement vêtus ? Ridicule. Arman était aussi fou que son peuple.

Du moins en apparence. Il se pouvait que Mardiène ait dit la vérité, que les motifs d'Arman aient été mal interprétés. Il se pouvait que, pour lui, six cents vies ne pèsent pas lourd. Et qu'il soit bel et bien Dieu, ou le Destin.

L'indécision était la pire des tortures. Au fond de lui, un message tentait d'atteindre son esprit conscient. Il se secoua, le brouillard mental se dissipa. Quel était le message ? La clé de son dilemme. Il se pencha en avant, se massa les tempes un long moment, puis il se leva et scruta l'estrade. La foule avait quitté l'amphithéâtre, Arman disparu. Sentant une autre présence, un regard suspicieux, il jeta un coup d'œil vers l'adolescent assis près de lui. Ils étaient presque seuls dans la lumière déclinante.

« Vous n'êtes pas oro », dit le jeune garçon.

Il se bornait à énoncer un fait.

« Comment le savez-vous ? s'enquit Travec avec un calme qu'il ne ressentait pas.

— Cela se voit à votre visage, aux rides de mort. Je le sens dans votre esprit dont la surface rappelle le Désert de Granit. Vous n'êtes pas oro.

— Et alors ?

— Si vous êtes un espion de Maxus, vous serez tué.

— Si j'étais un espion de Maxus, comment est-ce que je me serais retrouvé ici ? »

Le garçon secoua la tête et se recula. Travec devina qu'il s'apprêtait à appeler à l'aide. L'amphithéâtre était vide, mais il restait du monde dans les parages.

« Très bien. Vérifions donc si je suis un espion. Allons voir Arman. »

L'autre hésita. « Vous voulez voir Arman ? Vous partez demain ?

— Peut-être. Je n'ai encore rien décidé. »

Le garçon l'observait du coin de l'œil.

« Allons trouver Arman. Vous connaissez mieux la forêt que moi. Je vous suis. »

Le garçon le dévisagea. Travec, grand, mince, les muscles fins et longs pareils à ceux d'un félin du désert, ne devait pas correspondre à l'image qu'il se faisait d'un espion : petit, le regard fuyant, le sourire faux...

« Je vais vous dire où le trouver, dit-il. Mais je ne vous y emmène pas. »

La proposition l'arrangeait. « À votre guise. »

Mais l'adolescent changea d'avis. « Et puis non. Je vous y conduis moi-même. Comme ça, je *saurai* que tout va bien. Je suis apprenti ingénieur, ajouta-t-il d'une voix timide.

— Excellent. Et quel rôle est-ce que vous jouez dans cette grande aventure ?

— Oh ! » Il choisit ses mots avec soin. « Je vais traduire des idées en dessins conceptuels. C'est ma spécialité.

— Je vois, je vois. Maintenant, allons trouver Arman. »

Une hésitation. « Je devrais peut-être vous amener à mon père et le laisser décider. »

Travec s'arrêta, comme pour réfléchir. « Non, dit-il enfin, je n'ai guère de temps. Je préfère voir Arman directement. »

Le garçon demeurait irrésolu. Il n'avait jamais rencontré Arman, jamais parlé avec le grand homme. Ce serait peut-être l'occasion. « Suivez-moi », décida-t-il.

Ils quittèrent l'amphithéâtre, suivirent un chemin sinueux qui traversa une route goudronnée et replongea dans les bois. Ils marchèrent durant cinq minutes. La forêt s'éclaircit. Ils émergèrent à ciel ouvert. À l'est, une planète luisait telle une perle rose monstrueuse. Travec constata qu'ils se trouvaient sur une lande moutonnante. Le vent humide qui lui soufflait au visage sentait le marais. Devant brillaient les lumières d'une fermette.

Repris par l'indécision, le jeune garçon s'arrêta soudain. Allait-on le remercier de déranger le héros en lui amenant un inconnu, un étranger ? Et si cet homme au regard sombre et aux cheveux noirs était un ennemi, un espion de Maxus ? Il sentit un frisson le parcourir.

« On a pris le mauvais chemin, dit-il d'une voix rauque. On ferait mieux de retourner dans la forêt. Je vous emmène voir mon père. »

Travec tendit la main d'un geste languide, la referma sur la nuque de l'adolescent, lui tâta les muscles, serra. L'autre se figea, bras ballants, jambes molles. À tâtons, il fouilla sa sacoche, en sortit un injecteur palmaire — une petite poche de drogue équipée d'un dard. Sa prise se relâcha. Par réflexe, le garçon lança un bras en l'air, puis il poussa un cri étranglé.

Serrant les dents, Travec raffermit sa prise. Il coucha de force l'adolescent par terre, lui plaqua l'injecteur sur le cou. Un tressaillement. Il se redressa. Le garçon ne bougea plus.

Il attendit dans l'obscurité. De toute évidence, nul n'avait rien entendu. Il se rapprocha de la fermette avec précaution et nota son haut pignon, ses fenêtres ovales et sa porte qui affectait la forme de trois disques superposés.

Les volets fermés laissaient filtrer un peu de lumière dorée par des interstices dans le bois mais ne permettaient pas de voir à l'intérieur. Il contourna la maison, longea des clapiers, des resserres, des appentis, trouva la porte de derrière.

Il abaissa le loquet, mais la porte était barrée de l'intérieur. Alors il tira de sa sacoche une torche et se retint de tousser dans la fumée qui monta lorsqu'il découpa un trou au-dessus du loquet à l'aide de son rayon concentré. Il passa la main entre les échardes fumantes, souleva la barre, baissa le loquet et, l'épaule contre le battant, ouvrit la porte.

La pièce, sombre, sentait les fruits blets. Quatre traits de lumière révélaient une autre porte. Travec usa de sa torche en mode éclairant, promena le rayon autour de lui et traversa le réduit à la hâte.

Derrière l'autre battant, on n'entendait rien, ni voix, ni mouvements. Il éteignit la torche, en concentra le rayon, en augmenta la portée, puis ouvrit la porte.

Assis sur un banc devant la cheminée, Arman contemplait les flammes. Il était seul. Travec s'avança sans bruit. L'autre sentit sa présence et leva la tête.

« Silence », dit Travec en lui montrant son arme. Arman se leva, le regarda sans un mot. Le charisme de ce bel homme aux traits réguliers était aussi formidable que déconcertant. Travec hésita — devait-il le tuer ici même ? Ce serait facile. Non : Arman en vie sur Maxus vaudrait davantage qu'Arman mort sur Fell. Sa rançon rachèterait non seulement le frère et la sœur de Travec, mais aussi beaucoup d'autres esclaves.

« Tournez-vous. » Arman obtempéra en le surveillant de ses grands yeux lumineux par-dessus son épaule. Il n'avait toujours rien dit.

Travec s'avança prudemment. L'autre, bâti en force, avait l'air dangereux. Il tendit la main et lui effleura le cou avec l'injecteur.

Derrière lui retentit un petit cri de terreur. Il recula

tandis qu'Arman se tétanisait. Dans l'encadrement d'une porte se tenait une jeune femme en pantalon noir et chemisier vert et blanc, aussi blonde et aussi belle que le soleil d'Exar : Mardiène.

Arman s'effondra. « Venez ici, vite, ou je vous tue », dit Travec à Mardiène.

Elle s'approcha, le regard étrangement voilé. « Me tuer ? » Elle semblait plus perplexe qu'effrayée. « Pourquoi ? »

Travec se rembrunit. Il ne pouvait tout simplement pas lui répondre qu'il avait éprouvé un accès de jalousie féroce en la voyant dans la maison d'Arman. Elle baissa les yeux sur la silhouette étendue par terre et porta une main à sa gorge.

« Vous l'avez tué... déjà ?

— Non, il n'est pas mort.

— Qu'est-ce que vous comptez faire, alors ?

— L'emmener sur Maxus et l'échanger contre mon frère, ma sœur et le plus grand nombre possible de mes amis.

— Mais il sera torturé ! » Elle leva les yeux vers lui et le voile quitta son regard.

Il haussa les épaules et considéra le corps. « Il aurait dû y réfléchir avant de devenir esclavagiste. »

Mardiène s'avança. « Travec... *Dyle* ! Vous ne comprenez pas ! Vous ne pouvez pas faire ça ! Je vous en prie ! »

Il émit un vilain petit rire dédaigneux. « Vous devez être aveugle. Ou on vous a dupée.

— Ce sont vos émotions qui parlent ! s'écria-t-elle, blême, les yeux écarquillés.

— Je vous retourne le compliment », dit-il, sardonique.

« Non. Moi, je sais. Je *sais* ! » murmura-t-elle, les dents serrées.

Il haussa les épaules. « Il parlait de partir demain. Où, et pourquoi ?

— Pour Maxus, avec six cents des nôtres, répondit-elle avec rage. Vous voyez à quel point nous croyons en lui ! Au point que six cents se portent volontaires.

— Volontaires ? Pour quoi ?

— Pour devenir esclaves. »

Il se figea et la dévisagea. « Dans quel but ? »

Elle détourna la tête. « J'en ai déjà trop dit.

— Dois-je comprendre, énonça-t-il, que six cents Oros se laissent vendre comme esclaves ? Et qu'Arman va toucher le produit de cette vente ?

— Oui.

— Vous êtes décidément fous à lier, tous.

— Et vous, vous êtes un imbécile ! lâcha Mardiène d'un ton sec. L'argent sert à acheter de l'équipement, des outils, pour des usines, des centrales !

— Et qui travaillera dans ces usines ?

— Nous, les Oros.

— Et qui protégera vos industries face à Maxus ?

— Nous aurons un champ de force semblable au bouclier qui entoure Maxus.

— C'est un des secrets les mieux gardés de tout Maxus : comment placer toute une planète derrière un écran. »

Mardiène sourit. « Une fois que les Oros seront esclaves sur Maxus, il n'y aura plus de secrets. Ceux qui partent ont tous reçu une formation de technicien. »

Travec fronça les sourcils. « Je ne comprends pas.

— Bien sûr que non. Vous n'êtes pas oro.

— Non. En effet. Comment allez-vous sortir ces secrets de la planète ?

— Ça, c'est un de *nos* secrets. Nous allons nous procurer toutes les formules, tous les plans, tous les circuits, tous les savoirs disponibles sur Maxus. Et ici, sur les Hautes Terres d'Alam, nous allons recréer sa technologie.

» Nous allons protéger Fell de Maxus derrière un champ de force jusqu'à ce que nous possédions nos propres navires. Ensuite, nous exporterons notre technologie sur les autres planètes. Maxus reculera devant nous.

— Très imaginatif. » Travec s'adossa contre le mur. « Et pourquoi échanger les déprédations occasionnelles de Maxus contre la tyrannie de cet esclavagiste... » Il poussa Arman du bout du pied. « ... de ce meurtrier ?

— Il n'y aura pas de tyrannie sous l'égide d'Arman ! »

Il secoua la tête, lentement. « Vous êtes bien naïve ! Il dit : "Les maîtres seront les esclaves", et vous le croyez encore.

— "Les maîtres seront les esclaves", répéta-t-elle. Vous étiez à l'assemblée.

— Oui.

— Qu'est-ce que vous voulez dire, alors ?

— Que vous pouvez peut-être créer un système

industriel capitaliste, mais qu'il vous faudra bien plus de millions de bras pour le faire fonctionner que vous n'en avez sur Fell. Vous avez idée de la complexité d'un navire de guerre ? Du nombre d'années-homme nécessaire à la construction d'un simple croiseur...

— Non, murmura-t-elle.

— ... ou même à celle des équipements et des machines nécessaires pour commencer ?

— Nous commencerons à petite échelle.

— Impossible. Un complexe industriel, c'est gigantesque, ou bien ça n'existe pas. Il faut quarante millions de Maîtres pour superviser les industries de Maxus. Et vous, ici, vous n'êtes que quelques millions. D'où viendront les années-homme supplémentaires qu'il faudra utiliser ? Arman vous a donné la réponse dans son discours, elle lui vient sans peine à l'esprit du fait même de sa profession : des esclaves !

» Autre chose... Vous croyez que les Maîtres vont rester les bras croisés pendant que votre système capitaliste se développe ? Ils sont réalistes. Ils se développeront en même temps que vous, mais plus vite. Ils réduiront en esclavage davantage de planètes, construiront davantage d'usines... et ils ont deux mille ans d'avance sur vous.

» Même si votre complot réussit, vous ne gagnerez pas. Personne ne gagnera. Tout le monde perdra. Il n'y aura pas que Maxus pour ravager les planètes, il y aura aussi les esclavagistes de Fell. Deux systèmes industriels se disputeront les marchés galactiques afin d'acheter assez de nourriture pour nourrir leurs esclaves !

— Non, non, *non* ! Ça n'a rien à voir avec notre plan !

— Non, bien sûr, dit Travec avec douceur. Vous êtes une idéaliste. De celles et ceux qui font les révolutions, qui tirent les marrons du feu. Puis les réalistes consolident la situation, mettent au point les compromis et liquident l'opposition. »

Ils se regardaient, campés de part et d'autre de l'idole renversée de Mardiène. Celle-ci murmura : « Qu'est-ce que vous proposez ? Vous essayez de détruire mes convictions, mais vous ne m'offrez rien d'autre.

— Je suis désolé, dit Travec. Je ne vois aucune solution agréable à vous proposer... sinon de rendre l'esclavagisme si dangereux que les monstres dans son genre... » De nouveau, il poussa Arman du pied. « ... s'en tiendront à l'acrobatie. C'est à ça que je vais consacrer ma vie. En commençant par l'esclavagiste même qui m'a volé ma famille.

» Sitôt qu'il sera entre les mains du Haut commissaire d'Alambar, je n'aurai plus de pitié pour aucun d'eux. » Sa voix devint métallique. « Je les tuerai, tous autant qu'ils sont. »

Une étrange pâleur envahissait le visage de Mardiène. Il remarqua alors la direction de son regard, rivé sur le sol.

Il se recula trop tard. Un corps souple et massif le percuta à hauteur de taille et le projeta à la renverse. La torche roula avec bruit sur le parquet. Mardiène haleta et courut la saisir.

Travec projeta son pied dans l'abdomen d'Arman,

qui tituba. Au même instant, il vit la jeune fille, les traits tirés par le doute, les yeux écarquillés, le regard vide, pointer la torche.

Il roula sur lui-même et un trait de lumière rouge calcina le parquet à l'endroit précis qu'il occupait l'instant d'avant.

Il sauta sur ses pieds, plongea derrière Arman qui, plié en deux, tentait de reprendre son souffle, empoigna un tabouret et le jeta sur Mardiène. Elle le reçut sur l'épaule et le visage et s'effondra. Alors Arman, fou de rage, bondit sur Travec en poussant un cri terrible.

VIII

La masse et la force contre la prudence et la ruse. Travec, un montagnard d'Exar, s'était souvent battu. Mais Arman paraissait doté d'une endurance inépuisable, surhumaine. Ils luttaient, s'écartaient, se sautaient à nouveau dessus. Peu à peu, la vision de Travec se brouilla, se ternit, tandis qu'Arman semblait toujours aussi énergique.

Il bondit sur Travec qui recula. Il balança son bras comme une massue, manqua son coup : Travec se précipita, saisit le bras, fit levier — Arman s'écrasa au sol. Travec lui décocha un coup de pied dans la tête. Arman hurla et voulut rouler à l'écart ; il heurta le mur, gémit, griffa le parquet et ne bougea plus.

Mardiène rampait vers la torche. Travec se jeta sur l'arme, la récupéra, se releva.

Pantelant, pris de vertige, le cœur battant la chamade, les genoux montés sur roulements à billes, couvert de bleus, la joue, les lèvres et le menton en sang, il observa la jeune fille allongée par terre qui le fusillait du regard et entrevit la bête primordiale. Après cette vision fugitive, il s'émerveilla de l'excellence des déguisements tels que la beauté physique et le vernis de civilisation.

« Vous êtes aussi pourrie que lui, haleta-t-il. Vous êtes sa maîtresse, la maîtresse d'un esclavagiste.

— Et vous, vous êtes jaloux, souffla-t-elle. C'est pour ça que vous le haïssez. Pour ça que vous me haïssez. » Elle se détourna. « Si je l'ai été, si je le suis encore, de toute façon je n'ai pas à en rougir. »

Il ne trouva rien à lui répondre. Le silence s'installa : Arman restait étendu les bras en croix, Mardiène assise tous les muscles tendus, Travec adossé au mur pour reprendre son souffle. Il posa son regard sur l'injecteur palmaire : pourquoi n'avait-il pas immobilisé Arman ?

Il le ramassa, l'examina. L'aiguille était brisée, la poche vide. Il demeura figé un petit instant, l'esprit en déroute. Les événements se succédaient trop vite pour lui, il ne maîtrisait plus rien. Où était passé l'adolescent ? Était-il parti chercher de l'aide ?

Arman gémit de nouveau, secoua la tête à grand peine et prit lentement appui sur ses bras.

« Restez tranquille », dit Travec. L'autre le regarda. « Les bras dans votre dos. »

Arman obéit. Travec empocha la torche, tira son couteau, alla en boitillant se pencher sur son adversaire et produisit un rouleau de ruban adhésif. Une créature osseuse lui sauta sur le dos et lui agrippa les bras. L'adolescent.

Travec lâcha le ruban adhésif et se débattit pour sortir la torche de sa poche, mais elle roula au sol.

Arman bondit et s'en empara. Le garçon se dégagea et se mit à débiter des explications à toute allure.

« ... su qu'il fallait s'en méfier dès l'instant où je l'ai vu. Alors je l'ai tenu à l'œil. Je ferais n'importe quoi pour vous, Lord Arman... »

Les yeux d'Arman brillaient tandis qu'il observait Travec qui, les bras ballants, attendait la mort. Mardiène, qui tâtait sans mot dire les bleus que le tabouret lui avait infligés, les regardait, sans expression.

« Lâchez ce couteau ! » ordonna Arman. Travec baissa la tête et adopta une posture de combat. « *Vite !* aboya l'autre. Ou je vous brûle sur place. »

Il obéit.

« On m'a parlé de vous, dit encore Arman. Vous espériez me ramener sur Maxus... en vie. »

Travec resta muet.

« Quelqu'un dans votre genre devrait valoir deux mille sils à Alambar. » Arman se tourna vers une grille encastrée dans le mur et haussa le ton. « *Krosk !* »

Bientôt un bruit de pas traînants s'éleva dans le couloir. Un homme trapu en combinaison de travail blanche passa la tête dans la pièce. Il avait le visage brun creusé de rides et des yeux comme des pruneaux. « Qu'est-ce qu'il vous faut ?

— Piquez-moi celui-ci. »

Sans autre forme de procès, l'homme trapu appliqua un vaporisateur hypodermique contre la gorge de Travec. Un petit sifflement aigu retentit.

« Vous vous réveillerez à Alambar, dit Arman. Le prix que vous rapporterez nous servira. Le moindre sil nous sert. »

Travec sentit une vague nauséeuse le balayer. Ses genoux cédaient sous lui, le poids mort de ses bras l'entraînait vers le bas. Il discerna Arman faisant signe avec un léger sourire au petit homme simiesque, qui s'avança pour le retenir. Le brouillard envahit son champ de vision.

IX

Des doigts sur son visage, un bourdonnement près de ses oreilles, une vibration dans son crâne.

Il ouvrit les yeux. Un vieil homme le tondait. Travec se redressa en position assise. Il se trouvait dans une grande salle carrelée de blanc, sur une table en ardoise grise et froide. Il était nu.

La sensation d'humidité et le tuyau par terre lui firent comprendre qu'on venait de le laver. Sur d'autres tables gisaient cinquante hommes et femmes, nus et mouillés. Deux autres garçons de salle leur coupaient les cheveux à la tondeuse.

Quelque chose lui enserrait les poignets. Il baissa les yeux. Il portait des menottes. Le garçon de salle produisit une clé et les lui ôta. « Quelquefois les nouveaux venus sont un peu nerveux... affolés, vous voyez... quand ils se réveillent. »

Travec se rallongea sur la table. « Je suppose qu'on est à Alambar ?

— Exact, dit l'autre.

— Au Dépôt central ?

— Exact. »

Il contempla la pièce d'un air impassible. « Et les autres, là, se trouvaient dans la même cargaison que moi.

— La cargaison d'Arman, oui. Six cents personnes.

— Depuis combien de temps est-ce que je suis là ?

— On vous a déchargé ce matin. »

Il se mit debout, tituba. Il avait les bras et les jambes tout pâles, les muscles flasques. « Deux jours de vraie nourriture et vous serez comme neuf, dit le garçon de salle.

— Où sont mes vêtements ? marmonna Travec avec rage.

— Du calme... Hausser le ton ne sert à rien. On vous a imprimé un circuit pénal, et tous les prétextes sont bons pour vous tanner le cuir les premières semaines. Ils aiment vous voir vous débattre et rugir. C'est le seul plaisir qu'ils ont.

— Je veux voir le Haut commissaire, murmura-t-il.

— Dites-le à l'un des Maîtres. Je ne suis qu'un esclave, comme vous. »

Travec se détendit sur sa table. Le temps passa. Certains autres finirent par s'agiter, par s'asseoir. Il les étudia. Graves et disciplinés, ils n'étaient plus de première jeunesse. Les hommes comme les femmes avaient un aspect banal. Ils pouvaient avoir l'air de techniciens.

Une sonnerie retentit, une porte s'ouvrit, un garde en uniforme noir entra. Il tenait une baderne qu'il balançait avec désinvolture. Travec croisa son regard et y lut de la colère.

« Par Titus, on a un groupe bien élevé, aujourd'hui, dit le garde. Pas un cri. Les survivants, debout ! À la queue leu leu et suivez-moi. Quand vous passerez par l'intendance, prenez des sous-vêtements, une blouse et une paire de sandales, ni plus ni moins. Pressons, à droite. » Sa baderne fendit l'air.

On les fit défiler devant un comptoir où on leur distribua des vêtements, puis devant un bureau où on leur suspendit une plaquette d'identification au cou. On emmena ensuite les hommes par une porte, les femmes par une autre.

Travec se retrouva dans une longue galerie bien éclairée, avec une cloison en verre épais. L'endroit, familier, évoquait la pièce où il avait vu Mardiène la première fois. Il devait y avoir cinquante autres hommes avec lui ; certains marchaient la tête basse, d'autres scrutaient le verre d'un regard absent, quelques-uns échangeaient des murmures. Un jeune garçon reniflait, l'air chagrin.

Au bout de la salle se tenait un esclave roux, costaud, qui portait un harnais vert et rouge — un planton qui paraissait se réjouir de son sort. Travec s'approcha de lui et constata qu'il avait les yeux aussi froids et dépourvus d'expression que ceux d'un crapaud. « Comment puis-je passer un appel ?

— Vous ne pouvez pas. Cette époque est révolue.

— Je veux joindre le Haut commissaire... un ami à moi. »

Le planton apprécia la remarque. « Et moi, je suis l'oncle du Patriarche.

— Le moindre retard vous sera imputé », lui dit Travec d'une voix posée.

L'autre cilla. On avait vu plus bizarre, après tout. « Une minute, pas plus. »

Il le conduisit dans un bureau. Le lieutenant en uniforme noir et or auquel Travec raconta son histoire hésita. Au bout d'un moment, il désigna un écran. « Tenez. Allez-y. »

Une étoile à sept branches apparut, une voix dit : « Ligne ouverte.

— Le Haut commissaire », dit Travec.

Une figure renfrognée surgit, gros sourcils noirs, cheveux raides coupés court, nez de rapace. « Eh bien ?

— Je veux parler au Haut commissaire. »

L'autre prit note de son visage, de sa tenue. « Vous êtes un esclave.

— Si vous tenez à la vie, dites-lui que Dyle Travec est à l'appareil. »

L'homme se détourna, murmura quelques phrases, et puis son buste s'effaça. Travec se retrouva face au visage étroit de l'officiel.

« Ah ! Travec », dit celui-ci avant de laisser échapper un petit rire joyeux. Comme son interlocuteur gardait un silence solennel, il ajouta : « Quelle absurdité ! Quelle tristesse ! Je vous envoie me ramener Arman, et il vous vend au Dépôt central comme esclave. Vous ne trouvez pas cela drôle ?

— Bel exemple d'ironie du sort, convint Travec. Pourtant, je serais ravi que vous me libériez de cet enclos. »

Le Haut commissaire secoua la tête. « Mon cher, je crains d'être impuissant en la matière. Vous échappez désormais à mon influence. Le Patriarche serait fort mécontent si je me mêlais de nos embauches. Je pouvais négocier avec vous tant que vous déteniez un permis de visite qui vous accordait une certaine protection, mais là...

» J'espérais que vous ramèneriez Arman, et c'est lui qui vous ramène. Je ne vous veux aucun mal, mais vous valez davantage comme manœuvre que comme chasseur de primes pour Maxus. Travaillez bien, tenez-vous de même, et que je n'entende plus parler de vous. »

L'écran s'éteignit.

Travec le contempla ; les mots qu'il aurait dû prononcer se pressaient sur ses lèvres. « Raccompagnez-le dans la salle », dit le lieutenant d'un ton neutre derrière lui.

X

Peu à peu, Travec se rendit compte qu'on l'évaluait sans cesse dans la salle. Des contremaîtres, plissant les paupières, estimaient sa résistance, sa force, sa souplesse. Des seigneurs en quête de laquais étudiaient son port de tête, sa posture générale. Les dames des demeures à colonnades, en quête de valets de pied et de secrétaires particuliers, étudiaient sa stature et ses traits.

Un visage au nez osseux et aux lèvres minces attira son attention. Son propriétaire fronça les sourcils, perplexe, puis le désigna du doigt à son compagnon, l'air excité. Travec le reconnut enfin : Lord Spangle.

L'enchère débuta l'après-midi même. On convoqua les occupants de la galerie sur l'estrade, un par un. Travec n'eut pas longtemps à attendre son tour. Il considéra l'assistance d'un regard morne.

« Un peu de gaieté, mon garçon, murmura le commissaire-priseur. Il y a là des dames. Si vous n'en intéressez aucune, ce seront les mines ou les fonderies, et tout sera dit. Souriez, et peut-être que vous vous trouverez un lit douillet. »

Il haussa le ton. « Un bel homme musclé d'Exar ! Notez le torse puissant, le cou droit, les jambes fortes. Un homme de valeur dans tous les domaines, aussi, mesdames et messieurs, j'attends vos enchères.

— Huit cents sils.

— Huit cent cinquante.

— Neuf cent cinquante. »

Les contremaîtres, premiers enchérisseurs, restaient neutres et prudents.

« Mille sils ! » lança une voix rauque avec jubilation. Il la reconnut : Lord Spangle. Contre sa volonté, il leva la tête. Spangle se cachait les lèvres derrière la main pour murmurer à l'oreille de son voisin, vêtu d'un superbe doublet jaune et vert : Lord Jonas.

« Mille cent », dit une femme, sans enthousiasme.

« Mille cent cinquante », dit un des contremaîtres. Les autres gardèrent le silence et se carrèrent dans leurs sièges.

« Mille deux cents, dit Spangle avec décontraction.

— Mesdames et messieurs, un peu d'animation, s'il vous plaît ! dit le commissaire-priseur. Allons, allons ! Cet homme a de la valeur. Intelligent, formé sur Exar, c'est un ingénieur diplômé, astucieux et fiable. Qui m'offre mille cinq cents ? »

Un des contremaîtres tressaillit, mais une femme maigre et de haute taille leva la main. « Mille trois cents.

— Mille quatre cents, dit Spangle d'une voix mielleuse.

— Mille quatre cent cinquante », répliqua-t-elle d'un air décidé.

Jonas s'esclaffa en réponse à l'un des commentaires de Spangle, puis lança : « Mille cinq cents !

— Mille six cents », dit Spangle avec un regard lourd de reproches à son intention.

La femme maigre renifla et se détourna.

« Mille six cents ? Mille six cents ? aboya le commissaire-priseur. Qui m'offre mille sept cents ?

— Mille sept cents, dit une voix sèche sur le côté.

— Mille huit cents, dit une femme à l'arrière.

— Mille neuf cents, marmonna Spangle.

— Deux mille », dit la femme.

Spangle haussa les épaules. « Deux mille cent.

— Deux mille deux cents, rétorqua la femme.

— J'ai une enchère à deux mille deux cents ! s'exclama le commissaire-priseur. Pour un homme de valeur ! Deux mille trois cents ? Où sont mes deux mille trois cents ? »

Silence. Spangle ouvrit la bouche, puis se ravisa et fixa sur lui un regard reptilien dans sa vindicte.

« Alors, vendu ! s'écria le commissaire-priseur. Vendu à la dame pour la somme de deux mille deux cents sils. » Il se tourna vers Travec. « Descendez de la piste et rejoignez le comptoir d'enregistrement. »

Il traversa la salle en silence. Puis il avisa la femme qui se tenait près du comptoir. « Mardiène. »

Elle sourit. Il vit qu'elle avait les yeux humides de larmes.

« C'était bien le moins que je puisse faire », dit-elle.

XI

Mardiène et Travec sortirent sous le ciel gris de la fin d'après-midi et laissèrent derrière eux les entrepôts sombres en brique noire. Ils traversèrent un tunnel où le brouillard se colla, humide, sur leurs joues. Ils longèrent des demeures élégantes et aboutirent au cœur d'Alambar où se pressait la foule.

« Je suppose que je dois vous remercier », dit Travec d'un ton compassé, avant de marquer une pause, mal à l'aise.

Elle se tourna vers lui. « Alors ? J'attends. »

Il s'esclaffa. « Merci. Même si je ne comprends pas pourquoi vous m'avez secouru. Il y a deux semaines, vous souhaitiez ma mort.

— C'était il y a deux semaines, ou plutôt trois. Et je crois que, pendant ce laps de temps, j'ai laissé beaucoup de choses derrière moi.

— Il y a une taverne, là. Allons nous asseoir. »

Il s'agissait d'un bâtiment sans apprêt en brique vernissée, à la porte carrée peinte en rouge. À l'intérieur, il faisait tiède et le calme régnait. La lumière filtrait au travers de vitraux pour se poser plaisamment sur les tables.

On leur servit des tranches de pain, du poisson fumé, puis une bouteille d'un vin blanc qui se para dans leurs gobelets de reflets rose et vert. Tout en contemplant Mardiène assise en face de lui, Travec s'autorisa à se détendre. Elle se pencha par-dessus la table et prit sa main libre dans les siennes.

« Vous devez être parvenue à une décision, dit-il, ou vous ne seriez pas venue me chercher. »

Elle se mordilla la lèvre. « Je n'en sais rien. Il y a tant de facteurs qui entrent en jeu...

— Je crois que vous êtes sûre et que votre certitude vous apparaît peu à peu.

— Comment pouvez-vous en être certain ? demanda-t-elle avec un petit sourire narquois.

— Vous êtes ici avec moi. Et non avec Arman. »

Son amertume était si vive que Mardiène lui lâcha la main. « Dyle, dit-elle enfin, je vous ai accusé de jalousie, mais je n'y croyais pas. Vous étiez jaloux ? Vous l'êtes encore ? »

Il ne répondit pas.

« Dyle, ce que je vais vous dire n'est pas facile. Je n'ai jamais voulu être autre chose pour Arman qu'une de ses fidèles, une Armanite parmi d'autres. Enthousiasme juvénile et culte de la personnalité mis à part. » Elle se détourna en rougissant. « Il aurait même pu... m'avoir, s'il s'était montré moins sournois. Mais maintenant, j'ai compris. Arman est un faible. »

Travec, qui se sentait étrangement réconforté, but un peu de vin. « Il doit être tué.

— Il inspire le respect et il n'hésite pas à s'en servir, dit la jeune femme comme si elle lui répondait. Il parle bien, mais il n'a aucune compassion.

— Où est-il, en ce moment ? »

Elle le dévisagea d'un air grave. « Dyle, quand je vous ai aidé, je n'ai posé aucune condition. J'aimerais en poser une, à présent.

— Laquelle ?

— Je vous demande de ne rien faire sans m'en parler d'abord.

— Je ne prendrai aucun repos tant qu'il restera des esclaves et des esclavagistes », murmura-t-il.

Elle se rencogna dans son fauteuil. « Je croyais qu'Arman promettait de mettre un terme à ces pratiques. Mais il s'est fourvoyé. »

Travec s'étrangla de rire. « *Fourvoyé*. Voilà un terme très intéressant pour définir un assassin doublé d'un esclavagiste gourou. »

Mardiène frissonna. « Je sais, Dyle. La seule pensée qu'il a vendu en esclavage six cents personnes de mon peuple me hérisse.

— Ce qui m'échappe, c'est *pourquoi* vous avez accepté son plan. Vous êtes vraiment fous, vous, les Oros ?

— Pas au sens où vous l'entendez. Nos vêtements, nos maisons, notre maniérisme ne font que refléter ce qui nous habite. Tel est le secret de notre race. »

Travec but quelques gorgées de vin sans mot dire.

« Notre victoire sur la mort. »

Il la dévisagea en silence.

« Dyle, je vous aime, dit-elle. Je lie ma vie à la vôtre. Une fois déjà, je vous ai offert de faire de vous l'un d'entre nous. Je vous aimais, alors, mais je refusais de l'admettre.

— Je ne peux pas devenir oro sans aide ?

— Non. Au début, il n'y en avait qu'un : Sagel Domino. La différence résidait dans son cerveau : il était télépathe, et puissamment. Il lisait dans l'esprit des autres sans le moindre mal.

» Il est entré en contact de cette manière avec son meilleur ami, il a noué un lien télépathique avec lui, et puis ils se sont rendu compte que ce lien avait stimulé le cerveau de l'ami en question. Celui-ci n'était pas aussi puissant du point de vue télépathique, mais il pouvait nouer un lien. Et il a, comme Sagel Domino, converti certains de ses autres amis.

» Nous sommes des millions à présent. Si nous ne sommes pas vraiment télépathes, aucun de nous ne craint la mort. Quand nous sommes en danger, ou que nous agonisons, nous nouons un lien avec une personne aimée comme on quitte un bateau qui coule pour prendre pied sur la terre ferme. »

Travec grimaça. « Vous n'avez donc aucune intimité. »

Elle secoua la tête avec véhémence dans une envolée de cheveux blonds soyeux. « Mais *si* ! Il n'y a aucun conflit de volonté. La conscience ancienne se poursuit sans la moindre interruption. Les vieux souvenirs s'effacent et il ne reste que la solution de continuité.

» Pour le mourant, ça revient à poser un livre passionnant et à en prendre un autre. Pour le vivant, souvenez-vous que nous ne nouons un lien qu'avec ceux que nous aimons. »

Il la dévisagea, intrigué. « Combien y a-t-il d'individus en vous ? »

Elle cilla. « Dyle, tu ne comprends pas ! Je suis moi. Je suis *moi* ! Même si j'accueillais quarante personnes, je serais toujours moi. En fait, nous compensons tout le processus par la singularité. Il nous faut le réconfort de l'individualisme, et nous le poussons à l'extrême.

» D'autres races parviennent à la paix dans la mélancolie, en veillant à ce que tous ses membres tendent à se ressembler *du dehors*. Notre identification est *intérieure*. Les signes extérieurs de persistance sont inutiles. Il n'y a pas de tombes sur les Hautes Terres d'Alam. Et personne ne thésaurise ses richesses.

» Ma mère adorait son jardin. Elle cultivait toutes sortes de fleurs. Elle est morte et, à présent, elle vit en moi. Je n'ai aucune envie de jardiner. Je me soucie des gens, du futur, des maux de la société. Tu vois bien : le lien se situe au niveau de la conscience.

— Qu'est-ce que tu as éprouvé quand l'âme de ta mère est entrée en toi ?

— Une grande joie, dit Mardiène avec ferveur. Il m'a paru que je venais de la sauver de la noyade. J'ai senti sa présence pendant quelques semaines, comme si elle se trouvait dans la pièce. Puis, petit à petit, elle s'est fondue en moi.

— Et Arman, c'est un Oro ? Il vivra après la mort ? »

Elle hocha la tête, penaude. « Sa mère était une des rares que les Maîtres ont jamais réduite en esclavage. D'ordinaire, nous leur échappons par la mort.

— Mais avec qui est-il lié ? *Toi ?* »

— Plus maintenant. J'ai rompu le lien à bord du vaisseau.

— Explique-moi pourquoi six cents Oros sont venus sur Maxus comme esclaves. »

Mardiène garda le silence un instant. « Au moins, dit-elle enfin, Arman a réveillé notre sentiment de responsabilité. Des siècles durant, nous étions demeurés un peuple égoïste, insulaire, jaloux de son secret. » Elle chercha le regard de Travec. « Parmi ces six cents individus, il y a nos télépathes les plus accomplis. Ce sont eux, nos espions. Ils se glisseront dans les usines qui travaillent dans les domaines critiques et ils transmettront leurs techniques de fabrications sur Fell.

— Et ensuite ? »

Elle hocha la tête avec un sourire triste. « Ensuite on aura deux états esclavagistes. Je le vois bien D'autres le verront aussi. Mais... peut-on tout arrêter ? La croisade est lancée. Nous sommes six cents sur Maxus.

— Ton choix de priorités m'étonne », dit-il, impassible.

« Comment cela ? demanda-t-elle, perplexe.

— Tu te soucies de six cents Oros. Songe aux centaines de millions d'esclaves qui se trouvent déjà sur Maxus. »

Elle détourna son regard, le riva à la table. « Je n'ai pas d'influence. C'est Arman le chef. Dès que le navire décharge sa cargaison, il repart en chercher une autre. »

Travec se pencha en avant. « Il doit bien y avoir une figure d'autorité parmi les Oros.

— Oh ! oui. Les Anciens, les conseils de village. Mais ils n'ont aucune prérogative spécifique. Arman a organisé une croisade privée. Les Armanites en sont l'élément actif. »

Travec tambourina sur la table. « Il manque une pièce au puzzle. Je me demande si ton peuple se doute du temps qu'il devra passer sur Maxus, de la jalousie avec laquelle les Maîtres protègent leurs secrets, du nombre d'entre eux qui y laisseront leur vie...

— Ce dernier point ne nous importe guère, murmura-t-elle.

— Si tous les esclaves étaient oros, dit-il enfin, qu'aucun n'ait peur de la mort, il n'y aurait plus d'état esclavagiste. » Il dévisagea Mardiène. « Si tes six cents Oros endoctrinaient les autres esclaves, la discipline disparaîtrait. Tout le système s'écroulerait. »

La jeune femme s'anima. « Si vingt pour cent seulement des nouveaux Oros étaient télépathes... Il faut retourner sur Fell voir les télépathes capables de relier les six cents.

— Deux considérations, rappela Travec. D'abord, Arman. C'est un obstacle qui doit être abattu. Et ensuite... mon frère et ma sœur. »

XII

La grande masse sombre et muette du vaisseau dominait le terrain d'atterrissage grouillant d'activité. Depuis un long entrepôt noir situé sur un côté, un transporteur convoyait lentement une interminable file de cartons jusqu'à l'un des sas latéraux du navire. Des camions à ridelles se garaient sur un quai amovible sous la baie de soute par laquelle des grues hissaient à bord leur chargement — de lourdes caisses.

Une couverture nuageuse filandreuse surplombait Alambar et un vent glacé charriait des détritus sur le terrain. La cape d'Arman lui fouettait mollets et tibias tandis qu'il approchait du vaisseau. À l'intérieur, il faisait chaud et le calme régnait. Il longea le couloir central, gravit l'escalier qui menait au dôme de commandement et contempla dans le lointain le toit vert olive du palais du Patriarche.

Il palpa les muscles de son torse, respira profondément. La paix, la relaxation — plus de soucis, ni de décisions à prendre. Les esclaves étaient à bon port, la soute se remplissait. Trois semaines de quiétude l'attendaient.

Puisqu'il n'avait plus de préoccupations sérieuses en tête, il pouvait songer à ses plaisirs. Il était Arman. Mardiène serait fière de le recevoir. Elle avait repoussé ses avances, et cela devait finir.

Il se tourna vers la porte de la cabine qu'elle occupait. En dépit du sang qui battait à ses tympans, il perçut des bruits à l'intérieur — des mouvements. Il alla frapper à la porte.

« Oui ? » La jeune fille avait répondu d'une voix anxieuse, haletante. Elle avait donc deviné ses intentions. Il abaissa la poignée. Le verrou était mis.

« Mardiène, dit-il d'une voix rauque, ouvre cette porte.

— Non, Arman.

— Ouvre, te dis-je ! Ton dieu te désire. » Il l'entendit se lever et agita la poignée. « Laisse-moi entrer, ou je force le passage avec ma torche.

— Très bien », dit-elle d'une voix étrange.

La porte s'ouvrit. Il pénétra dans la pièce.

« Qu'est-ce que cela veut dire ? » lança-t-il à Mardiène en découvrant l'homme planté là, dos à la lumière. Il plissa les paupières pour le voir. L'inconnu s'avança d'un pas. Arman cilla, se courba, posa la main sur la sacoche à sa ceinture.

Travec fut le plus rapide.

« C'est un meurtre », dit le policier penché sur le cadavre, en levant les yeux vers Travec.

« De la légitime défense, dit Mardiène. J'ai tout vu

— Ce mort, c'est Arman, dit Travec.

— J'en suis bien conscient, dit le patrouilleur. Votre statut social ?

— Esclave. »

L'autre se redressa d'un bond. « C'est un crime atroce !

— Et si nous allions voir le Haut commissaire pour lui demander son opinion ? » suggéra Travec.

Lorsque, enfin, on les introduisit en sa présence, le Haut commissaire faisait les cent pas dans sa chambre. Il portait une longue cape de soie noire aux reflets bleus qui bruissait au rythme de ses pas. Le visage congestionné, l'air agité, il n'accorda guère d'attention à ses visiteurs.

Mardiène et Travec restèrent l'un près de l'autre tandis que le policier prenait soin de se tenir à un mètre de distance.

L'officiel s'immobilisa, leur fit face. Il haussa les sourcils. « Travec ? murmura-t-il. Vous me voyez stupéfait.

— Il vient de commettre un meurtre, Votre Seigneurie, dit le patrouilleur.

— Tiens donc, un meurtre ? C'est très grave. Qui ? Où ?

— L'esclavagiste Arman, monsieur. Il y a une heure.

— Ah ! » Le Haut commissaire claqua des doigts. « Voilà qui est intéressant. Un meurtre, dites-vous ?

— Oui, monsieur. À bord du vaisseau d'Arman.

— Sordide, sordide ! » L'officiel secoua la tête, puis

agita la main. « Vous pouvez disposer. Occupez-vous du corps. »

Le policier sortit et le Haut commissaire se laissa tomber dans un fauteuil. « Mon cher Travec, je crains que votre zèle ne vous vaille de gros ennuis.

— Je ne comprends pas.

— C'est pourtant clair ! » L'autre tendit les mains, paumes tournées vers le haut. « Ici, sur Maxus, le meurtre est un crime grave. Surtout le meurtre d'un Maître par un esclave. Vous êtes esclave, n'est-ce pas ?

— Quel que soit mon statut, Arman n'était pas un Maître.

— Il se trouvait sur Maxus nanti d'un permis spécial qui lui en accordait les privilèges. C'est ainsi. Nous ne pouvons pas revenir là-dessus.

— C'était de la légitime défense, monsieur, dit Mardiène.

— Ce n'est pas une excuse. Non. Un esclave n'a pas le droit d'attacher un tel prix à sa propre existence. Vous me trouvez peut-être légaliste, mais notre civilisation s'appuie sur de telles définitions.

— Mais enfin, c'est vous qui m'avez engagé pour le tuer ! lança Travec, indigné.

— Dans d'autres circonstances. Si un pareil événement se produit sur Fell, je peux, à titre privé, l'approuver ou le désapprouver. S'il se produit sur Maxus, je dois appliquer la loi.

— Vous ne connaissez pas les circonstances, monsieur ! dit Mardiène, au désespoir. J'ai acheté Travec au Dépôt central. Il était dans ma cabine quand

Arman a exigé d'entrer et menacé de brûler ma porte. Il... il comptait me violenter. J'ai ouvert. Quand il a vu Dyle, il est devenu comme fou et a tenté de nous abattre tous les deux. Dyle n'a tiré que pour me défendre, dans un rôle de garde du corps, de protecteur. »

Dubitatif, le Haut commissaire se frotta le menton. « Vous accepteriez un examen sous hypnose pour le confirmer ?

— Oui. »

L'officiel soupira. « Très bien. L'imbroglio est tel que j'abandonne les poursuites. Il n'y a pas eu d'autres témoins, je présume ?

— Non.

— Bon. » Il rapprocha son siège de son bureau. « Mais le Patriarche exige une stricte application de la loi. S'il entend parler de ce... cet homicide, je crains le pire. À votre place, je quitterais la planète le plus tôt possible. »

Travec le toisa en plissant les paupières. Les accusations, l'interprétation littérale de la loi... s'agissait-il d'à-côtés ? Le Haut commissaire essayait-il de se dédouaner ? Il valait mieux se garder de creuser le problème. De toute évidence, l'officiel était d'humeur rétive.

« Monseigneur, dit-il avec politesse, nonobstant l'heure, le lieu, le motif ou la méthode, j'ai atteint mon... *notre* objectif. J'ai éliminé Arman. À présent, voulez-vous me rendre mon frère et ma sœur, comme promis ? »

L'autre leva lentement la tête. « Mon cher Travec...

j'ai dû mal entendre. J'accepte le témoignage de cette jeune fille, un témoignage infondé, non étayé par des preuves. Je prends la responsabilité de vous libérer. Et vous avez le front de me soumettre d'autres exigences ? »

Mardiène tira Travec par la manche. « Viens, Dyle.

— Dois-je comprendre que vous refusez ? » demanda-t-il.

Le Haut commissaire fronça les sourcils. « Tout à fait. Ils sont bien intégrés à leur nouvelle vie. Votre frère travaille sur un outil électrique. Votre sœur occupe... une position intéressante. Le Patriarche aurait ma peau, présomptueux que vous êtes. Maintenant, laissez-moi, avant que je ne revienne sur mon acte de générosité !

— Viens, Dyle », murmura Mardiène.

Il lui emboîta le pas à contrecoeur. Derrière eux, l'officiel déclara : « Le vaisseau d'Arman est saisi, et avec lui sa cargaison, vous le comprendrez. En l'absence probable d'héritiers, et en reconnaissance de sa dette envers le Patriarche, dont Arman a volé le yacht privé, l'état doit sans nul doute s'approprier ledit vaisseau. Il serait sage d'en retirer vos effets personnels sans plus attendre. »

Mardiène et Travec se faisaient face dans la rue, au pied de l'Arche Guchman.

« Floués, encore et toujours », dit-il, serrant et desserrant les poings. « Il nous utilise, puis il nous congédie. »

Mardiène le tira par le bras. Tant qu'il se déplacerait, il ne ferait rien de téméraire, ou du moins l'espérait-elle.

« Floués ! Ma sœur... naïve, innocente...

— Dyle, cesse de ruminer ainsi. Cela ne sert à rien. Nous avons de la chance de nous en sortir vivants. »

Il s'immobilisa, se retourna, leva les yeux vers la suite de l'officiel. « C'est lui que j'aurais dû tuer. S'il n'existait pas, non plus que ses pareils, il n'y aurait pas d'Arman.

— Absurde. Le mal a toujours existé ; il existera toujours. Viens, Dyle, avant de t'attirer d'autres ennuis. On va se payer un billet de retour sur Fell à bord d'un des cargos.

— Ce n'est pas fini », souffla Travec.

XIII

Par leur maigreur, le Révéré Patriarche de Maxus et son Haut commissaire évoquaient tous deux des insectes. Ils avaient le front livide, les orbites creuses et le nez tranchant, telle une lame en os. Le Patriarche grisonnant dominait d'une bonne tête le Haut commissaire, qui portait sa chevelure de jais bouclée, spiralée et brillantinée à la mode d'Alambar.

Si le Patriarche aimait garder les yeux écarquillés pour se donner un air suspicieux, le Haut commissaire préférait plisser les paupières. Des deux hommes, l'aîné était le plus brutal, le plus indifférent, le cadet le plus subtil. Par hasard, ils portaient tous les deux ce jour-là une robe d'un épais tissu écarlate.

Le Patriarche arpentait le tapis couleur cerise. Le Haut commissaire occupait un fauteuil recouvert de rubans de peau humaine tannée, teinte en jaune et noir. Le Patriarche se massa les poignets de ses doigts fins et pâles.

« Inoffensive ou non, culte religieux ou pas, il s'agit

d'une organisation. Nous ne pouvons la tolérer chez les esclaves. »

Le Haut commissaire eut une grimace d'insouciance. « Elle les amadoue, les endort. Elle pourvoit à un besoin.

— Un besoin ?

— Bien entendu. Considérez la rapidité avec laquelle ce mouvement s'est répandu parmi eux, ici, là, partout. S'il ne satisfaisait pas un désir, il n'aurait jamais connu un tel succès.

— Il représente une organisation, insista le Patriarche.

— Je ne suis pas d'accord. Il est informel. Il n'a pas de pouvoir central. Ce n'est qu'une lubie, un culte. Laissons-les s'y adonner, laissons-les investir leur trop-plein d'énergie nerveuse dans des rituels vides de sens. Nous aurons moins de problèmes de discipline et, par conséquent, une meilleure productivité. Je remarque déjà une plus grande docilité chez les classes les moins disposées à entendre raison.

— *Bah !* Seule l'alimentation des circuits pénaux garantit la docilité des esclaves. » Le Patriarche se jeta sur un siège, avala une gorgée de soupe chaude. « Au fait, comment savez-vous quels codes et quels symboles secrets on utilise dans ces rituels ? »

Le Haut commissaire tirailla son pendant de rubis. « Mes espions et mes informateurs me tiennent au courant des...

— Donc », coupa l'autre, triomphant, « vous éprouvez une inquiétude que vous refusez d'admettre ! Gare à vous, petit Maître, n'essayez pas de nous flouer !

— Bien sûr que non, Magnificat. J'entends simplement démontrer ma détermination à surveiller toutes les sources de problèmes potentiels, tous les foyers d'agitation.

— Ouvrez l'œil et le bon, dans ce cas. » Le Patriarche se remit à faire les cent pas. « Il reste la question de... »

Un serviteur en tunique rouge, blanche et grise, entra dans la pièce et toussota. « Tu ne vois pas que nous sommes en réunion ! » lança le Haut commissaire d'un ton coléreux.

L'autre courba l'échine. « Excusez-moi, seigneur, mais il y a là un homme qui demande une audience immédiate.

— Une audience immédiate ? À cette heure de la matinée ? De qui s'agit-il ?

— D'un certain Dyle Travec. Il vient d'arriver de Fell et il affirme que son affaire est urgente. Je l'ai prévenu que vous étiez en conférence, mais il a souligné l'importance de sa démarche. Il semblait sûr que vous le recevriez.

— Qui est ce Travec ? » demanda le Patriarche d'une voix irritée. Le Haut commissaire resta sans mot dire, les yeux rivés sur la porte. « Êtes-vous sourd ? Qui est-ce ?

— Vous vous souvenez d'Arman, l'esclavagiste ? s'enquit l'officiel d'un air absent.

— Ne prononcez pas ce nom.

— Travec l'a tué. Un meurtre assez sordide dans

le navire d'Arman. On l'a relâché sur la foi d'un témoignage en sa faveur qui établissait la légitime défense.

— Que veut-il, maintenant ?

— Je l'ignore. Mais il vient de Fell et ce sont les Oros, je vous le rappelle, qui semblent propager ce nouveau culte. »

Le Patriarche se tourna vers le serviteur. « Assurez-vous qu'il est désarmé puis faites-le entrer. Doublez la garde à la porte. »

Quelques instants plus tard, Travec entra. Il hocha la tête à l'adresse du Haut commissaire, salua le Patriarche d'un air dégagé. Il portait une belle cape bleu nuit ornée d'un motif végétal et exhibait une assurance irritante.

« Eh bien, Travec, je pensais en avoir fini avec vous.

— Votre heure a sonné. »

Les deux hommes en robe écarlate le dévisagèrent.

« Que voulez-vous dire ?

— Il y a quatre cents millions d'esclaves sur cette planète. Vous, les Maîtres, n'êtes que quarante millions. Vos esclaves vous entourent comme l'eau les poissons. »

Le Patriarche ouvrit et ferma la bouche sans mot dire.

Le Haut commissaire s'avança lentement jusqu'à regarder Travec droit dans les yeux. « Vous ne nous apprenez rien.

— Que veut-il ? croassa le Patriarche. Cet homme serait-il un assassin ? »

Travec se tourna vers lui avec un sourire. « Vous

vivez dans la peur. Ne préféreriez-vous pas un monde heureux où ni les mots “maître” et “esclave”, ni les circuits pénaux, ni les coups de fouet, ni les humiliations n’auraient lieu d’être ? Un monde d’égaux qui coopéreraient pour le bien de tous ?

— Ce n’est pas une question de préférence, répondit le Haut commissaire. Telle est notre société. Il faudrait un cataclysme pour la changer.

— Ce cataclysme aura donc lieu.

— C’est une menace ? demanda l’autre, plissant les yeux.

— Oui », dit Travec.

Un silence s’ensuivit.

« Et quand ce cataclysme est-il censé se produire ?

— Il a déjà commencé. »

Le Patriarche s’était approché en catimini d’une tapisserie couleur moutarde et avait passé la main derrière.

« Attendez ! lança Travec. Vous y gagnerez. »

Ils virent entrer le garde convoqué par le signal du Patriarche. « Emmenez-le, dit ce dernier. Tuez-le. »

Le Haut commissaire leva la main. « Attendez, Magnificat, si vous le voulez bien. Cet homme a peut-être quelque chose à nous apprendre. »

Travec parut tendre l’oreille. Il tourna soudain la tête. « En effet. Je vous informe qu’un million de Maîtres sont morts ces trente dernières secondes.

— *Quoi ?*

— Y a-t-il ici une fenêtre qui donne sur la rue ? »

L’officiel darda un regard calculateur vers le

Patriarche, qui restait figé, blême, les yeux écarquillés. « Par ici. »

Il se dirigea à grands pas vers la porte, la franchit, longea le couloir au plafond voûté, ouvrit d'une main les rideaux d'une haute fenêtre et jeta un regard à l'extérieur. En bas, ce n'était que foules confuses, amas de véhicules accidentés, cadavres éparpillés.

Le Haut commissaire se tassa sur lui-même et se rattrapa au rideau. « Qu'y a-t-il ? » voulut savoir le Patriarche, qui gagna la fenêtre, pencha la tête et haleta de surprise.

« Nous aurions préféré une démonstration moins coûteuse en vies humaines, déclara Travec, mais voilà un spectacle que les Maîtres comprendront sans peine. À Alambar, Crèvecœur, Béloat, Murabas, les grandes villes de Maxus, tous les engins mécaniques, guidés par des esclaves et transportant des Maîtres, ont été détruits. Les rues sont jonchées d'épaves. »

Le Haut commissaire se détourna du carnage ; son regard flamboya. « Il y aura un terrible châtiment pour ce crime. Il y aura des fleuves de sang, des montagnes d'ossements. »

Travec secoua la tête. « Vous n'avez aucune idée de notre influence. Nous vous entourons tel le poing autour de la grappe de raisin. Le poing possède désormais des nerfs, et une discipline. Quand l'ordre de serrer lui parvient, un million de Maîtres meurent. »

L'autre porta les mains à son crâne, mais il arrêta son geste avant de déranger l'ordonnancement de ses boucles.

« Il nous faut parvenir à un accord, et d'ici une heure, dit Travec. Sans quoi il ne restera plus un seul Maître en vie sur cette planète. Le cataclysme est là. Je vous écoute. »

Le Haut commissaire dévisagea le Patriarche, qui déclara dans un murmure rauque : « Cet homme est fou à lier. »

L'intéressé éclata de rire.

« Alors, à vous d'écouter... mais non, vous n'entendez pas. » Il inclina la tête comme pour percevoir un bruit ténu mais significatif, puis il se redressa. « La digue de Glauris a cédé. Les lunes éclairent le Polder de Glauris. Les Maîtres dorment dans les cabines de plaisir et les auberges de luxe, à bord des péniches sur la Jaunepétale. C'est la nuit du solstice d'été, de l'Assemblée des Seigneurs. » Il marqua une pause. « La mer de Phérèse vient de noyer le Polder de Glauris sous trente mètres d'eau : un million de Maîtres supplémentaires ont péri, dont vingt mille seigneurs. »

Le Haut commissaire se précipita vers un communicateur encastré dans le mur. « L'hôtel nautique de Rolite... Quoi ? Alors la station de maintenance de Glauris, vite ! ... Oui, oui, écoutez, regardez en direction du Polder... Qu'est-ce que vous voyez ? Mais ne *hurlez* pas comme *ça* ! » Il hurlait lui-même. « *De l'eau ?* »

Il se tourna vers le Patriarche. « On nous saigne à blanc, Magnificat.

— Et ce n'est pas fini », dit Travec.

Ils le dévisagèrent. Il paraissait immense, le visage

grave, l'air impérieux. Ils se voyaient rapetissés, desséchés, momies en robe écarlate.

« Que comptez-vous faire ? demanda le Patriarche.

— Nous pouvons réduire en miettes ce palais, ou même Alambar à des kilomètres à la ronde. Il n'y aura aucun survivant. Vous mourrez, Commissaire, et vous aussi, Patriarche.

— Et *vous aussi* », releva le Haut commissaire. Il parlait sans morgue ni colère ; il reprenait les négociations. « Et votre frère, votre sœur ? »

Travec sourit. « Mon frère et ma sœur sont en sécurité, et je n'ai pas peur de la mort. Cent mille esclaves viennent de se sacrifier pour tuer deux millions de Maîtres. La mort n'est rien pour les Oros. Moins qu'un rêve.

— Vous voyez, vous voyez bien ! beugla le Patriarche. On aurait dû mettre un terme à ce mouvement !

— Que voulez-vous de nous ?

— Le Patriarche consignera tous les gardes, miliciens et patrouilleurs dans leurs casernes. Ils laisseront leurs armes à la porte. Le poste de contrôle des circuits pénaux sera évacué. Ensuite, il fera une déclaration sur l'ensemble de la planète afin d'annoncer qu'il n'y a plus d'esclaves ni de Maîtres sur Maxus, que nous sommes tous des hommes libres et qu'un gouvernement représentatif va être formé. »

Le Patriarche gémit, ses genoux cédèrent et il se raccrocha aux tentures murales. Son subalterne se tourna vers lui avec une autorité toute neuve. « Ils ont gagné. Notre époque est révolue. Obéissez-lui. »

Le souvenir des vieilles habitudes se lisait sur le

visage du Patriarche lorsqu'il redressa son long corps osseux à la force des poignets.

« Faites ce qu'il demande ! dit l'officiel d'un ton sec.

— Jamais ! Je ne peux pas. Je refuse. C'est impensable ! »

Le Patriarche s'effondra tout à coup. Le Haut commissaire avait dégainé sa petite arme de poing et tiré.

« Je vais faire cette déclaration », dit-il.

Il se campa devant un écran mural.

« Citoyens, à dater d'aujourd'hui, il n'y a plus d'esclaves sur Maxus... »

BIBLIOGRAPHIE

1. *La Grande Bamboche* (« Rumfuddle », in *Three Trips in Time and Space*, anthologie composée par Robert Silverberg, 1973). En français : « La Grande Bamboche », trad. de Jacques Chambon, in *Bateaux ivres au fil du temps*, anthologie composée par Jacques Chambon, Casterman, 1978. (Traduction de Jacques Chambon pour la présente édition.)

2. *Les œuvres de Dodkin* (« Dodkin's Job », in *Astounding Science Fiction*, octobre 1959). En français : « Les œuvres de Dodkin », trad. de Jean-Marie Dessaux, in *Dans la cité future*, anthologie composée par Jacques Chambon, Casterman, 1979. (Traduction révisée par Pierre-Paul Durastanti pour la présente édition.)

3. *Les faiseurs de miracles* (« The Miracle-Workers », in *Astounding Science Fiction*, juillet 1958). En français : « Les faiseurs de miracles », trad. de Marcel Battin, in *Fiction* n°s 200 & 201, août et septembre 1970. (Traduction révisée par Pierre-Paul Durastanti pour la présente édition.)

4. *Les Maîtres de Maxus* (« Overlords of Maxus », in *Thrilling Wonder Stories*, février 1951). Inédit en français. (Traduction de Pierre-Paul Durastanti.)

REMERCIEMENTS

L'anthologiste souhaite exprimer ici sa gratitude aux gens du Projet VIE (Vance Integral Edition), et particulièrement à Patrick Dusoulier, pour l'aide précieuse qu'ils lui ont offerte dans la réalisation de ce volume.

L'objectif du Projet VIE est « de produire une édition de Vance corrigée et complète, en 44 volumes, constituant ainsi un archivage physique permanent de ses œuvres » en langue anglaise. De plus, les textes en sont « corrigés sous l'égide de l'auteur, son épouse Norma, et son fils John » et constituent « la Version Autorisée de l'œuvre de Vance ».

Pour le texte complet du communiqué de presse dont des extraits (traduits par Patrick Dusoulier) figurent ci-dessus, mais aussi pour une présentation complète du projet, de ses modalités originales de fonctionnement, et plus encore, on se reportera au site du Projet VIE : ‹www.vanceintegral.com›

La Grande Bamboche 11
Les œuvres de Dodkin 115
Les faiseurs de miracles 183
Les Maîtres de Maxus 313
Bibliographie 423
Remerciements 425

DU MÊME AUTEUR

Aux Éditions Denoël

LES LANGAGES DE PAO

LES MAÎTRES DES DRAGONS (Omnibus)

EMPHYRIO (Omnibus)

Aux Éditions Gallimard

SPACE OPERA (Folio Science-Fiction n° 136)

LE CYCLE DE LYONESSE

LE JARDIN DE SULDRUN (Folio Science-Fiction n° 140)

LA PERLE VERTE (Folio Science-Fiction n° 145)

MADOUC (Folio Science-Fiction n° 148)

CROISADES (Folio Science-Fiction n° 205)

PLANÈTE GÉANTE (à paraître en Folio Science-Fiction)

LES BALADINS DE LA PLANÈTE GÉANTE (à paraître en Folio Science-Fiction)

Aux Éditions J'ai Lu

LE CYCLE DE TSCHAÏ

LE CYCLE D'ALASTOR

CUGEL L'ASTUCIEUX

CUGEL SAGA

UN MONDE MAGIQUE

RHIALTO LE MERVEILLEUX

Aux Éditions Rivages

LA MÉMOIRE DES ÉTOILES

ESCALES DANS LES ÉTOILES

Au Livre de poche

LA GESTE DES PRINCES DÉMONS

Aux Éditions de La Découverte

LES CHRONIQUES DE CADWAL

Chez d'autres éditeurs

LES CHRONIQUES DE DURDANE

Composition IGS,
Impression Société Nouvelle Firmin-Didot
à Mesnil-sur-l'Estrée, le 11 mars 2005.
Dépôt légal : mars 2005.
Numéro d'imprimeur : 72908.
ISBN 2-07-031324-7/Imprimé en France.

127114